大正石華恋蕾物語二

あやかしの花嫁は運命の愛に祈る

響 蒼華 Aoka Hibiki

アルファポリス文庫

https://www.alphapo

JM090318

第一章　あたしの平穏

——遠くで誰かが呼んだ気がした。

「え……？」

黒玉の瞳を瞬いて振り返ってみるけれど、そこには誰の姿もない。

確かに、誰かが自分の名を呼んだ気がしたのだが。気のせいだっただろうか、けれどそれにしてはあまりにも心が騒めいている。

ところは帝都の一角にある、木造の診療所。

玄関に『見城《けんじょう》診療所』と看板が掲げられた建物の一室——診察室は静寂に満ちていた。

硝子《がらす》窓から差し込む日の光は随分傾いて、周囲は茜色を帯びている。窓の外には、薬用から鑑賞用まで様々な花が咲く花壇が、夕焼けに染まっているのが見えた。

夕日に照らされて輝く硝子《がらす》が美しくて、感傷的になっただけなのか。それとも、何処かから、或いは何時かからの、遠い呼び声であったのか……

そんなわけないか、と裡《うち》に呟いたその時だった。

「歌那《かな》さん、どうしたの？」

甘やかな女性の声が耳に届く。

そちらを向けば、そこにはいつの間にか人影があった。

自分——歌那と同じ白い看護帽に看護衣姿の、目鼻立ちのはっきりした華やかな美女だ。咲き誇る薔薇《ばら》のような艶やかさを白の衣装に慎ましく隠していた。年の頃は、歌那の少し上くらい。実際、歌那にとっては先輩にあたる人である。

歌那は、苦笑いを浮かべながら言葉を返す。

「すいません、紅子《べにこ》さん……。何だか、誰かに呼ばれた気がしたけど、気のせいだったみたいです……」

女性——紅子は、歌那のその答えを聞いて肩を竦めてみせる。

「立ちながら居眠りでもしていたの？　器用ね」

「ち、違います！」

紅子の言葉に、歌那は慌てて抗議する。

「冗談よ」

紅子はそう言って笑ったが、何処まで本気で何処からが冗談か今一つ掴みどころがない。

確かに、少しばかりぼうっとしていたのは事実であっても、仕事中に居眠りをしていたなどと言われれば、流石《さすが》に言い返したくもなるものだ。

歌那が更に口を開こうとした時、涼やかな声がその場に響いた。

「きっと、疲れているんだよ」

歌那と紅子は、揃って声の主の方へと視線を向ける。

「先生！」

「今日は忙しかったからね……」

呟きながら診察室に入ってきたのは、簡素な洋装の上に白衣を着た女性だった。女性としてはやや長身で、男装の麗人を思わせる凛とした美しさを持っている。

この人こそ、この診療所の主《あるじ》である見城医師である。

「ごめんね、私がこき使っているから……」

「い、いいえ、違うんです！　先生、違いますから！」

よよよ、と泣き崩れる真似をする見城に、歌那はまたも慌て、紅子は笑いを堪える。

そして、一瞬後には三人の弾けるような笑いが部屋に満ちた。

いつもの日常であり、遣り取りだ。歌那にとって、平穏な日常そのものの風景である。

ひとしきり笑った後、見城は二人へと言葉を紡ぐ。

「今日はこれで終わりにしよう。もう帰っていいよ」

「少し早いけど、いいんですか？」

今日もひっきりなしに訪れていた患者は途切れていたが、終業まではまだ間がある。首を傾げつつ問う歌那に、見城は溜息を交えて告げる。その表情がやや曇って見えるのは気のせいではないだろう。

「少しでも明るいうちに、気を付けてお帰り。……最近は物騒だからね」

そう、今、巷《ちまた》は物騒なのだ。

最近、帝都はある事件の話で持ち切りだった。その名も『血花事件《ちばな》』。

妙齢の女性の奇怪な死が、立て続けに起きているのだ。

被害者は、皆全身の血が抜き取られた状態で発見されている。しかもそれだけではない。全身に、それこそ血のように紅い花を咲かせているのだという。

だからこそ人々は、血色の花を咲かせた変死事件を『血花事件』と恐れを込めて呼ぶのである。

自然な死というにはあまりに怪異に満ちている。

警察の捜査は後手に回り続け非難を集めており、されど何をどうすれば防げるのかは全く以《もっ》てわからず仕舞い。最初の内こそ秘されていたその事実も、人の口に戸は立てられぬもの、今やすっかり遍《あまね》く広まってしまっていた。それ故に近頃は、女性の一人歩きはすっかり敬遠されていた。陽が落ちてからは特に。

しかし、犠牲者と成り得る妙齢の女性に含まれるはずの歌那は、ぱたぱたと手を振りながら苦笑いしてみせる。

「血花だって相手を選びますよ。こんな混血に見える奇妙な髪の女、避けて通りますって」

歌那の髪の毛は、光を受けると強い赤みを帯びて輝く鳶《とび》色だ。母によると、祖母が同じような色をしていたらしいので遺伝であろう。祖母が混血であったかどうかは定かではないが、純粋な日本人としては珍しい色に、出会い頭に混血扱いされるのはもう慣れたものである。

看護婦養成所時代も、それで随分苦労したものだ。見城の口添えがなければ、看護婦になる前に追い出されていたかもしれない。

「あたしより、先生や紅子さんが気を付けるべきですよ。二人とも美人なんだから」

笑いながら言う歌那だが、歌那が不美人というわけではない。むしろ顔立ちとしては整っている。美しいというより、愛らしいと表現される事が多いだけである。

歌那を知る人々が讃えるのは、お日様とも称される愛嬌ある笑顔だ。弾けるような笑い顔に診療所を訪れる人々は惹きつけられるのにと、見城と紅子は顔を見合わせて苦笑する。

「まあ、とにかく気を付けて。……遭遇したら卓袱台《ちゃぶだい》を投げつけてやるといい」

「先生、もうそれやめてください」

「気を付けてよ？　ただでさえ貴方《あなた》って巻き込まれやすいのだから」

「紅子さんも、勘弁してください」

後片付けを始めながら、そんなに自分は危なっかしいのかと考える。

歌那は今年二十歳。もうそこまで心配される年頃でもない。確かに多少もめ事に巻き込まれた事はあるが……

肩を竦めながらも笑みを浮かべ、歌那は二人に言う。

「あたしは、平穏な日常を愛しているんですから！」

見城がいて、紅子がいて、三人で他愛もない事で笑い合える。この変わらぬ穏やかな日常が、何よりも愛しい。

心から、歌那はそう思っていた。


診療所からの帰り道、茜色の空が徐々に闇色を帯び始めてきた。気を付けてお帰りと言われた言葉を思い出し、自然と歩みは早くなる。

見城診療所に、看護婦として勤めるようになって暫し経つ。

職業婦人という言葉があるといっても、揶揄《やゆ》と共に語られる事も多く、まだまだ女が外で働く事をよしとはしない世の中である。

　頼る縁者もいない年若い娘を誑《たぶら》かそうとする悪い輩も多くいる。そんな中で、こうして職に就けた事、よい務め先に巡り合えた事を感謝してやまない。

　帰る家もない身でありながら落ち着いた生活を出来ている自分はつくづく幸運だと思う。

　歌那は、所謂《いわゆる》妾の娘だった。

　母は元々名家の出であったが、実家が没落し花街へと流れ、父である男と出会った。その後、歌那を身籠り囲われ者となったのである。

　父は、宝石商としてそれなりに名があるらしいが、詳しくは知らない。知ろうと思った事もない。歌那が娘であった事に落胆したのか、父は途端に母に興味を失くした。そして、家だけ与えて放置し、一度とて顧みる事はなかった。

　生活費は、あまりの仕打ちを哀れに思った本妻が世話してくれた。普通なら疎ましいだけの妾の母娘の面倒など見ないはずなのに、である。

　父は、本妻ともその娘達ともかなり折り合いが悪かった。

　むしろ歌那は本家の奥様と本妻を慕っていたし、異母姉とも仲がよかった。共通の敵があると団結するというのは本当だなと思う。

　歌那は苦々しい表情を浮かべて、そこで一つ息を吐く。

記憶に浮かぶのは、歌那が育った家でのある光景である。

こぢんまりとした家の居間の片隅には真新しい位牌があり、線香が供えられている。

歌那は、憮然《ぶぜん》とした面持ちで卓袱台《ちゃぶだい》を挟んで壮年の男性と向き合っていた。

男性は、歌那にとっては父にあたる人である。顔を見るのはどれくらいぶりだろうか、最後の邂逅《かいこう》が記憶の彼方になる程度には昔の話だ。

一応のお義理で出した茶にも手を付けず、父は問いかけた。

『女学校はまだ通っていたか？』

『……給費生として既に卒業しましたけど？』

そう、この父親は娘の年も覚えていなければ、今学生であるかどうかも把握していない。

学費など、生活費すらくれぬ父親が与えてくれるはずがない。本妻に迷惑をかけぬよう給費生になれるように努力し、先だって卒業にこぎつけた。

歌那が女学校を卒業するのを見届けると、母は蝋燭が消えるように力尽き、亡くなった。

一人になった歌那は、どうしようか途方に暮れていた。何時までも本妻に甘えてはいられない。仕事を探して独り立ちしなければと思っていた矢先、父親がやってきたのだ。

『まあいい、お前に縁談だ』

『はあ？』

告げられた唐突な言葉に、歌那は思い切り訝しげな声を上げる。

そんな娘の様子など意に介さずに、父は続ける。

『本当ならお前の姉を嫁がせたかったが、昨年死んだ。だからお前が嫁げ』

歌那には年の離れた、母の違う姉がいた。過去形なのは既に亡くなっているからだ。

奉公に上がっていた華族様のお屋敷で大火があり、巻き込まれて亡くなったという。

時折会いに来てくれる事があったが、優しい姉であった。お仕えしているお嬢様の事を幸せそうに語る笑顔が今でも記憶に残っている。

『本妻の娘でないと体裁が悪いが、お前の妹は身体が弱く使い物にならん』

本宅には、もう一人娘がいる。歌那にとっては異母妹《いもうと》にあたる少女だ。生来身体が弱く、学校にもなかなか通う事が出来ずにいるという。歌那は顔を合わせた事はない。

『そんな髪で見た目が悪いが仕方ない、お前で何とか我慢するしかあるまい』

母親の死に際にすら知らぬ顔で、来たと思ったら仏前に手を合わせる事もなく、『お前で我慢するから嫁げ』と告げてくる。

散々放置するだけ放置して、使い道が出来たから使ってやろうという事らしい。後妻であろうと華族様に嫁げるのだから有難く思えだの何だの、父である男はまだ続けている。

——歌那の中で、何かが切れる音がした。

歌那は無言のまま立ち上がった。

漸《よう》く娘に注意を向けた父は、狼狽した声を上げる。

『お、おい……？』

昔から言われたものだ、『火事場の歌那ちゃん』と。

それは正しくは『火事場の馬鹿力の歌那ちゃん』という事である。

茫然とする父の前で、歌那はそれなりの重量がある卓袱台《ちゃぶだい》を持ち上げていた。

その顔にあるのは、燃えるような怒りだった。

『散々放置してきた挙句、やっと来たと思ったらそれか！　この馬鹿親父《おやじ》っ！』

叫びと共に、目を丸くする父親へと、歌那は持ち上げた卓袱台《ちゃぶだい》を力の限りに投げつけていた。

予想しなかった娘の行動に父親は避けるすべもなく、卓袱台《ちゃぶだい》に圧し潰されるように壁に激突した。蛙が潰れるような声と共に、白目を剥いてがくりと首を落す。肩の上がり下がりはあるから息はある。

気絶した父親を放置して、歌那は母親の位牌と形見、身の回りの最低限のものを纏《まと》めて家を出た。気にかけてくれた本妻への申し訳なさはあるが、もうあの家にいたくはなかった。

黄昏時《たそがれどき》を過ぎて、夜闇が空を覆い尽くす頃。人々が家路へとつく中、帰る場所もなく一人佇む。

勢いよく飛び出してきたものの、母に縁者らしい縁者はない。天涯孤独という事実が身に染みてくるけれど、家に戻りあの父に頭を下げるのだけは死んでも御免だ。

とにかく今日の宿を探して、仕事を見つけるしかあるまいと思っていた矢先、天より雫が落ち始めた。それは見る間に糸雨《しう》となり、地を濡らしていく。

人々が足を早めそれぞれの家へと帰っていくのを横目に、歌那は一人雨に濡れていた。

目頭が熱くなりそうだったのを唇を引き結んで耐えていた時、耳を打ったのは涼やかな女性の声だった。

『そのままだと風邪を引いてしまうよ？』

誰も彼もが歌那に目を留める事もなく通り過ぎていく中で傘を差し出してくれた女性、それが診療所の主《あるじ》である見城雅《みやび》だった。

見城は診療所に歌那を連れていくと、静かに事情を聞いてくれた。

艶やかな射干玉《ぬばたま》の黒髪を持つ凛々しい女性の優しさは、出された温かい飲み物以上に歌那の心に温もりとなって灯った。

ただ、父親に卓袱台《ちゃぶだい》を投げつけたくだりに関しては、流石《さすが》の女傑も笑顔のまま暫く絶句していた。後々それは、見城が歌那をからかう時の定番の話題となる。

その後、歌那は見城の口添えで給費生として看護婦養成所へと通う事になった。診療所を手伝って仕事を覚えてもいいけど、きちんと学んでおいでと言われ、何から何まで世話してくれたのだ。

看護婦養成所の学業は辛く厳しかったが、父親への反発を力にして耐え抜いた。卒業後は、迷う事なく見城診療所に勤める事を決めた。義理堅いね、と苦笑する見城に少しでも恩返しをしたかったのだ。

診療所には先輩の看護婦がいた、それが美住《みすみ》紅子だ。

明るく朗らかであり、人をからかって遊んでくるようなところがあるけれど、頼りがいのある優しい先輩だ。咲き誇る薔薇《ばら》のような艶やかな美貌を持つ彼女を目当てに診療所に通う男性も密かにいるが、彼女が靡《なび》く事は決してない。

診療所は、女性の医師という事があり、女性の患者の訪れが多い。名医である事は知れており、一般庶民だけではなく上流階級のご婦人に至るまでが通っている。午後などは往診に出向く事も多い。

そのため、それなりに忙しい毎日であった。忙しいのは良い、余計な事を考えずに済む。

もはや、あの家で暮らした日々も、父であった男の事も全てが過去の話になる……。

歌那は、今の生活を維持出来る事だけが全てだった。

目新しい事も、特別な事も必要ない。芝居で言うなら、主役よりもその他大勢。何も変わらぬ平穏な日常こそが、今の歌那が最も望むものである。

けれど、世にはこのような言葉があるのだ——一寸先は闇、と。


明日の仕事の事を考えながら通りを歩いていた歌那は、薄暗い小路から飛び出してきた人影に気づかなかった。勢いよく、出会い頭にぶつかるまで。

余程急いでいたのか、相手は前をよく見ていなかったのだろう。

見事に衝突した二人であるが、相手は何とか転倒を免れ、歌那はその場に倒れ込む。

「ちょっと！　何処見て歩いてるのよ！」

「……！　うるせえ女だな！　お前こそちゃんと前見て歩けよ！」

痛みを堪えて叫んだ言葉に返ってきたのは、お世辞にも好意的とは言い難い言葉だった。

(何よ、ぶつかっておいてその物言い！)

瞬時に怒りの沸点に達し、再度抗議の叫びをしてやろうと思いながら相手の顔を睨みつけた歌那は、言葉を失った。

月明りに照らされた相手が、あまりにも美しかったからだ。年は青年にさしかかった頃だろうか、恐らくは歌那と左程変わらないだろう。その服装から察するに、何処か良いお屋敷の書生とでも思われた。ただ、その顔立ちはあまりにも整いすぎていた。それに……

（紅い髪……？　それに、瞳も……）

青年の髪は深い紅色だった。紅い天鵞絨《びろおど》を思わせる滑らかな深紅。瞳は、金色にも見えた二つの琥珀の玉。切れ長な瞳には深い苛立ちの色が宿っている。まるで、宝石で作られた人形を思わせる美しい青年だった。その指に、踊る虹のような煌めきが見えたのは気のせいだったろうか。

外国には赤い髪や金色の髪の人間がいるというが、青年は異国人であるのだろうか……

けれども、この色彩は異国のものともまた違う気がする。

人には非《あら》ざる色彩に稀《まれ》な程の美貌の青年に、続けて紡ぐはずだった抗議の言葉もすっかり消え失せてしまっていた。思わず惚けたように黙り込んでしまう。

青年は一つ舌打ちし転んだままの歌那には目もくれず、踵《きびす》を返して立ち去っていったのである。

暫し茫然としていたものの、歌那は漸《ようや》く我に返ると拳を握りしめて身を震わせた。

（か、顔はいいけど中身は最悪！）

一瞬でも、見惚れた自分が許せないと唇を噛みしめる。出来ればあの綺麗な顔面に平手でも見舞ってやりたかったと思っても、もはや青年の影も形も見えない。

立ち上がり服に着いた土埃を払うと、怒りを堪えて荷物を拾い上げ再び家路につこうとし、ふと動きを止める。

それにしても、何故あそこまで慌てていたのか。この小路の奥に何かあるのかと、歌那はふと小路へと足を向けた。

何を思ってそうしたのか、よくわからない。ただ、後に心の底からこの選択を後悔する事になる。

小路は左程深くなく、すぐ突き当りにあたった。あるのは木箱など特に益体《やくたい》もないものばかりで、気のせいだったかと歌那が踵《きびす》を返そうとしたその時。

木箱の陰に細く白い腕らしきものがあった気がして、弾かれたように視線を向ける。

よく見れば、そこには人が倒れているではないか。

（た、大変！）

職業柄か、人だと認識した瞬間には駆け寄り、様子を確かめていた。

けれど、すぐに気づいて表情が強ばる――これは普通ではない、と。

倒れているのは女性だった。小路は薄暗くてよく見えないが、身に着けているものからして上流のご婦人のようだ。こんな下町の小路には似つかわしくない。

女性は、呼びかけに全く応える事はなかった。まさか……と思いながら首元に手をやって、脈がない事に血の気が引く。

（死んでいる……？）

咄嗟に手を引っ込めた次の瞬間、雲の合間から覗いた月が、女性の全身を照らし出す。

血の気の欠片すらない、あまりに白すぎるその肌に這うのは、紅い蔦のようなもの。蔦は女性の全身を隈なく覆っている。

蔦の各所に咲き誇るのは、血を吸ったのではと思う程に深い赫の花……

「死体……？　ち、血花……⁉」

帝都を騒がせている、紅い花を咲かせた変死体が見つかる事件。

そう、帰途につく前に散々言われたではないか。物騒だから、気をつけなさいと。

人々の囁きの端にのぼっているのを聞く事はあれど、何処か遠い話のように思っていたそれが、今日の前にある。

状況を理解した次の瞬間、歌那の喉から迸《ほとばし》ったのは絶叫だった。

――ただでさえ貴方《あなた》って巻き込まれやすいのだから。

何事か、という剣呑な叫び声と共に近づく足音を感じながら、意識が遠のいていく歌那の脳裏に、紅子が呟いた言葉が浮かんでは消えていった……

歌那が意識を取り戻した時、そこは警察だった。

どうやら、声の限りの悲鳴を上げた直後に気を失ってしまい、その間に運ばれたようだ。

歌那の意識が戻ったのを確認した警察は、早々に取り調べを始めた。

成りゆきから、犯人と疑われている事はすぐにわかった。

必死に小路から出てきた若い男の話をしたが信じてもらえない。むしろ、小路に入った事をやけに威圧的に追及された。

確かに、状況的に歌那が怪しいのは事実であろう。さりとて、犯人と断じきるだけの証拠もないため今日は釈放となり、身元引受人として見城が呼ばれた。

何とも言えない顔でつかれた見城の溜息に、歌那は俯きながら縮こまってしまった。

その場に一人残っていた警官は、歌那を解放するのに不本意な様子である。見城にも非友好的な視線を向けていたと思えば、吐き捨てるように呟く。

「こんな混血女、締め上げてやればすぐに吐くだろうに」

だから、違うっていうのに。そう言ってやろうとした歌那だが、すぐに痛みに顔を顰め言葉を呑み込んだ。

警官が、歌那の片腕をねじりあげたのだ。

叫んでやろうとした歌那だったが声を発する事はなかった。叫ぶ前に、見城が警官の腕を掴んだからだ。

左程力が籠っていないように見えたのに、男の手はするりと歌那の腕を離す。

瞬く瞳が向く先で、見城は首を軽く傾げて言葉を紡いだ。

「……うちの看護婦に無礼な真似は慎んでもらおうか？」

「女のくせに医者の真似事なんぞ偉そうに。女は……」

続けようとした警官は、それ以上何も言えなかった。

見城は静かに、穏やかに微笑んでいた。有無を言わせぬ程の『圧』を以て。その笑顔は、底知れぬ深淵を思わせる程に深く、あまりに美しかった。

「……如何《いか》にすれば助かるかはね」

つ……と見城の指が、固まっている警官の顎をなぞる。流れるようにその指先が警官の頸動脈辺りに添えられる。

「……如何《いか》にすれば死ぬかの裏返しなんだよ？」

その言葉に、一瞬にして男の顔色が蒼くなる。

何とも言えぬ迫力に、つられて歌那まで蒼褪《あおざ》めてしまった。告げた相手が見城のような美女であれば、威力は尚更である。

知っているはずの人が、知らぬ他人にすら思える程の威圧感。あまりの美しい迫力に言葉が消え失せ、何も出てこない。

警官は、しどろもどろに捨て台詞を吐くと逃げるように立ち去っていった。

「あの、今の大丈夫だったんでしょうか……？」

「まあ、気にしなくていいよ。女だてらに医者なんてやっていたら、それだけでいらないやっかみを受けるしね」

露程も気にしていない様子の見城に、頼もしさを覚える。

何時もの見城だ、と歌那は思った。先程感じた恐れなど嘘のような、何時もの朗らかで凛とした診療所の主《あるじ》である。

知らずの内に強張っていた身体から、力が抜ける。

さて帰ろうと促す見城に連れられて、歌那は警察を後にした。

見城と共に診療所に戻ると、玄関には紅子の姿があった。

歌那と紅子は同じ下宿に暮らしている。それなのに、先に診療所を出たはずの歌那がいないのを怪訝に思い、診療所に戻ってきたとの事だった。

心配そうだったその表情は、事情を説明されてゆくに従って呆れのようなものへと変化していく。

「本当に巻き込まれやすい体質よね、歌那さんったら……」

深い溜息と共に呟かれたのが、この台詞である。

今回に限っていえば、自分の軽率な行動が招いた結果であるがために返す言葉がない。

それでも、貴方《あなた》が無事でよかったと言ってくれる紅子に目頭が潤みかける。

人の死に直面するのは初めてではない。けれど、『非日常的な死』に直面する事など、今までなかった。

脳裏に浮かぶ、白い皮膚と対をなすように赤い、蔓の這う紅い花に彩られた遺体。

もし、あの場所へ至る時が少し違っていれば。

――あれは、自分の今の姿だったかもしれない。

がたがたと、身体の震えが止まらなくなる。今更ながらに顔から血の気が失せる。

持ち前の気丈さで乗り切っていたものが、落ち着ける日常の空間に戻ってきて緊張の糸が切れたのだ。

「落ち着いて。……今はもう大丈夫だよ」

言いながら見城は歌那の肩に手を載せて、あやすように軽く叩いている。ゆっくりと伝わる律動が、震えを、怯えを落ち着かせていく。

次に口を開いたのは紅子だった。

「歌那さん、小路から出てきた人がいたって本当？」

「……凄い、綺麗な男の人でした」

月明りの下の深紅の髪に琥珀の瞳の青年は、心に焼き付く程に美しかった。

珍しい色彩だけではない。顔の造形もまた滅多に見ない程の、稀《まれ》な美貌の青年だった。

華だ、と思った。月下に咲く華にも似た、美しい男性……

ただし中身は最悪と、心の裡《うち》にて付け加えるけれど。それはもういい。

大事なのは、浮上してきた可能性である。

「きっと、あの人が犯人なんです……！」

青年は、慌てて飛び出してきたかと思えば、そのまま急ぎ足で消え去った。その様子は、まるで何かから一刻も早く離れようとしているように見えなかっただろうか。

――犯行現場から、逃げ去る犯人のように……

それを聞いて、紅子も見城も難しい表情で沈黙を纏《まと》う。

殺人事件、それも怪異すぎる事件の犯人と疑わしい青年。顔を見てしまった歌那を、件《くだん》の青年が犯人であれば放っておくであろうか……

自分は平穏な日常を愛しているはずなのに、どうしてこうなったと歌那は裡《うち》に苦く呟き続ける。

あの時、小路に足を踏み入れさえしなければよかったのだろうか。

いや、違うと何かが言う。とうの昔から、それは始まっていたのだと。

未だ視界に焼き付いて離れない、深紅、赤、赫……

それは、始まりであり終わりを告げるものであったのだと……


翌日から、歌那は頭の痛い事態に見舞われていた。

「歌那さん、例の事件の目撃者なのですって……？」

「そうみたいですね……」

本日何度目かわからない質問に、歌那は内心で密やかに涙するしかない。

歌那が血花事件の遺体を見つけた、という情報は噂となって診療所の患者達に広まっていた。人の口に戸は立てられないとはまさにこの事だ。どれ程口止めしても、噂は広まり続けている。

警察からは犯人と疑われたが、患者からは疑われないのは歌那の人徳と言えない事もない。ただ、謎の怪奇事件の目撃者という事で入れ代わり立ち代わり声をかけられるし、特に噂話大好きな奥さん達はあれこれ聞きたがる。

これには見城も苦笑するしかなく、人の噂も七十五日と慰めてくれた。

紅子はなるべく奥に引っ込んでいた方がいいと言ってくれるが、三人で回している診療所である、そうはいかない。

遺体の目撃に関しては曖昧《あいまい》に言葉を濁し躱《かわ》していたものの、もう一つ目撃した事については頑なに口を閉ざした。

あの、小路から飛び出してきた青年についてだ。

見城と紅子からもそうすべきと言われているし、歌那自身も口にしたくない。

青年が犯人だったとしたら、目撃者ですと吹聴する人間を放置しておくだろうか。

ただでさえ怪しい人間を目撃してしまったという危うい立場なのだ、それ以上に危うくする気など当然ながらない。

あの心に焼き付くかとすら思う美しささえ、今は恐ろしいとしか思わない。

出来ればもう二度と会いたくない。

このまま、記憶の彼方に消し去って、噂が消え去るのも待って、元の日常に戻るのだ。

そう思いつつ、湧き上がってくる様々な雑念を振り払うかのように、歌那は業務に没頭した。

仕事に集中してしまえば、あっという間に終業の時刻を迎える。今日は些か患者が多く、最後の一人が帰った頃には空は薄闇に覆われていた。

下宿へと帰る道すがらの、川沿いの道にさしかかる。電灯のない路を灯りの提灯《ちょうちん》を下げて歩く歩みは、自然と早くなる。

お遣いに出た紅子が診療所に帰るのを待っていればよかったと早くも後悔していた。黄昏時《たそがれどき》、空を刻々と覆っていく闇は、嫌でもあの日を思い出させる。とにかく一刻も早く下宿に戻って休むのだと歌那の足の運びは一層早まる。

その時、前方にふわりと人影が浮かび上がり、びくりと身体が硬直する。

（あ、金森《かなもり》の若奥さんだ……）

薄明りに照らされて歩んでくる人は、診療所の患者の一人だった。このような夜更けにこんな人気のない場所を、灯りも持たず歩んでいる。

歩みがやや不安定に見える……と思った矢先に、その人影は地面に倒れ伏した。

その様子を見た歌那は、血相を変えて駆け寄る。

「金森の奥さん⁉　大丈夫ですか⁉」

胸に病を抱えていた若奥さんが発作でも起こしたのかと思ったのだ。

呼びかけながら抱き起こそうとして、その腕に触れて思わず手を引っ込めた。

冷たかった。元々色白だった肌は、血の気など一切感じられぬ程に白く、触れた指に伝わる温もりは皆無なのだ。恐る恐る、首元に触れてみるけれど。

（脈が……ない……。息もしてない……）

歌那の経験からして、これは『死んでいる』という状態である。

それでも、先程まで歩いていた、つまりは生きていた。

それにしては、この冷たさは異常である。死んでから数刻経ったと思われる冷たさなのだ。

この血の気の失せ方は尋常ではないと、思った瞬間であった。

目を見張る歌那の目の前で、それは芽吹いた。

始まりは、胸を突き破り這い出した幾本もの蔓。見る間にそれは全身を覆い絡まり、蕾をつけたと思えば、花開く。

手足を這う紅い蔦、蔦のあちこちに咲き乱れる血のように赤い花。藍の着物を血に染めて胸を突き破り咲く花は、命の雫が凝ったかのような珠を宿していた。

これは、何処からどう見ても血花の遺体だ。

衝撃があまりに強すぎて、歌那の顔からは完全に色というものが消えていた。悲鳴すら出てこない。

「……あたしは、何も見なかった。何も見なかった、見なかった……」

茫然としたまま、何度も現実逃避に呟き続ける。けれど、そんな事をしても異様な死体は消えないし現実は変わらない。

立ち上がり、落としてしまった灯りを拾って、遺体に背を向ける。ここは、現実的な選択として警察に知らせるしかない。茫然としたまま、歌那は小走りに駆け出した。

そして、ふと足を止めた。何かを感じたからだ。

きっと、振り返ってはいけない。それでも振り返らずにはいられない。

そうっと、歌那は背後を振り返る。

背を向けた歌那の後ろで、あり得ざる事態が起きていた。

「う、動いて……⁉」

(嘘でしょう……?)

死んでいたはずのそれは、動いていた。ゆらりと立ち上がって、何かを求めるかのように、蔓と紅い花に覆われた腕を伸ばし、歌那へと着実に歩み寄っていた。

白目も全て赤く染まった瞳は、奇妙な光を宿して歌那を見つめている。そこにはもはや、歌那の知っている若奥さんの面影はない。

『ミナモト……ハハ……』

何かを呟きながら、『若奥さんだったもの』は確実に歌那に近づいてきている。あれはもう、人間ではない、どう見ても『化け物』だ。

差し込んできた白々した月の光が、改めてそれを照らし出す。

顔見知りが化け物になってしまった事に何かを思う暇もない。

どう見ても日常からかけ離れた光景に、歌那の身体が小刻みに震える。

「来ないで……！」

漸《ようや》く、絞り出すように言葉を紡げども、化け物の歩みが止まる事はない。更にじわじわと距離は近づいてくる。

その腕が、歌那に届こうかという時だった。硬直していた歌那が叫んだ。

「だから、来ないでーっ！」

一瞬の隙をついて化け物へと伸びた歌那の両手は、化け物の襟元を掴んだ。

その勢いを利用して片方の肩で荷物を担ぐように相手を背負い上げると、そのまま前方へと相当な勢いで投げ飛ばした。

化け物は、なす術もなく離れた場所へと落ちる。

歌那は、肩で大きく息をしながらそれを見つめていた。『火事場の歌那ちゃん』ここに極まれりである。

力を使い果たしてしまったのだろうか、逃げ出したいのに足が動かない。

化け物は地に手をついて、ゆっくりであるが起き上がろうとしている。動け足、と裡《うち》で自分を叱咤していた歌那の耳に、呆れとも感心ともつかぬ男の声が聞こえた。

「まさか、血花鬼《ちばなおに》を投げ飛ばす人間がいるとはなあ……」

「のんびり言ってないで、助けるわよ」

最初は、空耳かと思った。しかし、女の声が続いたため現《うつつ》であると知る。

誰かいる？　と思った瞬間、立ち上がった化け物が音を立てて吹き飛ばされていた。

何が起こったのかと目を瞬く歌那が後ろを振れば——

そこには二人の男女がいた。思わず、状況も忘れて惹きつけられる程に美しい二人が。

一人は藤色の髪に淡い翠《みどり》の瞳の、男性である。女のように長く伸ばした髪は緩く纏《まと》めて簪《かんざし》までさして、着流しの上に羽織っているのは女物の着物ではなかろうか。

もう一人は白雪の髪に黄玉の瞳の、女性だ。肩までの断髪に、身体の線に沿った細いワンピース姿は銀座《ぎんざ》でよく見るモダンガールそのもの。

咲き乱れ風にそよぐ満開の藤の花と、凛然と立ち花開いた菊の花、何故かそんな印象を歌那は受けた。

——どこかあの青年に似たあやしい美しさを持つ男女だと、思った。

「大丈夫か、嬢ちゃん」

「は、はい……何とか……？」

声をかけられて咄嗟に返してしまったが、続く言葉は出てこない。

「無事なら何よりだ。……っと、油断も隙もねえ」

場にそぐわぬ朗らかな笑いと共に、男性が簪《かんざし》に触れた。

藤を意匠にした簪《かんざし》は風に揺れ、きらきらと不思議な輝きを放っている。それは、虹が踊って弾けるような稀《まれ》な光彩に思えた。

簪《かんざし》から光が零《こぼ》れたかと思えば、次の瞬間、その手に生じたのは光を紡いで束ねたような鞭である。風を切る音と共に男性が振るった光の鞭は、いつの間にか起き上がっていた化け物を再度盛大に後方に吹き飛ばしていた。

何時の間に、と遅れて事実に気づいた歌那の顔が更に蒼褪《あおざ》める。

『ミナモト……ハハ……ミナモト……』

二度吹き飛ばされれば打撃は浅からぬ様子で、地べたを這いずってはいるもののなかなか立ち上がろうとはしない。

不思議な言葉を吐きながら、もがくばかりの化け物を見て男性は首を傾げる。

「ハハ……。嬢ちゃん、まさかあれの母親か？」

「あたしは未婚です！」

言われた言葉に、思わず叫んで返す。冗談じゃない、嫁入り前なのにおかしな疑惑を向けられては堪らない。

「藤霞《とうか》、馬鹿な事言わないで頂戴、気が抜ける」

肩を竦めて女性が釘を刺せば、男性は悪い悪いと笑ってみせた。だがすぐにその瞳が剣呑な光を帯びて細められる。

歌那もつられてそちらへと視線を向けたなら……

『ミナモト……ハハ……』

化け物がまたも立ち上がっていた。

腕はおかしな方角に折れ曲がり、首もあやうい傾きをしたままだというのに、化け物は歌那へと近づいてこようとする。

ただ一途に、歌那を求めているかのように。

男性にも女性にも注意の欠片すら向けず、ただひたすらにその虚ろで紅い眼差しは歌那に向けられていた。

「……妙だな」

男性は怪訝そうな眼差しを、化け物と歌那とに交互に向ける。

何かを見極めようとしていた様子だが、ふと溜息をついて、再び光の束の鞭を構える。そして不敵な表情で視線を一瞬女性と交わし、次の瞬間には化け物へ向けて地を蹴っていた。

「ここは、基本に忠実に、か？」

男性の腕が振るわれると、鞭を織りなす光が螺旋となり、化け物に絡みつきその動きを奪う。化け物はそれを振り解こうともがくけれど、抵抗すればする程光は絡みつき更に動きを奪っていく。動きを封じたのを確認すれば、男性は叫ぶ。

「やれ！　白菊《しらぎく》！」

「はい、了解！」

　しゃらり、と涼やかな音と共に女性の手首の腕輪が鳴る。その見事な細工も、帯びる不可思議な光も、男性の簪《かんざし》と同じに見えた。違うのは、意匠の花が菊である事だけ。女性の手に、光を編み上げたような二つの円状の刃が生じる。そして、優雅なまでの動きでその二つの円刃を化け物へと投じた。

　光の輪が交互に一閃し、次の瞬間には緋の飛沫が宙に舞った。咽返《むせかえ》るような血の臭気を感じたと思った時には、化け物の頭部は地に落ちていた。

　頭部を失った身体は、一拍おいて倒れる。見る間に血溜まりが出来たかと思えば、落ちた頭や身体を浸していく。

　完全に顔色をなくした歌那の前で、化け物は起き上がる事はなかった。

　男性と女性は視線を交わして一つ頷き合う。そして、欠片も言葉を紡ぐ事が出来ずにいる歌那に軽く苦笑いを浮かべてみせた。

「まあ、聞きたい事は山程あるだろうがここで話し込むのも何だ、場所を変えるぜ。流石《さすが》にここは場所が悪い」

　倒れ伏して動かぬ化け物を親指で示す男性。

　転がる頭部は、光を宿さぬ虚ろな瞳で歌那を見ていた。元々は知人であった存在の頭部が、地に転がっているという事実に歌那は茫然としていた。

帰る家も待つ家族もあった人が、今、人ならざるものとなって、頭と胴が分かれて血溜まりに沈んでいる。

喉がからからに渇いている。舌が張り付いてしまったかのように、言葉が出てこない。

歌那がそれを見つめて動けないでいるのに気づいた男性は、何事もないように告げる。

「……明日になれば、警察が見つけるだろうよ」

「そ、それだけ……ですか……？」

漸《ようや》く絞り出した声は、掠れていた。

化け物とはいえ、少し前まで動いていた存在だ。そして元はといえば確かに人であったものである。

それを倒し、命を奪ったとも言える二人は顔色一つ変えずに答える。

「血花鬼になった段階で、元々死んでいたもんだからなあ……」

「血花事件の被害者が一人、増えただけよ」

冷静すぎる程に冷静な、冷徹とも言える言葉に歌那は思わず息を呑んだ。

たった今動いていた相手の首をいとも容易《たやす》く落としてみせた二人の答えは、その通りであっても人間としては受け入れ難いもの。

歌那は思った、この二人は果たして人なのかと……

化け物を倒してみせた不可思議な技。それに、人並外れた美しさ。

助けられたのは確かだ。しかし。

（ついていっていいの……？）

わかる事は、この二人は確実に何かを知っている。

知りたい、知りたくない。信用したい、信用したくない。

鬩《せめ》ぎあう二律背反《にりつはいはん》な感情に、歌那の心は揺れ続け、足は縫い留められたように動かない。

静かにその場に背を向け歩き出した女性に続き、歩みを進めようとした男性は肩越しに振り返る。そして、歌那の裡《うち》の逡巡を見抜いた様子で、苦笑する。

「信用出来ねえのは無理もないが。……ここで時間を無駄にするよりは余程いいと思うぜ？　せめて人気のあるところまでついてこい」

そう呟く男性の声音は思いのほか優しい。

何かを決意するように頷いた歌那は、覚悟を決めて二人の後に続いて歩き出した。

三人の姿が闇の向こうに消え、その場には静寂が満ちる。あるのは、首の落ちた化け物の残骸だけ。

どれ程経った後であろうか、静寂を打ち消すように何かを引きずる音がした。

——ずるり。

血溜まりに沈んでいた化け物が、地に手をついて起き上がろうとしていた。

頭部のない身体は、何かを探すように地面を探る。

やがて、飛ばされた頭部に触れればそれを持ち上げて、帽子を被るように無造作に首の上に載せた。続いて紅い蔓が境目を這ったかと思えば、何事もなかったかのように首は身体に繋がっていた。

ケタケタと、紅い花を咲かせた化け物は嗤《わら》い始めた。それは、何処か嬉しそうで誇らしそうにも見える嗤《わら》いだった。

嗤《わら》う化け物は気がつかない。自分の背後に、新しい人影が一つ生じている事に。

黒い外套を深々と被った人物の手には、僅かな灯りすら弾いて輝く鋼の大鎌があった。

その指には一際強く目を射抜く紅の光。気のせいとしてしまうにはあまりにも美しすぎる輝き。

それは『指輪』だった。繊細な金線で表された、華やかな薔薇《ばら》の意匠の指輪。妖しく美しい紅い宝石が、その中央に鎮座している。

『……ハハ……ミナモト……ハハ……』

「ああ、成程。彼女と会ったのね」

鸚鵡《おうむ》のように繰り返す化け物の言葉を聞いて、「全く仕方ないわね……」と人影は呟く。言いながら、無造作に手にした刃を音もなく一閃させる。

光が、走る。

次の瞬間には、化け物の胸に存在していた、紅い珠が切り取られていた。

化け物は、大きく痙攣《けいれん》したかと思えば糸が切れたかのようにその場に崩れ落ち、そのまま動かなくなる。

外套の人影は、刈り取った紅い珠を掌《てのひら》に載せて呟いた。呆れ交じりの溜息をつきながら。

「……本当に、巻き込まれやすい人」

複雑な色が含まれたその呟きを聞く者は、誰もいなかった。

第二章　非日常へ足を踏み入れて

「さあ、入りな。きちんと説明してやるから」

開かれた襖を示して長髪の伊達男《だて》に言われ、一瞬の逡巡の後、歌那はそれに従った。

ここまで来たからには、何も聞かずには帰れない。

――あの非日常の体現のような出来事の後。

迷う事なく商家の立ち並ぶ通りに足を踏み入れた二人の男女は、歌那の懸念を他所《よそ》に、何時の間にか日本人らしい黒い髪と瞳に転じていた。

そして、着いたぞと言われて顔を上げたなら、そこは一際大きな商家の前だった。

歌那は思わず目を見張った。

威厳ある一枚板の看板にはこう彫り込んである――『若月屋《わかつきや》』と。

ぽかんと開いてしまった口が、なかなか元に戻らなかった。

若月屋といえば、扱う品は高級品ばかり。歌那のような一般庶民には縁のない、ここ一帯きっての大店《おおだな》である。

歴史こそはそう深くはないが、先代に代わり采配を振るう事になった若旦那がやり手で有名であると聞いていた。手堅くも手広く商いをしている一流の店であるとも。海外とも積極的に取引しており、舶来の品を多く取り扱っている事でも知られている。

この二人は、若月屋の関係者なのだろうかと歌那が訝しんでいると、男性は臆する事なく木戸を開き敷地内へと歩みを進めた。女性もまた足を止める事なくそれに続く。男性はごく自然に履物を脱いで中に入り廊下を歩んでいく。

恐る恐るそれに続いていた歌那ではあったが、前方に現れた女中と下男と思しき人々が男性にかけた言葉にまたも目を瞬いた。

彼らは男性を見て『若旦那』と呼びかけたのだ。

固まる歌那を示して客人だと言った若旦那は、歌那にお風呂と食事と着替えを用意してやれと女中に命じた。

後で説明してやると言われて送り出された先、歌那は至れり尽くせりの扱いを受けた。

大きなお風呂にたっぷりの熱いお湯。着替えとして用意されたのは、普段着ているものより段違いに上等な着物。恐縮して変更を訴えても、女中は笑顔で煙《けむ》に巻くばかり。

お風呂の後に『あり合わせですが……』と恐縮しつつ出されたご飯は、とてもとても美味しかった。流石大店《さすがおおだな》、あり合わせの格が違うとおかしな感心をしてしまう。

これが温泉宿にでも来たのであれば、素直に感嘆の息でもつけようものであるが――

(お、落ち着かない……)

落ち着けるはずがない。

日常からかけ離れた光景を目にして、人なのかと疑う男女に助けられ、何故自分はのんびりとお風呂につかって着替えてご飯を食べているのか。出された食事をちゃっかり完食してしまっている自分の逞しさに内心涙する。

女中さんとの会話からわかった事もある。

男性は確かにこの大店《おおだな》を仕切る若旦那であり、名前を藤霞というらしい。女性の方は白菊という名前なのだという。

一息ついた頃を見計らい、若旦那がお待ちです、と女中に案内された。進んだ板張りの廊下の先には、その若旦那の姿がある。

襖の前にいた若旦那こと藤霞は、歌那の姿を認めれば明るく声をかけてきた。

緊張の幾ばくかは解れたが、まだ現実を認識しきれていない。

それがありありとわかる硬さの残る歌那に藤霞は苦笑し、連れてきた女中に人払いをするように告げる。

頭を下げて去っていく女中の背を見送ってから、おもむろに藤霞は歌那に向き合い、襖を開くと歌那に声をかけた——

そして、今目の前にある光景に繋がる。

促されるままに部屋に入れば、まず先程の女性……白菊と視線が合った。白菊は微笑んで「いらっしゃい」と口にしてくれる。

部屋には、もう一人いた。

そう、一人——仏頂面をして胡坐《あぐら》をかいている男性が増えていたのである。

年の頃は歌那と左程変わらぬように見える。服装からして、何処かのお屋敷に奉公している書生といった風情であるが、その顔の造作はあまりにも整いすぎて美しい。——そう、記憶に焼きつく程に。

（あ、あああ、こ、こいつ……！）

そう、髪と瞳の色こそ違うけれど、人には稀《まれ》な美貌の青年のこの顔は、忘れたくても忘れられない……！

気がつけば、歌那は青年を指さして遠慮ない大声で叫んでいた。

人を指さしてはいけないよ、と見城が諭す姿が過《よぎ》ったけれど、今はそれどころではない。

「あああっ！　ひ、人殺し⁉」

「お前、あの時の女！」

叫び声を聞いて顔を上げた青年は、歌那の顔を見て一呼吸置いてから顔を顰めて叫び返した。

間違いない、あの夜に歌那と出会い頭にぶつかった——歌那が血花事件の犯人と思っていた相手である。それが何故ここにと思えば、咄嗟に身構えてしまう。

どうやら、あちらも歌那の事を覚えていたようである。叫びながら歌那を睨みつけて、青年もまた身構えている。

叫び合いながら臨戦態勢を取る二人を見て、藤霞はふむと呟き首を傾げてみせる。

「よくはわからんが、顔見知りらしいな」

その言葉を聞いて、青年が藤霞へと苛立ち交じりの声音で叫ぶ。

「誰が！　こんな女！」

「人殺しの知り合いなんていません！」

青年が叫ぶのと、歌那が叫ぶのはほぼ同時だった。お互いの言葉を耳にすれば、二人の表情は更に険しくなる。

「誰が人殺しだ？　喧嘩売りやがるなら買うぞ？」

「あんた以外に誰がいるってのよっ！」

柄の悪い返しに、カチンときた歌那は負けじと言い返す。

喧々囂々《けんけんごうごう》……というよりは、何処か奇妙な微笑ましさがあるいがみ合いである。

「人払いしておいて正解だったなあ」と呟く藤霞に、白菊が溜息交じりに言う。

「……とりあえず、落ち着かせた方がよくない？」

「そうだな、とりあえず落ち着けや。嬢ちゃんも、永椿《えいちん》も」

手を打ち鳴らし二人の注意を引いてから、藤霞は襖を閉じる。そして座布団に座るように歌那に促すと、自分も本人のものと思しき座布団に腰を下ろす。

二人は渋々といった様子でそれぞれ座り、若旦那に視線を向ける。

「まず、誤解は解いておいた方がいいか。嬢ちゃん、こいつは人殺しじゃねえよ」

言われても、歌那の疑いの眼差しは消えない。青年からも険悪な視線が向けられている。どう見ても友好的になった様子はない。

苦笑する藤霞は、青年を示しつつ更に説明を続ける。

「こいつは永椿、俺らの仲間だ」

仲間と言われても、と思う。確かにこの二人は自分を助けてくれた、けれどその仲間と言われて信じていいのか。

青年――永椿があの遺体のあった小路から飛び出てきた事だけは揺るぎない事実だ。

そして……

(この人達は、多分……)

歌那の胸にはおかしな確信があった。

初めて会った時の彼らは違う今の髪と瞳の色。二人が振るった不可思議な力。第六感とも言える、説明出来ない感覚である。

表情を硬くしたまま俯いて黙り込む歌那を、まあ無理もないと言いたげな表情で見つめながら更に説明は続く。

「俺達と一緒に事件を追っていただけだ。こいつは殺しちゃいねえ」

そう言われても、簡単に納得出来ようはずもない。

舌打ちしながら険悪な眼差しを向けてくる永椿を睨みつけながら、小さく唸るように唇を引き結ぶのみである。

「これは重症ね」

白菊は困ったような表情で呟いた。

そこで、藤霞がふと何かを思い出したように目を瞬き、苦笑いして謝りながら口を開く。

「肝心な事を忘れていたな。名乗ってなかった。俺は藤霞、こいつは白菊だ」

女中達から聞いて知ってはいたものの、こうして正面から名乗られれば自分も名乗らないままではいられない。藤霞と白菊へと頭を下げながら、歌那もまた名乗る。

「あたしは、東雲《しののめ》歌那っていいます。見城診療所で働いている看護婦です」

「おお、あの見城診療所か。えらい別嬪《べっぴん》な先生って評判の」

「はい、美人なだけじゃなくて、腕もいいのです！」

誇らしげに語る歌那に、永椿の溜息交じりの声が聞こえた。

「……看護婦も美人って噂だったが、ガセだったんだな」

「紅子さんは美人です！」

喧嘩売ってんの⁉ と歌那が噛みつけば、再び始まる二人のいがみ合い。

――歌那は気づかなかった。藤霞と白菊が視線を一瞬だけ、意味ありげに交わした事に。

「だから落ち着けっての……。本題入るぞ」

溜息交じりに藤霞が言えば、「こいつが！」と口を揃えて二人が言う。仲がよいのか悪いのかと白菊は溜息をつく。

「概ね嬢ちゃんも察しているだろうから、話は手早くいくとしよう」

藤霞が二人に目配せすれば、白菊は小さく頷き、永椿は不貞腐れたように息を吐く。

次の瞬間ふわりとその場に光が満ちて、歌那は眩しくて思わず瞳を閉じた。そして、再び瞳を開いた時、彼らは、身に宿す色彩を変えていた。

藤霞は、光を透かせば紫水晶にも見える藤色の緩やかな髪と、淡い色の翠玉の瞳に。

白菊は、銀を刷いたような輝きを持つ白雪の髪と、黄玉の瞳に。

永椿は、天鵞絨《びろおど》のように滑らかで紅玉を思わせる深紅の髪と、琥珀の瞳に。

こうして見ると、何と美しい人達なのだろうと思わず言葉を失う。黒を纏《まと》ったままでも充分に美しいとは思ったけれど、やはりこちらの色彩の方がより美しく見える。

恐らく、こちらが彼らの本来の色彩だからなのだろう。

「察しちゃいただろうが、見ての通り俺達は人間じゃねえ」

「……そりゃあ、あんなところを見た後に今のを見せられたら、信じないわけにはいかないです……」

人間は、光を紡いだ武器で化け物と戦ったりしないし、その首を飛ばしたりもしない。髪や瞳の色を自在に変えてみせる事だってしない。

それに、この人達はあまりに美しすぎる。心を奪って離さない程に。

何故、自分にそれを教えてくれるのか。何故、自分は人ではない相手を前にしても怯える事もなくその言葉を素直に聞いているのだろうか。

疑問は出口を求めて鬩《せめ》ぎあい、何から口にしてよいのかもうわからない。

確かなのは、御伽噺《おとぎばなし》のような存在が……日頃自分を取り巻いていた日常とはかけ離れた存在がそこにいるという事だ。

歌那の思考は、もはや極限と言ってもよい状態だった。

そんな歌那の裡《うち》を見透かしているのだろうか、やや苦笑気味に藤霞は説明を紡ぐ。

「俺達は、人間が言うところの付喪神《つくもがみ》って奴だ。……一応な」

「何故、一応」

自分達の事であるのに、何故一応がつくのだろうと思った歌那は素直にそれを口にする。

それに応えたのは、白菊である。

「一般的に、付喪神は百の歳月を経て生じるものって言われているでしょう？」

「確か、昔聞いた話ではそうだったような……」

永い歳月を経た器物に、神や精霊が宿って生じたものであると母から昔語りで聞いた気がする。だから物を大事にねと。

「でも俺達は、創られて七歳で生じた。……規格外だから、一応ってな」

確かに、通常は百の歳月を経て生まれるものが七の歳月で生じれば、それは規格外と称するに値するかもしれない。

「そもそも、本当に付喪神かどうかもわからんしなあ」

しみじみ呟く藤霞に、軽く苦笑する白菊。その間、残る一人は不機嫌そうに唇を引き結び、沈黙を貫くのみ。

「こいつが俺の本体だ」

そう言って藤霞がさしている簪《かんざし》を示せば、白菊は右腕にしていた腕輪を見えるように差し出してくる。

永椿は、一瞬顔を顰めた後、投げやりな仕草で右手を差し出してみせる。その中指には椿を象《かたど》ったと思しき指輪があった。

藤霞がさしている簪《かんざし》に、白菊がつけている腕輪、永椿がしている指輪。それぞれ、皆あまりに美しいものだった。

金と銀の繊細な曲線が巧みな技で象嵌《ぞうがん》され、七宝《しっぽう》と思しき花びらに一つ一つ施されているのは小さな貴石だ。緻密でいて、どこか華やか、和の趣を湛えつつも西洋を思わせる。しかし、その細工以上に美しいのは、焔《ほのお》のように七色の光が弾け踊る妙なる輝きだ。透明でありながら、何とも稀《まれ》なる輝き……

父が宝石商でも歌那自身は装飾品といったものには全く縁のない暮らしを送ってきた。こんなにも美しいものに今までお目にかかった事などなくて、見惚れて言葉を失ってしまう。

「俺達は石華七煌《せっかしちこう》、そう呼ばれている」

続いた藤霞の言葉に、漸《ようや》く我に返る。

石の華、という意味なのだろうか。目の前の彼らにしっくりと馴染むと思った。煌めく石――宝石の華、この美しい男女に何とも相応《ふさわ》しい呼称のような気がする。

「仲間は七人。俺達みたいに人間に紛れて暮らす奴もいるし、本拠地からあまり出てこない奴もいる。……勝手気ままに放浪していた奴もな」

若干、放浪していた仲間に触れる際にその眼差しが遠くなったのは気のせいであろうか。

成程、仲間が常に同じ場所にいるわけでも、全員が人に紛れているわけでもないらしい。

そう思いながら白菊と永椿に視線を向ければ、白菊と眼差しが交錯する。視線が合った彼女は優しく微笑むと、何かを懐から取り出した。

「私は、新聞記者をしているわ」

はい、どうぞと名刺を渡されて反射的に両手で受け取ってしまった。

そこには誰もが知る新聞社の名前と、『月村《つきむら》白菊』という名がある。女性の新聞記者などまだまだ珍しい。職業婦人の憧れとも言える存在に思わず目を見張ってしまう。

「……俺は、華族の屋敷で書生」

続いたのは永椿の不愛想な言葉だった。風体が、確かに典型的な書生のそれである。ただし、風貌に関して言えば滅多にいない美形ではある……口さえ開かなければ。

「俺は見ての通り、商いをしている。人間じゃないといっても、人様に迷惑かけたり悪さしたりしているわけじゃねえ」

二人の発言を引き取り、纏《まと》めるように藤霞は紡ぐ。確かに、若月屋にもその若旦那にも悪い噂や怪しい噂など聞いた事がない。

その言葉通りであるならば、彼らはあくまで人の理《ことわり》に従い、人の世で生きているのだろう。

「大事がなければ普通に日々暮らして特に動かないが、今は事情が事情でな」

「……血花事件、ですか？」

「話が早くて助かる」

(わからないわけないじゃない！)

今ここに自分がいるのも、目の前に彼らがいるのも、彼らの正体について語られたのも、全て血花事件に関わってしまったからこそである。

聞いてしまえば戻れなくなる。けれど、もう聞かぬままではいられない。大事にしていた日常が更に遠ざかる気配を感じてはいる。

今日の夜は長くなりそうだ、ぼんやりとそう思った。

一息つくかと、藤霞は部屋にあった茶道具で茶を淹れてくれた。

出された茶碗を、素直に礼を言って受け取り口をつければ、上等な茶葉の香気に緊張が和らぐ。

自身も茶を一口飲めば、藤霞は切り出した。

「血花事件については、ある程度は知っているよな？」

「……ある程度も何も、二回も遺体を見つけてしまいましたよ……」

一度目は永椿とぶつかった時に、動かぬ遺体を見つけた。二度目は目の前で遺体から血花が花開き、動く遺体に襲われた。

ここ暫くの波乱を思い、死んだ魚のような目になって呻く。

そんな歌那の様子に、同情するような眼差しを向けて藤霞は溜息をつく。

「……嬢ちゃん、巻き込まれやすいって言われた事ないか？」

「言われていますけど！」

紅子に何時も言われている事を指摘され、思わず涙目になりながら叫んでしまう。

まあまあ、落ち着いてと白菊が歌那を宥める。

流石《さすが》の永椿も、若干歌那を見つめる眼差しが同情の色を帯びた……かもしれない。

「血花が生じる原因は、まだわかっていないけれど……」

思案するような色をその顔に浮かべながら、白菊は静かに呟いた。その後を引き取るのは、藤霞である。

「全身の血をあの血花に吸われて、血を吸った花は遺体を突き破って開花する」

歌那の脳裏に、今日見た光景が蘇る。

倒れた身体の胸を突き破って現れた蔓は遺体を覆い尽くし、血の色の花を次々と咲かせた。あの瞬間を思い起こして、小さく身震いしてしまう。

歌那の様子を見つめつつ、藤霞は更に説明を重ねる。

「大抵は血花を咲かせた段階で死ぬはずだが……」

人は血を失えば死ぬ。しかし、今日それを覆す光景も見たのだ。それを肯定するように、藤霞の言葉は続く。

「血花を咲かせた状態でも動き回って人に襲いかかる奴がいる、俺達はそいつを血花鬼と呼んでいる」

そう、今日見た血花の遺体は動いていた。立ち上がり歩み、歌那へと襲いかかろうとした。

血花鬼の瞳を思い出せば、歌那の面から血の気が失せる。

もしあの時、藤霞と白菊があの場に現れなければ、自分は一体どうなっていただろう……

二人は、偶然あの場を通りかかったのだろうか。それとも、追ってきたのだろうか……血花鬼の存在を。

彼らは何故、それを追うのか。彼らが人ならざる存在だからなのか……

「どうした？」と声をかけられて目を見張る。声をかけられても気づかない程に思考に没頭していたらしい。一瞬躊躇《ちゅうちょ》したものの素直に抱いていた問いを口に出す。

「何で、貴方《あなた》達が血花事件を追っているのかなって……」

「そりゃあ、血花事件が人の世ならざるものの……あやかしがらみの事件だからな」

問いに、苦笑しながら藤霞が答える。

目を瞬く。確かに、人の手によるものとは思えない事件であり、それ故に警察もどう対策してよいやらと二の足を踏んでいる。人ならざるものの手によると言われれば、思わず納得してしまう。

藤霞が、髪をかきあげながら深い溜息と共に続ける。

「……俺らの仲間が取り逃がした大物のあやかし……いや『凶異《きょうい》』が関わっているっていう可能性があるらしい」

「……凶異？」

耳慣れぬ言葉に歌那が首を傾げると、耳に静かな呟きのような言葉が聞こえた。

「あやかしの成れの果てだ」

それまで黙っていた永椿が、静かに口を開いた。

先程までとはうってかわって平静で落ち着いた口調だった。何処か苛立たしげなのは変わらないものの、歌那を見据え淡々と言葉を紡ぐ。

「あやかしの中でも、人の血と呪いを吸いすぎて堕ちる奴がいる。そいつらは悪戯に人の世に死と混乱を撒くだけの存在に成り果てる」

彼らが『悪さをしない人ならざるもの』であるなら、凶異は『悪さをする人ならざるもの』といったところだろうか。

わかりやすくそう考えてみたものの、背筋に冷たいものが走る。

「そいつらを凶異と呼んでいる」

永椿の口調も、二つの琥珀に宿る色も平静そのものなのに、呼び起こされるのは恐れである。凶異と呼ばれる存在そのものへの恐れが、歌那の背筋を凍らせる。

何も知らなければ、見なければ、想像の話と笑ってすませられただろうが、今はそれが出来ない。知ってしまったから、見てしまったから。この世ならざる悪意あるものを。

「中には『大凶異《だいきょうい》』って呼ばれるとんでもない奴がいてな……。そいつが、三年前騒ぎを起こした」

歌那の脳裏に、三年前に姉が亡くなった華族様のお屋敷の大火が浮かぶ。あれも大騒ぎにはなったが、関わりがあろうはずがないと思い直し、続く言葉を待つ。

「かなりの事をしでかしてくれたものだから、流石《さすが》に放置出来ないという事になったの」

そして、今になって漸《ようや》く尻尾を出し始めた事を白菊は語った。

余程の事がなければ動かないと言っていた彼らが、今こうしてその大凶異を追っている。何をしでかしたのかは知らないが、放っておけばより酷い事が起こると判断したのだろう。彼らは、人ならざるものと人の世の境界を守ろうとしているのかもしれないと思った。

巡り巡る思考を何とか落ち着けようとしている時、聞こえたのは大きな溜息だった。

「本当ならあいつにだって手伝わせるべきだろ……？」

「そう言うな、あの二人が色々と大変なのはお前もわかってるだろうが」

苛立ちを隠さず吐き捨てるように言う永椿を、藤霞が苦笑いを浮かべながら宥めている。

『あいつ』とは大凶異とやらを取り逃した仲間の事であろうか。いずれにしても歌那にそれを知る由《よし》も理由もないのだが。

そう、歌那には関わりない。というか関わってはいけない。

思い立った歌那は、あの、とおずおずと切り出した。

「あたし、何も言いません！　見た事も忘れます！　お家に帰ったら日常に戻って全部なかった事にするので大丈夫です！」

「まあ、その気持ちはわかるし、そうしてやりたいのは山々なんだが……」

藤霞の呟きに、不吉なものを覚える歌那。

まさか、知りすぎたから帰さないとかそんな流れか⁉　と思わず身構える。

気前よく喋ってきたのはそちらなのに、と毛を逆立てた小動物のような様子の歌那を、苦笑しながら藤霞が宥める。

「落ち着け、何かしようってわけじゃない。俺達も出来ればそうしてほしいんだが……」

なら何だ、と全力で訴える視線に更に苦笑すると藤霞は続けた。

「気になるのは、血花鬼が嬢ちゃんを見た時の反応なんだよ。目についたものを見境なく襲う性質だったはずだ」

反応、と言われて思い出す。

血花鬼と呼ばれた遺体は、真っすぐに歌那へ向ってきた。攻撃を受けて吹き飛ばされても、打撃を受けても、身体が損傷しても。その淀んだ瞳は常に歌那を捉え、手はひたすら歌那に伸ばされていた。

ぞくりと、背筋に冷たいものが走り思わず息を呑む。

「血花鬼は喋る事も殆どない」

歌那が遭遇した血花鬼は、微《かす》かであるが言葉を発していた。

――ミナモト、ハハ。

何の事かはわからないが、喋る事もないとされていたものが喋ったのは事実である。そして、他の何にも注意を向けずひたすら歌那に向ってきた事も。

「それが、嬢ちゃんに対しては嬢ちゃんと認識して執着していた節がある。今まで見た事のない反応だ」

化け物に認識されても執着されても、嬉しいわけがない。むしろ嫌悪感でまたも背筋に冷たいものが走り、身震いする。

あの化け物が歌那を認識しているというなら。あの時、あの場所に化け物が来た事が偶然でないというなら――化け物が、歌那に引き付けられてきたというならば。

「最悪、また襲われる可能性は充分考えられるな」

「そんな……！」

冷静すぎる藤霞の声に、力なく抗議の声を上げる歌那。

嫌だ、あんな化け物にまた遭遇するなんて。先程は思わず投げ飛ばしてしまったけれど、次に遭遇したらどうすればよいかわからない。この人達のように、血花鬼に対する手段など持ち合わせていないのだ。

歌那の表情から、完全に血の気が消え失せる。押さえていても身体が震えてしまう。

歌那の様子を見た藤霞は、無理もないと呟きつつも永椿へと歩み寄り、その頭を掌《てのひら》で掴んで歌那の方へ向けると朗らかに言い放った。

「そういうわけで、こいつが今日から嬢ちゃんの用心棒だ！」

「嫌です！」

「嫌だ！」

何が『そういうわけで』だ、と一瞬にして恐怖や怯えが消え失せた。

二人の叫びが綺麗に重なり、「離せ」と頭に載せられていた藤霞の手を永椿が振り払う。

「……仲良いわね、貴方達《あなた》」

穏やかな水面のような白菊の声に、言い返したい気力すら尽きていく。

顔を顰めて溜息をついた永椿は、苛立ちを全開にして藤霞へと問いかける。

「そもそも、本来の目的はどうするんだよ。何のために書生になったと思ってる」

「屋敷には大学に行っている事にしているだろ。合間を見て嬢ちゃんについてやれ」

「こんな人に近くをうろつかれても困ります！」

永椿は、どう頑張っても目立つ。

こんな見た目だけは美しすぎる男に近くをうろつかれたら、近所のおばさん達や診療所の患者さん達の噂話が過熱するのは間違いない。そんなの、絶対御免だ。

歌那の表情から懸念を感じ取った様子の藤霞は、大丈夫だ、と明るく言い放つ。

「恋人でも出来たって事にしておけば……」

「絶対嫌です！」

「絶対嫌だ！」

　またもや、二人同時に綺麗に揃った叫び声。互いの声を耳にし、それぞれの表情が険しくなる。

「誰が、あんたみたいな顔だけ男！」

「こっちだって、お前みたいな狂暴女お断りだ！」

　再び始まるいがみ合い。仲がよいのか悪いのかと、藤霞は苦笑いし白菊は呆れる。

　藤霞が二人の言い合いを止めるように両手を打ち鳴らせば、二人は揃って音のした方を向く。

「まあ、もう夜も遅い。嬢ちゃんは休んだ方がいい。部屋を用意させるから泊まっていけ」

「え、そんな、申し訳ないですよ……！」

「下宿にはもう使いを出してあるから、遠慮するな」

　部屋も沢山あるしな、と笑う藤霞に思わず目を見張ってしまう。

　流石《さすが》やり手の若旦那、抜かりない。下男に何やら指示していたのはそれだったのかと、感心してよいやら唖然とするやらである。

　さっきまでは全く感じなかったが、意識してしまえばどっと疲労が襲ってくる。この調子で、下宿まで帰りつくのは厳しいのは確かである。もう、毒を喰らわば皿までと、「じゃあお世話になります！」と半ば自棄で歌那は叫ぶ。

髪と瞳に黒を纏《まと》い直した藤霞は、襖を開けて女中を呼びつける。

白菊と永椿もそれぞれ帰り支度を始めた様子だ。それを眺めながら、歌那は思う。

――何処からどうなって、こうなってしまったのだろう、と。


寝床の用意をさせてくると言い置いて藤霞が部屋を後にし、用があるからと白菊も退室していく。残されたのは、永椿と歌那の二人。

(……気まずい)

散々人殺し呼ばわりした因縁の相手と二人きり。会話など当然和やかに出来るはずもなく、重い沈黙が二人の間に横たわる。

何か言うべきか、それとも無言を貫くべきかと思案していた時、永椿が口を開いた。

「お前、巻き込まれやすいっていうか、割と自分から余計な事に首を突っ込んでるよな」

「う……」

密かに気にしている事を容赦なく言い放たれ、歌那は呻いて絶句する。

巻き込まれる理由に、自身の余計な行動があるのは確かに否定しきれない。だからよく紅子に釘を刺されているのだが、咄嗟の行動は如何《いか》ともし難い。

黙った歌那を見て一度沈黙した永椿は、皮肉交じりな口調で言い放つ。

「迷惑かける前に、あの診療所さっさと辞めた方がいいんじゃねえか?」

「言わせておけば……この顔だけ男!」

怒りのあまり、目の裏に火花が散る。

「永椿」

咄嗟に強い口調で言い返した歌那の言葉を遮るように、永椿の名を呼んだのは藤霞だった。

何時の間に戻ってきていたのだろう。先程までと何ら変わらぬ飄々とした笑みを浮かべる藤霞が戸にもたれかかるようにしてこちらを見ていた。

名を呼んだだけなのに。その口調も柔らかで穏やかなものであったというのに。何故か、それ以上の意味と重みを感じたのは気のせいだろうか……

永椿は藤霞を睨みつける。何か言いたげな表情を浮かべてはいるけれど、それ以上歌那に対して言葉を紡ぐ事はせず唇を引き結ぶ。

そんな永椿の様子を横目に、藤霞は部屋にやってきた女中を示しながら朗らかに告げる。

「嬢ちゃんも疲れただろう、寝床の準備が出来たみたいだからもう休め」

「あ、ありがとうございます……」

言いたい事も訊きたい事もあったが、泥のような疲労感はもうどうにもし難い。ご厚意に有難く甘えさせてもらう。

女中の案内に従い、素直に部屋を後にしようとする歌那の背に、声がかかる。

「おい」

永椿である。何処か藤霞の様子を窺っている風な彼は、重々しい口調で続ける。

「……関わりたくないっていうなら。……赤い宝石と薔薇《ばら》の指輪には気を付けておけ」

「大丈夫よ！　あたし、そんな高級品に縁ないし！」

怒りと苛立ち交じりで反射的に叫んで、歌那は歩みを早めて女中の後ろについていった。


去り行く後ろ姿を見送って、二人の男の間に暫し沈黙が満ちる。

それを破ったのは、永椿だった。

「……巻き込むのかよ、あいつ」

「俺達が巻き込むとっくの前に、巻き込まれているよ」

「利用するのかよ、何も知らない奴を」

「必要なら」

俯き加減の永椿が問いかければ、藤霞は肩を竦めながら淡々と答える。笑みすら浮かべる藤霞に、永椿の眼差しが険しくなる。

その瞳に宿るのは、明確なる怒りだ。憤りを宿した瞳で藤霞を睨みつけている。歌那を利用しようとする事を快く思っていないのが明らかに見て取れ、藤霞は苦笑する。

「若いなあ、お前」

「……同時に顕現しているくせに年上ぶるのは止めろ」

余裕を含んだようにすら感じられる言葉を苛立たしげな口調で遮って、乱暴な足取りで藤霞の横を通り抜け、永椿は部屋から出ていく。

板張りの廊下を音を立てて歩み去っていく背中を見送っていれば、何時の間にやら白菊が隣に立っている。

「相変わらず、素直じゃないわね永椿は」

「それが奴のよいところではあるがなあ、ああいうあいつの感覚は人間に近い」

優しい笑みを浮かべる白菊に、同意するように頷きつつも苦笑する藤霞。

一呼吸置いてその口から零《こぼ》れたのは、深い溜息交じりの言葉だった。

「棚から牡丹餅ってこういう事を言うのかね……」

「まさかあの診療所の看護婦とはね。些か出来すぎな感じもするけれど……」

唸るように言った藤霞に対して、頬に片手を当てながら白菊も何事か考えている素振りを見せる。

血花鬼の気配を察知してあの場に行き、襲われている女性を助けてみれば、ある目的を以て探っていた診療所に勤める看護婦だという。

偶然にしては出来すぎではあるのだが……

好機と捉える事も出来るが、そのまま諸手を挙げて受け入れる程彼らも単純には出来ていない。だが、目の前にあるのは確かに望んでいた足掛かり……

「奴がどちらであるにしろ、探りを入れる手段が手に入ったのは有難い」

「あのお嬢さんが、っていう事はないかしら？」

肩を鳴らしながら思索の結論を述べる藤霞へ、白菊が低い声で告げる。

藤霞とて、思案しなかったわけではない一つの可能性である。あの診療所に関係する人間である以上、その疑念からは逃れられない。

「あの嬢ちゃんが奴だったとしたら、俺達への罠か……？」

藤霞の言葉と共に、二人の間に沈黙が流れる。

相手の考えている事が手に取るようにわかる。恐らく、歌那と永椿の遣り取りを思い出しているのだろう。

子犬が吠えて噛みつき合うような、あの遣り取り。本人達は大真面目であろうが、傍から見れば微笑ましい子供のいがみ合いを。

「あれは、違う気がするぜ……」

「奇遇ね、私もよ」

そうだとしたら、物悲しさすら覚えてしまうと白菊は嘆息する。それは藤霞としても同じ事。

しかし、髪をかきあげながら嘆息を交えて藤霞は続ける。

「ただ、無関係ではなかろうよ。血花鬼のあの反応からしてな」

血花鬼は、他の何にも目もくれず、ただひたすらに歌那を目指してきた。

歌那は、血花鬼に何らかの『目標』として認識されている。それで無関係であるはずがない。恐らく、何らかの形で彼女は血花鬼の成り立ちに関わっている。

しかし、本人は全く無自覚にしか見えなかった。

「知っていて手を貸している、っていう感じでもなさそうね」

「だな。……あれで何か知っていたとしたら、帝劇の女優も真っ青な演技力だぜ」

二人の目に、歌那という人物は天真爛漫、朗らかで裏表のない、隠し事が下手そうな素直な人間と映っている。演技だとしたら大したものであるが、あれは恐らく素であろう。

巻き込まれやすい不憫な体質の人間というのが、今の彼らの歌那に対する見解だ。

「ま、とりあえず今晩は俺が預かる」

「そうね、今後の事はまた永椿も交えて話しましょう」

白菊の口から怒りのままに去っていった同胞の名が出たのを聞けば、藤霞は苦笑いしながら呟く。

「俺、嫌われたかねえ」

「さあどうかしら」

首を傾げつつもあっさりとそれを流した白菊が一歩踏み出したところへ、ふと思い出したような様子で藤霞が声をかける。

「ああ、そうだ。……例の英国の。何とかなりそうだ」

「あら、助かるわ。詳しい事がわかったらお願いね」

ひらひらと手を振って、ワンピースの裾を優雅に揺らしながら白菊は去っていく。

見送りに廊下に出ていた藤霞は、暫しの間、無言の内に夜闇を照らす青月を見上げていた。


夜が明けて黎明の光が街を照らしていく中、歌那は目を覚ました。

身支度を整えた頃を見計らって現れた女中に案内してもらい、朝餉《あさげ》まで御馳走になってしまった。やはり完食である。自分の逞しい胃袋に嘆いてよいのか安心してよいのか。

「おう、お早う。よく眠れたか？」

若干暗雲漂わせていたところに、朗らかにかけられた声の主《あるじ》は藤霞であった。

「……何とか」

何とかどころではない、熟睡である。

あれ程ふかふかの上等なお布団でなど、今まで寝た事がない。

気が張って目が冴えてしまった……はずが、気がつけばぐっすり眠ってしまっていた。睡眠に寝具というのはとても大切らしい、と心の裡《うち》に言い訳しつつ目線は若干明後日を向いてしまう。

そうかそうかと笑う藤霞だったが、下男の一人が近づき耳打ちすれば、その端正な表情に怪訝そうな色が浮かぶ。

一言二言下男と言葉を交わすと、その色は更に深まるばかり。

「……妙だな」

呟かれたその言葉に、歌那が首を傾げてそちらを見る。視線に気づいた藤霞は、嘆息ひとつ交えて説明の言の葉を紡ぐ。

「死体が見つかったらしい」

「明るくなれば誰かの目につくから、それはおかしい事じゃ……」

血花鬼と遭遇したあの場所は、日中は決して人通りの少ない場所ではない。そこに遺体があったなら、遅かれ早かれ誰かの目に留まり騒ぎとなろう。

そう思い呟いた歌那の言葉に、藤霞はそうじゃないと首を左右に振った後に続ける。

「見つかった死体は、頭がちゃんとついていたって話だ」

「え……？」

歌那は、息を呑む。確かに藤霞と白菊によって首が切られる様を目の前で見たのに、見つかった遺体の頭部は繋がっていたという。首が断たれたのは幻だったのか。それとも。

「……あの状態では、まだ死んでなかったって事か……？」

首を切られてもまだ生きていて、首をつけて立ち上がった。そして、改めて誰かがその息の根を止めた。

推測の域を出ない想像だが、それが正しいとするならば悪夢のような事態である。

血花鬼は、首を落としても力尽きない。そして、血花鬼に対抗する術を持つ者が、彼ら以外にも存在するという事にもなるから……

新たに浮かび上がった暗い可能性に、歌那は言葉を失い、藤霞もまた口を閉ざす。

重苦しい沈黙が二人の間に満ちる。けれど、それを破ったのは殊更明るい口調の藤霞の言葉だった。

「そうだ、嬢ちゃんは今日も仕事だろ？　俥《くるま》呼んでやるから乗っていけ」

「い、いえいえ！　色々お世話になりっぱなしなのに、そこまでしてもらったら……！」

歌那は精一杯の意思を込めて主張する。

昨日からお風呂やら着替えやら食事やら寝床やら、散々お世話になってしまった後である。更に俥《くるま》まで出してもらうなど申し訳ないと、出来得る限りの強さで固辞した。

……が、相手は交渉事の玄人《くろうと》。大店《おおだな》のやり手の若旦那である。上手く言いくるめられて、気がつけば歌那は人力車に乗せられていた。

（……流石《さすが》だ、やり手の若旦那……！）

俥《くるま》で出勤なんてしたら先生達は驚くだろう。何て言い訳をしたらいいものか。

何処か遠くを眺めながら、歌那は俥《くるま》に揺られて診療所へ向っていく。

遠ざかるその姿を見つめる藤霞の眼差しは、何処か冷たく醒めた色と心の呵責に苦しむ色を帯びていた。

「悪いな、金糸雀《かなりあ》さんよ……」

冷酷とも思える響きを宿した言の葉は風に攫われて。その呟きを耳にした者は、誰もいなかった……。

当然と言えば当然であるが、俥《くるま》で出勤したら見城も紅子も目を丸くしていた。

だから遠慮すると言ったのに、と恨めしく思っても後の祭りである。

言い訳を色々考えてはいたのだが、見城は特に何も聞こうとはしなかった。その視線がやや生暖かかった気がするのは、気のせいだと思いたい。

紅子は若干呆れたように溜息をつきつつ、小声で問いかけてくる。

「下宿に帰ってこなかったけど、何かあったの？」

「ちょっとした出来事があったかな……っていう感じです……」

思わず、気まずい表情で視線を逸らしてしまう。

誰が信じるだろうか。

帰り道、顔見知りの若奥さんが遺体となって血花を咲かせたと思ったら動き出して、化け物となって襲いかかってきた。

どう見ても人間じゃない、自称付喪神の若旦那達に助けられて。

人殺しと疑っていた相手と再会して、その相手もまた人間ではなく、犯人でもなかった。更にはお風呂やご飯や寝床を提供して頂いた挙句に、俥《くるま》まで呼んでもらった。

恐らく説明しても信じてもらえないだろう、自分なら間違いなく信じない。

それに、口を噤むと約束した事もある。そんなの反故《ほご》にしてしまえばいいという裡《うち》の囁きはあるが、約束は守れという母の教えは根強い。

「それで、その……ちょっと知り合いのところに……！」

「そうみたいね、大家のお婆さんのところにそう伝えに来ていたみたいだし」

若月屋の若旦那の使いは、適当に大家に外泊の理由を伝えておいてくれたようだ。

無断外泊という事にはならなかったが、理由の説明は厄介である。若月屋に泊まったと言えば、じゃあなぜ若月屋のような大店《おおだな》にご縁があったのかを説明せねばならない。

嘘はつけない、かといって真実を伝える事も出来ない。歌那は冷や汗を流しながら激しい葛藤に沈黙する。

歌那の様子を見て、仕方ないわねと深く嘆息する紅子。

「まあ、歌那さんもお年頃だし……」

(絶対、誤解されている！)

違う、そうじゃないと裡《うち》にて全力で否定しているのだが、その代替になる言い訳がついぞ浮かんでこない。

「いや、そうじゃないんです、そうではないんです……！」

「野暮を言うつもりはないから、深くは訊かないでおくけど……」

紅子は再び嘆息して、視線を逸らした。

まずい、これは明らかにまずい方向に誤解されている。歌那が蒼い顔で何か気の利いた言い訳をと思案していた時、紅子が耳元にふと顔を寄せてくる。

「知らない人にはついていっちゃいけません、って教わらなかった？」

囁かれたのは、意味ありげな声音の言葉だった。

心臓が跳ねた。紅子は何を言おうとしているのだろう。何を言いたいのだろう。歌那が昨日、『知らない人』について いった事を、知っている……？

冷たい汗が、背筋を一筋駆け抜けた。困惑は更なる混乱を呼ぶも、頭の中でまとまらず言葉が出てこない。

そんな歌那の様子を見て、困った子供を見るかのような眼差しを向けてから、紅子は再び囁いた。

「……また巻き込まれても知らないわよ？」

囁き終えれば、さあお喋りはここまでと明るく告げて、紅子は仕事にとりかかる。

一人硬直したまま残される歌那は、困惑の極みにあった。

（どうして……？）

多分、偶然だろう。

適当に当たりをつけて刺した釘が、たまたま痛いところを掠めただけ。紅子に思うところはないのだ。そのはずなのに、何故こんなにも引っかかるのだろうか……

忘れよう、と歌那は思った。昨日あった出来事も、出会ったあやかし達の事も、彼らの目的も。今の紅子の言葉も。

夢であったと思って、現実を過ごして刻の流れの中に全て流し去ってしまおう。

歌那は、自分に言い聞かせるように一つ頷き、紅子の後に続いた。

第三章　奇しき縁に導かれ

余計な疑念を打ち消すように、歌那は午前の仕事に勤しんだ。

集中して仕事をしていれば時間が経つのはあっという間、時間は午後になる。

今日の午後は往診に赴く見城の手伝いである。紅子の見送りを受けて、必要な道具を収めた鞄を手に見城に続く。

「歌那さん、行くよ？」

「はい、先生！」

迎えに、自動車が来ていた。どうやら今日は相当によいお宅への往診らしい。そうでなければ、医者の往診の迎えに自動車など使えまい。

運転手に礼を言って乗り込む見城に続いて、歌那も車に乗り込む。乗りなれない感覚に戸惑いながらも、窓から流れゆく外を眺めていると、ふと見城が口を開く。

「今日は、高嶺《たかみね》男爵家に往診で呼ばれてね」

男爵家、つまりは華族様。

見城が華族様の主治医となり往診に出向くのは初めてではないが、高嶺という家名は聞いた事がなかった。説明によると、宮家とも縁のある由緒正しいお家柄との事である。

「高嶺男爵は少し前に再婚されたのだけど。……新しい奥様がどうやら身体が弱いらしくてね、今後継続して診てほしいという事なんだ」

男爵家に後妻として入られた身体の丈夫ではない奥様……

どんな方だろうかと想像を巡らせていれば、やがて車は屋敷へ到着した。

西洋式の屋敷は、歌那の想像を絶する程に大きく豪奢な造りであった。

陽光を受けて輝く白亜の建物に、あちらこちらに施された精緻な意匠。庭木や花々はよく手入れされており、庭園の向こうに遠目に見えるあれは温室ではあるまいか。

思わず、口をぽかんと開けて見回してしまう。お上りさんのような様子に、見かねた見城が苦笑しながら肩を叩いてくれて、歌那は漸《ようや》く我に返る。

あまりの立派さに思わず茫然としてしまったが、胸に刺さった棘のように感じたものがあった。

陽の光を受けて眩く輝くお屋敷が、何故か少しばかり陰鬱な何かを纏《まと》っているように見えたのだ。

けれど、それは刹那の事で。気のせいだろうと思い直す。

屋敷の重厚な玄関を下男と思しき人間が開ければ、見城は静かな足取りで屋敷へと歩を進め、慌てて歌那もそれに従う。

出迎えてくれたのは、家令と名乗った老齢の男性だった。家令の丁重な態度からして、見城は一目置かれた扱いであるらしい。連れの歌那にまで丁寧なのだから。

舶来の灯りが天井から吊るされた玄関ホールには、家令以外にも人影があった。

風体からして屋敷の主《あるじ》に奉公している書生ではあるまいか。

初めて訪問するお宅、初めて会う相手のはずである。それなのに、何故か既視感が……

（あれ……？）

とても美しい青年だった。

黒髪と瞳をしているが、見ていると天鵞絨《びろおど》の紅色と琥珀の金が脳裏を過《よ》ぎる青年。

妖しいまでに美しいけれど、内面はなかなかに乱暴である事を思い知った相手……

「あ、あああ、あんた……！」

「げっ……！」

相手も、歌那を認識すれば顔を顰めて呻くように呟く。

永椿である。

どう見ても、昨日若月屋で会ったあやかしの一人である。

思わず身構えてしまった歌那と、呻いて絶句した永椿の二人を交互に眺めて、見城が不思議そうに首を傾げる。

「どうしたんだい？　歌那さん。……君、うちの歌那さんと知り合いだったのか？」

「……いえ、僕の勘違いだったみたいです、申し訳ありません」

（は？　『僕』？）

一人称の違いに、まず違和感を覚える。次いで語調の柔らかさと丁寧さに目を瞬く。

そんな歌那に対して、青年はにこやかに微笑んでみせた。

「初めまして。僕はこちらのお屋敷で書生をさせて頂いております、月城椿《つきしろつばき》と申します。宜しくお願いします」

五月の風のように爽やかで、麗《うら》らかな陽光のように穏やかな雰囲気を纏《まと》い、青年は礼儀正しく頭を下げる。その所作も空気も、あまりにも昨日出会った永椿とは違いすぎて思わず目を瞬いてしまう。

（誰？　え、別人？）

実は目の前の相手は、永椿の双子の兄弟とか……？　他人の空似にしては似すぎている。こんな美貌がいくつもあってたまるものか。

疑惑の表情で沈黙してしまった歌那を心配するように、椿という青年は歌那を見つめている。そして、「どうされました？」と顔を覗き込みながら、歌那の耳元で囁いた。

「余計な事吐いたら、埋めるぞこのアマ」

――紛れもなく本人である。

（猫被りにも程があるでしょう……！）

咄嗟に返す言葉が出てこずに、握りしめた拳を震わせる歌那。

辛うじてにこにこと作った笑みを浮かべる二人を見て、一つ頷いた見城は永椿へと話しかける。

「すまないが、ご当主と少し話があるから。月城君、少しの間歌那さんを任せていいかな？」

「はい、承知しました」

「せ、先生……」

爽やかな笑みで了承の意を伝える永椿とは対照的に、涙目で置いていかないでと言わんばかりの歌那に見城は怪訝そうな顔をする。

こんな猫被り男と二人きりにしないでほしいが、流石《さすが》にそこまでは読み取れなかったようだ。すぐに戻るよと朗らかに言って見城が家令と共に姿を消せば、玄関ホールには歌那と永椿の二人だけになる。

二人の間を沈黙が支配する。

歌那は何か言いたげに横目で永椿の顔を窺い、永椿は先程までの好青年ぶりは何処に行ったのやら、既に仏頂面である。

横たわる沈黙の重さに耐えかねたのは歌那だった。大きく息をひとつ吐くと、声を低くして恨めしげに問いかける。

「何であんたがここにいるのよ……！」

「……華族の屋敷で書生してるって言っただろうが」

そういえば言っていた。でもまさか、往診先がその先だとは予想するはずもない。世の中とは時に酷なものである。夢だったと忘れようとしたら、忘れるなと釘を刺すかのように今日のこの対面である。

まあ、考えないようにしよう。何といっても日頃楽しみにしている往診だ。しかも華族様のお屋敷など普段滅多に立ち入る事もない場所である。素敵なお屋敷に見事な調度は、眼福と言っていい。それに……

歌那は隠し事が苦手な性質とよく言われるが、今日も今日とてそうだった。考えを切り替えた途端、小さく鼻歌など歌い始めていた。そんな歌那の耳に、怪訝そうな問いが聞こえる。

「……楽しそうだな」

「そりゃ、往診だもん……って、しまった」

思わず返答してしまった事に気づいて我に返る。応えてしまったからには仕方ないと、往診を楽しみにする理由を述べ始めた。

「篠原《しのはら》様のところでは、西洋の素敵なお菓子を出してもらえるし」

「ほー、そりゃあよかったな」

「塚本《つかもと》様のところでは、普段手が出ない高級羊羹とか出してもらえるし」

「……おい」

うっとりとした様子で続ける歌那に、永椿が口を挟む。

「お前の楽しい、の判断基準は甘味かよ⁉」

「甘いは正義だし、美味しいも正義！」

「お前が、とてつもなく単純だって事はわかったわ……」

端正な顔を引き攣らせこめかみを押さえる永椿を見て、歌那は不服そうに言い募る。

「甘味だけじゃないもん！　佐野《さの》のお婆ちゃんは孫が来たみたいって裁縫とかお料理教えてくれたりするし、宮野《みやの》さんとこのお姉ちゃんは職業婦人素敵って褒めてくれるし！」

「……あー、とりあえずお前が往診についてくのが楽しみなのはわかったから」

げんなりとした様子で、歌那がそれ以上続けようとするのを手で制止する永椿。

歌那の返答が不満だったのだろうか、どこか不機嫌そうである。何か思索し、苛立っているようにも見えるが……

再び沈黙が訪れるが、此度のそれは短かった。すぐに家令と共に見城が帰ってきたからだ。

そして、左程時を置かずして楚々とした佇まいの洋装の女中が現れて告げる。

「奥様がお待ちです、ご案内いたしますのでこちらへどうぞ」

案内されて辿り着いた先は、奥まった一室だった。女中が静かに扉を開いたなら、見城と歌那は静かに中に足を踏み入れる。

硝子《がらす》窓から入り込む暖かい光が照らす室内は、深い赤を基調とした色合いの壁紙や絨毯《じゅうたん》で統一されていた。調度類は細工の素晴らしいものだったが、華やかで重々しい。飾られた品々も豪華であって、何処か息が詰まる程だ。

その雰囲気は――この部屋の主《あるじ》とはそぐわないものだった。

歌那は、思わず目を瞬く。

(この……方が、高嶺夫人?)

奥の寝台の上には、高嶺夫人がいた。

静かに上半身を起こしていたその人は、どう見ても歌那よりも年下の女の子だ。年の頃なら、十五、六歳であろうか。顔色はあまりよくない、少し頬もこけて肩も細く見える。

その微笑みに何故か、何処か懐かしい面影を感じる……

重々しい部屋の雰囲気に押しつぶされて消えてしまいそうな程、儚い印象を与える少女だった。その顔に浮かぶのは、年齢より達観した印象を与える寂しげな表情である。

少女は、見城と歌那の姿を認めれば微笑みながら礼をしてみせる。

「初めまして、高嶺美夜《みよ》と申します。宜しくお願い致します、見城先生」

このような姿で失礼しますと、申し訳なさげに頭を下げる少女――美夜を、見城は手で制して楽な姿勢を取らせる。

少しだけ苦笑してから、美夜は歌那に話しかける。

「お連れの方は、驚かれたようですね。きっと、私がこの通りの年なので……」

「い、いえ、そんな事ありません！　申し訳ありません！　不躾に見てしまって……！」

思わず棒立ちになった歌那は、全力で首を左右に振って否定し、頭を下げて謝罪する。そんな歌那に、全く……と苦笑した後、取りなすように見城は言う。

「歌那さんは、多分お部屋の見事さに圧倒されてしまったのだと思いますよ。本当に見事なお道具類で」

「旦那様が揃えてくださったものと……後はお父様が、嫁入りに恥ずかしくないように持たせてくださったのです」

「お父上は名のある宝石商でいらっしゃるから……。見事なものですね」

（……宝石商……）

ちくりと、何かが胸に刺さる。それは抜けない棘のように引っかかる。

気のせいだと、気にする程の事ではないと言い聞かせても、何故かしらその言葉が心に圧しかかってくる。

美夜は、嘆息しながら言葉を続ける。

「本当はお姉様がこちらにいらっしゃるはずだったのですけど……事情がありまして、私に……」

「……お一人は亡くなられて、もう一人のお姉様は結婚を嫌がって行方を眩まされたと伺っています」

「幸村《ゆきむら》さん！　……ごめんなさい、身内の話を人様に……」

幸村というのは、この女中の名前らしい。奥様に叱責されたというのに、欠片程も悪びれたところはない。それどころか、歌那は見てしまった。彼女が、奥様に見えないように口元を歪めたのを。

けれど、歌那にはそれ以上に心を捕らえる事実があった。

（……お姉さんのうち一人は死んで……もう一人の姉さんが、逃げた？）

何処かで聞いた事のある話だった。

（いや、きっと気のせいだ）

心の裡《うち》で歌那はそう言い聞かせようとしていた。そうしなければ身体が震えてしまう。

（そんなはずない、そんなわけない……そう、そんな……）

笑顔を作る事には成功していた。見城と美夜は、歌那の裡《うち》なる揺れに気づいた様子は見られない。穏やかに会話を重ねている。

美夜が、表情を曇らせて俯きながら呟いた。

「この通りの身体でこちらに嫁ぐ事になってしまって。旦那様には……足りない妻で申し訳ないと思っております……」

「加守《かもり》さんは、先だって色々大変だったと伺っていますからあまりお気に病まず……」

（加守……）

紡がれた名は、歌那にとっては決定打だった。

血の気が引いた。いや、それを通り越して全身の血が凍り付く思いがした。

冷たい汗が一筋頬を滑り落ちていく。

偶然とは斯《か》く恐ろしきもの。それともこれは必然なのか。

目の前の美夜という名の少女は、宝石商の加守を父に持ち、亡くなった姉と結婚から逃げた姉を持っている。

歌那の父もまた宝石商であり、その名を加守という。

間違いない。

彼女は、絶縁した自分の父である宝石商・加守の娘で。三年前に亡くなった加守沙《さ》夜《よ》の妹で。

――自分の異母妹《いもうと》なのだ。

思いもよらぬ形で訪れた、『会った事もなかった異母妹《いもうと》』との対面に、歌那はただ茫然とするしかなかった。

見城が美夜と会話を重ねている最中、女中が部屋を辞すると同時に、歌那はお手洗いと口実をつけて部屋を抜け出してきた。

手洗いまで案内してくれた女中とは別れ、どうしたものかと思案していると、ある部屋の扉が半開きで中の会話が漏れ聞こえてきた。中にいるのは女中達で、二人いる内の一人は、先程の幸村という女中である。溜息交じりに紡がれるそれは、明らかに嘲りの言葉であった。

「見城先生は名医で評判だけど、あの奥様は身体が弱すぎるもの。診てもらっても大して保たないいんじゃない？」

「まあ、それならそれでいいじゃない。どうせ結婚した段階でもうお役目御免だもの、役立たずには何時いなくなって頂いても」

「やだあ、あんた薄情」

「仕事が減って助かるって、貴方《あなた》だってこの間言っていたじゃない」

「まあ、でももう少し生きていてもらいましょうよ。少しでも長くご支援いただくために」

仮にも主《あるじ》である奥様に対して、隠そうともせず見下して嘲笑う。

彼女達のあまりの言葉に憤りを隠しきれなくなった歌那が思わず扉を開けて中に怒鳴り込みそうになった、その瞬間。

後ろから伸びてきた手が、歌那の口元を塞いだ。

(だ、誰……⁉)

咄嗟に、もがいて大声を出しかけたが——

「……騒ぐな」

冷たい程に落ち着いていて、聞き覚えがある声が耳に入る。

——永椿だった。

相手が誰かを悟れば、歌那は動きをぴたりと止めた。

永椿は身振りだけで「あちらに行くぞ」と示す。

女中達に対する憤りが消えたわけではないが、渋々それに従い場所を移す。

二人は少し離れた場所にある、花の鉢植えが飾られた出窓のそばへと足を踏み入れた。差し込む陽の光は暖かいのに、歌那の手は何故か冷たく感じる。

衝撃に、怒りに、心を揺らすあらゆるものに、心の天秤は未だ落ち着かない。

永椿は腕組みをしながら、歌那に呆れの眼差しを向けつつ嘆息する。

「……あそこで外部の人間のお前が怒鳴り込んでいったら、奥様の立場も先生の立場もなくなるだろうが」

「……そう、だね」

永椿の言う通り、歌那はあくまで〝外の人間〟である。

それがお屋敷の内情に怒鳴り込みをかけたというなら、歌那を連れてきた見城の立場はない。更には、知り合ったばかりの外部の人間に庇われる形となる美夜の立場とてなくなってしまう。

やれやれと再び大きく息をつきながら、美夜の部屋のある方角を見据え、永椿は苦い口調で言葉を紡ぐ。

「どの道、あの嫁さんに逃げ道はない。……筋金入りの政略結婚だしな」

政略結婚である事は容易《たやす》く知れた。……父親が自分に持ってきた話が、そうだったから。

それでなくても、あのような年頃で、あのような体調で嫁がされたというならば、本人の意思や希望など存在しないだろうと推測出来る。

永椿は肩を竦めてやや皮肉げに続きを紡ぐ。

「この家は家柄だけはいいが、実のところ金回りが宜しくなかった。対して加守には金はあるが家柄がないし上流階級に伝手が欲しかった。……そこで利害が一致したってわけだ」

「あの、最低親父《おやじ》……」

永椿の鋭い眼差しが自分に向けられている事に、茫然と呟く歌那は気づかない。

「女学校も入ったはいいが体調を崩して通えない内にここに嫁がされたらしい。……家の都合で、何もかも諦めてここに来た」

歌那が言葉を失っていても、彼は言葉を紡ぐのを止めない。止めたとしても、他ならぬ歌那本人が続きを望むだろう。それが、どれ程辛い事実であろうとも。

「高嶺には、もう先妻との間にあの嫁さんより年上の成人した跡継ぎもいる」

え、と歌那が声を上げる。

後妻であるというなら、先妻との間に子があるのは何らおかしい事ではない。けれどその子が後妻より年上であるならば、男爵と美夜はどれ程離れているのだ。跡継ぎがもういるというなら、美夜に求められているのは何であるというのか。

「持参金代わりに加守から大分援助があったようだし、あの嫁さんに求められているのは妻としてそこにいる事だけだ」

永椿が裡《うち》なる問いへの答えを口にする。

妻という名でそこにいる事以外求められていない。彼女が形だけでも高嶺夫人であり続ける限り、男爵家には加守からの支援が続くから。

「実際、使用人達も見下している。お付きの女中だって平気で陰口叩いてやがる」

先程聞いた女中達の陰口は、美夜がいなくなる事すら望むような酷い嘲りの言葉だった。少女は、あんな悪意の中で日々を過ごしているというのだろうか。心許せる相手は、何処にいるのだろうか。

「そもそもどう見ても子供なんて産めるようには見えねえだろ。だから、役立たず。……お飾りの奥様ってな」

「そんな……！　そんなの……可哀そうじゃない……！」

酷すぎると、茫然としながら悲痛な声を上げる歌那。けれど、それに返ってきたのは冷徹な程の響きを帯びた言葉だった。

「で、可哀そうって思ってどうするんだよ」

永椿がこちらを見据える眼差しが、厳しく険しい事に漸《ようや》く歌那は気づいた。

歌那の裡《うち》すら見透かすような、透明で鋭い色がそこにはあった。黒を纏《まと》っているはずなのに、その瞳が鋭い光を宿す琥珀に見える。

「可哀そうだから、今から自分が代わりますって言うのか？　逃げた姉は自分ですって」

「何で、それ知って……」

彼は何故知っているのだ、逃げた異母姉が歌那であると——歌那と美夜は姉妹であると。

怪訝そうな表情を浮かべる歌那に、何度目か知れぬ盛大な嘆息が返る。

「言われなくても……お前ら血が半分同じだからな」

動揺する事がありすぎて忘れていた。目の前の青年が人ならざる存在である事を。

それすら一時忘れる程、歌那の心は揺れに揺れていたのだ。

告げられた言葉が突き刺さる。

可哀そうだからどうするのだ。逃げたのは誰だ。今、美夜がこの屋敷にある理由は、果たして誰の行動に起因するものなのか。

それを突きつけるように、永椿は冷たく告げる。

「今更憐れむなよ、お前は逃げた。他の誰が憐れんでも、お前だけにはその権利はねえよ」

歌那は、完全に言葉を失った。

あの時は怒りと悲しみで一杯すぎて、自分が逃げたらどうなるのかを考えられなかった。矛先が、顔すら知らぬ異母妹《いもうと》に向う事を予測出来なかった。彼女を可哀そうというなら、その可哀そうな境遇に追いやったのは。

（……あたしだ）

歌那が俯いて沈黙を纏《まと》えば、重苦しい雰囲気が二人の間に流れる。

重さに耐えかねた永椿が、髪をかき上げ苦い息をついた後に、思い切ったように口を開く。

「おい……」

俯いて黙り込んでしまった歌那に永椿が手を伸ばすが、ばしっと音がする程強く、その手は振り払われた。

「いて……っ！　何す……」

叫びかけた永椿は、続く言の葉を思わず呑み込んでしまった。

唇を噛みしめた歌那の大きな瞳には、一杯に涙が溜まっていた。落ちる事なく限界まで雫を保った瞳は、激しい怒りの光を湛えていた。

永椿を睨みつけてはいるけれど、その怒りは彼に向けられたものではない。怒りが向いている先は――歌那自身だ。

（逃げたかった、逃げる事しか考えられなかった。でも、それがあの子を……）

大事な姉の妹、自分の腹違いの妹。優しかった姉ならどうしただろう。

その時、聞きなれた声が遠くから聞こえた。その声は、少しずつ近づきながら自分の名を呼んでいる。

見城だ。恐らく歌那の帰りが遅いので心配してきてくれたのだろう。

仕事で来ているのだと、言い聞かせる。来た以上は、務めを全うせねばならないと、無理やり自分の心を抑え込む。

歌那は涙を一気に拭うと、自らの頬を両手で叩いて表情を整えた。

永椿の脇をすり抜けて、ついぞ言葉を返す事なく、声のする方へ小走りに駆けていく。

歌那が去ってしまえば、その場に残されたのは永椿一人である。

やがて彼は、苛立ちや様々な感情が交ざる溜息を吐き出した。

告げた事は間違っていないと思う。けれど、歌那の涙の雫が湛えていた光が胸に突き刺さっている。

「……泣かすつもりじゃなかったっての……」

仰ぐように顔を上に向ければ、更なる嘆息が漏れる。

何かに戸惑うようにも聞こえる苛立ちの言葉は、誰に聞かれる事もなく溶けて消えていった。

見城には、あまりに広いお屋敷なので迷ってしまったと苦しい言い訳をした。仕方ないねと苦笑いされて、再び美夜の部屋へと足を踏み入れる。

診察の手伝いをしながら、歌那は美夜を見つめていた。贅を尽くした部屋に一人、ぽつんと取り残されたような少女を。

歌那の裡《うち》を知らぬ美夜は、視線が合えば何かしら話しかけてくる。身の回りにいる人間より、自分に年近い相手に興味を持ったらしい。それ程年の離れていない歌那が看護婦として働いている事に感心している様子である。歌那が問われた事に答える度に嬉しそうに微笑う。その笑顔は、哀しい程に姉に似ていた。

「歌那さん、またいらしてくださいね」

診察が終わり屋敷を辞する旨を見城が伝えると、美夜は見城に感謝を述べ、続けて歌那に笑いかける。その表情は、ほんの少しだけ無邪気で年相応に見えるものだった。

「色々お話ししてくださると嬉しいです。看護婦さんのお仕事のお話とか、聞かせてくださいね」

歌那は、泣き出しそうな心を無理やり抑え込んで笑顔を作って頷く。

それだけしか、今は出来なかった。

それから暫く、歌那の気分は沈み気味のままだった。それというのも、先日の高嶺邸での出来事が原因である。

気づくべきだったのは事実だ。自分が逃げたら、代替にされるのが誰であるのか。あの時気づいていたら、自分はどうしていただろうか。逃げずに父親に従っただろうか、それでも逃げただろうか。

渦巻く問いは答えなど出ぬまま、歌那の心に燻り続けている。

表に出さないように努めていても、笑顔に陰りが出ているらしく指摘される事が度々あった。その度に、仕事に私情を持ち込んでしまっていると自己嫌悪は募るばかり。

見城の高嶺邸への往診は続いていた。

週に一度の見城の往診の他に二日程、歌那は高嶺男爵邸に通う事になった。

見城が奥方用に処方した特別な薬を届けるためだ。扱いが難しい相当特殊な薬らしく、確実に内服を見届けてくるようにとの見城の指示だった。

陽に当てると僅かに輝いて見える赤黒い粉薬は見るからに苦そうだが、美夜は何時も笑顔のまままきちんと内服してくれる。

ただ、「これが飴玉の粉ならよかったですよね……」と呟いたところを見ると、やはり味は宜しくないらしい。

しかし、効き目は見る間に表れる。

床に伏して起き上がれなかった美夜は、まず床から離れる事が出来るようになり、手を引かれれば部屋の中を歩けるようになった。

歌那は薬の内服を見届ける他、運動の訓練の手伝いもしていた。

美夜が少しずつよくなっていく事、動けるようになっていく事が嬉しくて堪らなかった。こけた頬に丸みが戻っていく様も、顔色がよくなっていく様も、嬉しくて思わず笑みが零《こぼ》れてしまう。

屋敷内を歩くうち、永椿の姿を見かける事があったけれど、言葉を交わす事はなかった。何か言いたげな相手の眼差しにも、見なかった振りをした。

服薬や運動が終わった後は、お菓子を食べながらのお話の時間だ。美夜が是非にと望んで設けられたこの時間が、歌那はとても好きだった。

歌那が出されたお菓子をそれは美味しそうに食べるのを見た美夜は、それ以降必ず歌那が来る日には帝都の有名な菓子屋の菓子を用意するようになっていた。

会話は専《もっぱ》ら歌那の体験した他愛ない話だった。美夜が歌那の話を聞きたがったからだ。

紅子と出かけて甘味を堪能した話や銀ブラを楽しんだ話。浅草《あさくさ》オペラを観劇した話や、凌雲閣《りょううんかく》に登った時に思わず貧血を起こしてしまった話。

診療所では見城を助けて忙しくも楽しい日々を送っている事、見城を頼りにやってくる患者達の話や、時折現れる紅子の崇拝者の話。

往診に出かけて美味しいお菓子を頂いたり、お料理やお裁縫を教えてもらったり、子供達と遊んだりした話。

ただ、過去に関する話だけは言葉を濁してしまう。如何《いか》に巧みに隠しても、共通する点から恐らく真実は露見してしまうだろう。妾の子である事と、女学校を出てから見城に助けてもらって養成所に行った話以外は触れる事はしなかった。

美夜の前で、歌那は笑顔であり続けた。絶対に美夜にだけは内なる煩悶を悟られたくないと思ったから。

ある日、美夜の調子が比較的よいので、部屋の外に出て廊下を歩きながら話をしようという事になった。

美夜を支えながら、毛足の長い絨毯《じゅうたん》の敷かれた廊下を二人で歩く。手を引かれながらだが、美夜の足取りはしっかりしている。歩調を乱さず、静かに廊下を進んでいく。

その顔に、温かな微笑を浮かべながら美夜は歌那に話しかける。

「歌那さんのお話は、本当に聞いていると楽しくて」

「喜んで頂けて、あたしも嬉しいです」

館の中を歩けるようになったなら、次は庭園を歩いてみようと提案してみると美夜は顔を輝かせる。せっかく見事な庭園があるのに見に行く事もなく過ごしていたらしい。次の目標にしますと語る美夜の口調は明るかった。

思わぬ形で訪れた異母妹《いもうと》との出会いから、時は緩やかに穏やかに流れていた。

それは真実を告げぬからだと、心の何処かでは気づいている。どのような形であれ、何時かは失われる予感はしている。けれど、せめて今だけは許してほしいと思う。美夜と過ごすこの幸せな時を。

ふと、歌那は足を止めた。

女性の話し声が聞こえてくる。見れば、廊下の角を曲がった辺りに洋装の女中が二人。美夜付きの幸村と、同僚と思しき女中が立ち話をしている。その表情に浮かぶ悪意の色を見れば、よい話に盛り上がっているわけではないと容易《たやす》くわかる。お決まりの陰口であろう。

しかし、今日の陰口の矛先は『奥様』ではないようだ。

「今日も呑気にお喋りしているみたいね、あの混血さん」

「看護婦さんって言ってあげなさいよ」

（あたしか……）

だから混血じゃないって、と裡《うち》にて嘆息と共にもう何度目かわからない言葉を紡ぐ。

歌那が美夜の元を訪れるようになってから、実は歌那への陰口も聞かれるようになっていた。簡単な話である、歌那が訪れれば彼女達はお茶の支度という余計な仕事をしなければならない。

自分が陰口の槍玉に挙がっているのは決して気分のいいものではないが、美夜が攻撃されるよりは余程いいと思う。

女中達の嘲りを含んだお喋りは、まだまだ続く。

「混血でもなれるのねえ、看護婦って」

「先生のお供で荷物持ちして、後はお薬届けてお菓子食べてお喋りして。楽なもんじゃない、あたしでも出来るわよ」

（はいはい、聞こえているわよー……）

陰湿ではあるが、実のところ歌那にとっては慣れた侮蔑である。特段怒る気にも抗議する気にもならない。訂正する気すら起きやしない。

嗤《わら》い交じりの話はこれ以上聞いていても実りはないなと大きく一つ息をついて、美夜の手を引いて部屋へと戻ろうとした。

あれ、と思った。美夜の手が震えていたのだ。どうしたのだろう、とその顔を窺おうとしたその時だった。

「幸村さん……」

美夜が歌那の手を離れて一人で歩いたと思えば、低い声で女中へ声をかけたのだ。

その声には滾《たぎ》るような怒りが感じられた。

思わず目を瞬いてしまった歌那の目の前で、女中が美夜へと振り返る。

女中がその声を聞いて、ぎくりと身を強張らせたのを歌那は見逃さなかった。

「あら、奥様……」

美夜と共に、『あたしでも出来る』仕事をしている歌那がいた事に僅かに気まずそうな様子は見せたけれど、次の瞬間にはふてぶてしい程に余裕のある表情に戻る。

「如何なさいました？」と悪びれもせず問いかける女中の耳を打ったのは、何時になく厳しい声音だった。

「幸村さん！　歌那さんに何て失礼な事を……！」

「お、奥様……？」

かつてない程の、厳しく鋭い叱責の言葉が容赦なく女中に浴びせられる。

女中の表情に、漸《ようや》く狼狽の色が表れる。美夜が今何と言ったのか、理解出来ないといった風だ。歌那も内心戸惑っていたので、気持ちはわかる。そんな中、美夜の厳しい叱責は続く。

「歌那さんに謝りなさい！」

歌那は、思わず瞳を瞬いて絶句してしまった。向こうでは、女中も目を丸くしていた。

大人しくて物静かで、内気で弱弱しい奥様だったはずだ。このような強い物言いをした事など、今までなかった。女中達が何をしても大人しくしている奥様だから彼女達はあれ程増長していたのだ。

女中は目に見えて狼狽えた。内心どれだけ侮っていようと、立場は奥方と女中、こうも強く叱責されれば従わぬわけにはいかない。女中は慌てた様子で歌那に頭を下げる。

「申し訳ありません、失礼な事を申しました……」

歌那は茫然としたまま、当たり障りのない言葉を返す。

女中達が謝罪した様子を見た美夜は、尚も厳しい態度と口調を崩さぬまま、女中に命じる。

「私達はこれから部屋に戻ります、お茶とお菓子の支度をしてください」

「は、はい、承知しました……」

女中達は、鞭で打たれたかのように足早に美夜達に背を向けて走り去っていく。

その様子を、言葉を失ったまま茫然と眺めていた歌那の目前で、へなへなと、糸が切れたように美夜は座り込んでしまった。

「奥様⁉」

「大丈夫です……」

具合が悪いわけではない、と否定してみせる美夜だがその頬を汗が伝っている。

心配そうに覗き込む歌那に、尚も大丈夫と告げた美夜は苦笑いを浮かべながら歌那を見上げる。

「あ、あんな物言いしたの、嫁いできて初めてです……」

それで、腰が抜けてしまって……と言う美夜を立ち上がらせようとその手に触れれば、僅かに震えていた。

あんな怒りに満ちた険しい表情の美夜を、厳しく毅然とした物言いをする美夜を初めて見た。戸惑いながら見つめる歌那に、美夜は言う。

「……自分の事なら我慢出来たのですが、歌那さんの事だと思ったら我慢出来なくて……」

ばつが悪そうに微笑う少女を美夜、と呼びたくなってしまった。

この少女が自分のために怒ってくれた事が、嬉しかった。

そして同時に、歌那が逃げたせいで今の不遇にある異母妹《いもうと》が、他ならぬ歌那のために勇気を出してくれたという事が、胸を衝《つ》く程に哀しかった。

貴方《あなた》の今は、あたしのせいなのに。知らないから、貴方《あなた》は微笑うのでしょうか。もし、知ったら——貴方《あなた》はどんな顔で、あたしを責めるのでしょうか。

悲喜綯交《ないま》ぜの自己嫌悪を隠して微笑むと、歌那は美夜を支えて美夜の私室へと戻っていった。

程なくして、部屋に茶と菓子を運んできた女中は、先程の衝撃をまだ引きずっている様子で何処か落ち着きがなかった。美夜の顔色を窺っている様子で、美夜が下がるよう告げると脱兎の如く部屋を後にする。

今日の甘味は帝都の有名洋菓子店の林檎《りんご》のジャミを添えたワッフルで、とても美味しいはずだ。それなのに、笑顔を作らなければいけないと思う程、歌那は味を感じられなかった。

少しして、歌那の姿は高嶺邸の窓辺にあった。あの日、永椿に真実を突き付けられた場所だ。

美夜を通じて高嶺男爵から、自由にくつろいでお行きとは言われていた。しかし、人様のお家であるし、あまりご厚意に甘えすぎてもと普段ならすぐにお暇《いとま》するのだが、その日は違った。

早く帰って二人を手伝わなければと思うけれど、今見城や紅子の顔を見たら、抑えられる気がしない。

どうしたの？　と優しい声で問われたら、子供のように泣いてしまう気がする。自分には、そんな資格などないのに。

涙一つ零《こほ》すものかと膝に置いた拳に力が籠る。俯いて唇を噛みしめていた歌那だったが、ふと足元に影を感じ、弾かれたように頭を上げた。

一瞬視界を紅と金が過った気がして目を細める。

そこにいたのは永椿だった。ただし、髪も瞳も黒いままの。

歌那は咄嗟に顔を背ける。よりにもよって、こいつに今出くわすなんて。しかも一番見られたくないところを見られてしまった。

歌那の表情を見て気まずそうに視線を彷徨わせた永椿は、少し逡巡した後、無言のまま小さな包みを歌那の膝に投げて寄越す。

歌那の膝に優しく載ったのは、可愛らしい装飾をされた包みだった。

「……何よ、これ」

「……好きなんだろう？　甘いもの」

どうやらこの洒落た包みの中身は、飴菓子らしい。永椿が小声で出した店の名は、若い女性の間で人気のキャンディストアである。

しかし、何故永椿がこれを歌那に渡してくるのかがわからない。永椿はまたも黙り込んでしまったから、歌那は困惑してしまう。

（……何で何も言ってこないのよ）

永椿は黙して語らぬまま。形のよい唇は閉ざされたまま。

満ちる静寂の気まずさに歌那が口を開こうとした時、漸《ようや》く永椿は言葉を発した。

「言いすぎた。……悪かった」

「え……？」

　思わず気の抜けた声を出してしまった。言葉の意味を、直ちに理解する事は出来ず、呆けた表情を浮かべてしまう。

　歌那が次なる言葉に困って固まっているのを見て、永椿は半ば自棄のように叫ぶ。

「だから！　……この間は言いすぎた。……悪かった！」

　言って青年は、頭を下げる。歌那は完全に言葉を失ってしまった。

　永椿が紡いだのは紛れもない謝罪の言葉だった。しかも、頬を僅かに紅潮させ、叱られた後に反省を口にする子供のような表情を浮かべている。

『この間』が何時の事を指しているのかわからぬ程、歌那は間抜けではない。

　歌那がここ暫く悶々と裡《うち》に抱えていた蟠《わだかま》りの原因となった、あの時の事だろう。

　永椿の言葉が引き金となり裡《うち》に湧き起こった暗雲を思えば、すぐさま許せというのは難しいけれど……。

　歌那の人生において、小さな子供の頃を除いて男性に頭を下げられるなどなかった事である。そもそも、女相手に頭を下げて謝罪する男などそうそう見ない。怒りよりも戸惑いが今は先に立っている。

（……本気で謝っているの……？）

嘘や誤魔化しの雰囲気は感じない、それ故に尚更戸惑う。

顔を上げた永椿と眼差しがぶつかって、その黒の瞳に宿る清冽な光に今度は歌那が困惑して頰を紅く染める。何故顔が熱いのかと、裡《うち》に問うても答えは出ない。何故先程までの調子で言葉を紡げないのかと問うても同じく。

相手の謝罪に態度に、何かしらの応えを返したいというのに、言葉が胸の辺りでつかえたように出てこない。顔が綻びそうになりながらも、それを必死に留めようとして、複雑な表情になってしまう。

この飴菓子はお詫びという事だろうか。お詫びに飴って、あたしは子供かと、歌那は心の中で苦笑いする。けれど、胸に満ちるこの感覚は不快ではない。むしろ、何かが灯るような不思議な感じがする。

視線で促され包みを開くと、優しい色合いの飴菓子が姿を見せる。心の和む感じがして思わず表情を緩めた歌那は、一つとって口へ運んだ。

あまい、と思わず呟く。

温かな甘さが胸に染み渡っていく心地がして目を細める。目尻がじんわりと熱くなるけれど、先程までのものとは少し違った。甘い物でほだされるなんてお手軽だな、などと皮肉を浮かべてみるけれど飴と共にそれすら溶けていく。

永椿は少し離れたところに、何も言わずに寄りかかっている。何があったかを問おうとしない、先程の表情の理由を訊かない、それが今はとても嬉しかった。

ありがとう、と呟いた声は永椿に届いただろうか。

歌那が次に手をつけない事に気づいた永椿が眼差しで問うと、歌那はゆるゆると首を左右に振って答えた。

「あとは、先生と紅子さんと一緒に食べたい」

「診療所にいるのは、その紅子さんと、見城先生とお前の三人だけか？」

「そう、三人で回しているから忙しいよ？」

先生は名医だから頼りにしている患者さんが多くて、と我が事のように誇らしげに言う歌那に永椿はそうかと苦笑する。

優しい甘さが胸の蟠《わだかま》りを解いたのか、歌那は永椿に対して屈託なく打ち明けた。

診療所の事、紅子の事、見城の事。何故、自分があの診療所に勤めるに至ったのかも。

頷きながら聞いていた永椿の表情が、酷く哀しげに感じられた。相槌を入れながら問い返してくれもする、制止する事はない。けれど、何かに苛まれているような、辛そうな顔をしていたのは気のせいだったろうか……。

街に所用があるという事で、永椿は途中まで歌那を送ると言う。少しばかり気恥ずかしいものがあったが、固辞する理由もないので診療所に近いところまで同行し、見送る視線を背に感じつつ歌那はその場から離れた。


その日を機に、不思議な窓辺の時間は始まった。

広い男爵邸の中でも、この窓辺はあまり手を入れられていないようだ。少しばかり埃っぽいし、鉢植えは飾られているけれど割と好き放題に伸びている。

だが、歌那はこの忘れられた雰囲気のある場所が嫌いではなかった。時が緩やかに流れているような気がしたし、健気《けなげ》に咲こうと頑張る植物を見ると元気も出る。

その場所に、永椿がいる。待ち合わせたわけでもないし、申し合わせたわけでもない。けれど、歌那が薬を届けに美夜の元を訪れた後、必ず永椿がそこにいる。

歌那も永椿も喧嘩っ早いところがあるためか、時折口喧嘩になる事もあった。喧嘩別れのようになっても、違う日にまたその場を訪れれば、少しばかりばつの悪そうなお互いの姿を見るのだ。

永椿は何時も小さな菓子を手にしていて、歌那を労った。途中で永椿にも勧めてみると、拒否はなかった。そうして、気がつけば二人で分け合って菓子をつまむのが常となっていた。

最初は離れて会話をしていた二人だったが、会話を重ねるごとに少しずつ距離は近づいていく。

不機嫌そうな永椿の顔に微《かす》かな笑みが浮かぶ事が増える度に、それに歌那が無邪気に笑いながら答えるようになる度に。いつしか、肩を並べて隣り合って座るようになっていた。

話題は様々だった。

歌那が過去の父親の所業や母親との心細い暮らしを口にした時は、永椿は一緒に憤り。永椿が仲間について語り、自分達の存在について疑問を口にすれば、歌那も共に首を傾げる。

他愛のない話から、人ならざる世界に纏《まつ》わる不思議まで、話題は多岐にわたった。

だが、一番多かったのは美夜の話だった。

美夜が日ごとに健康を取り戻していく様を歌那は我が事のように喜び、今日はこんな事が出来た、と輝くような笑みを浮かべて報告する。永椿は、少しだけ眩しそうに目を細めて頷きつつ聞いている。

二人が語らうのはそう長い時間ではない。

けれど、何時しか窓辺で過ごす不思議な時間が、歌那にとって大切な日常の一つになっていた。

相手が人ならざる存在であると、警告する自分がいなかったわけではない。

けれど、もっと知りたい、と何時しか思うようになっていたのだった。胸に灯った温かなものが、消える事はなかった。

それは、二人が並んで腰かけるようになって少ししてからの事。

歌那は連日続いた診療所の混雑に疲労困憊の状態だった。一段落してよかったと安堵の息をつきながら、鏡の前で念のために顔色と表情を確かめて、何時もの時間よりも遅れて高嶺邸へとやってきた。

事情を説明して、美夜の前では何とか取り繕えた。しかし……

「お前、何て顔してるんだよ……」

あやかしの目は誤魔化せなかった。永椿は開口一番にそう言って顔を顰めた。永椿の目には、歌那はかなりげっそりとして見えているらしい。

一瞬取り繕うかとも思ったけれど、すぐに無駄だと諦めて降参した。

「いいから座れ」と隣を示す永椿に歌那は素直に従い、腰を下ろすと一つ息を吐く。

差し込む光は少しだけ茜色を帯びている。歌那の顔色にも、訪問がこの時間になった事にも、永椿は何か言いたげな顔をしている。

「診療所が凄く忙しくて……」

「それで、他の二人に迷惑かけまいと、その状態で駆け回ったのか」

呆れ顔で呟かれた言葉に、歌那は呻いて絶句する。

こいつにはそこまでお見通しなのか、と若干恨めしく思うものの、事実すぎて何も言い返せない。

ただ、見城もまた見抜いていたのかもしれない。今日はそのまま下宿に戻れと言われたのも、恐らく歌那が疲労で限界の状態だと気づいたからだろう。

先生にもこいつにも心配をかけたくなかったのに、と歌那は俯いてしまう。

しかし。

「ほら」

「え？」

永椿の声がしたので、歌那は問いかけようとしながら顔を上げる。

すると、そこで口に何か小さな塊が押し込まれた。

唇に触れた指先の感触に一瞬頬が熱くなりかけるが、すぐに口に広がり溶ける濃厚な甘みに顔を綻ばせてしまう。

「キャラメル……」

「疲れてるなら、丁度いいだろ」

染みるような滋養ある甘味に、思わず両手で頬を押さえる。

何とも幸せそうな笑みを浮かべる歌那に対して、永椿は得意そうに笑ってみせた。

「お前が、頑張り屋なのは知ってる。それこそ、見城先生も、先輩もな」

歌那に漸《ようや》く本当に笑みが浮かんだのを見て、永椿が静かに呟き始める。

「でも、あんまり無理するな」

「うん……」

責めるでもなく、かといって過度に心配するでもない。心地よい距離感に、歌那は安堵すると同時に戸惑っていた。

普段はあんなに口が悪いし、時々意地悪なのに、こんな時に優しいなんて調子が狂う。

そう言ってやりたいけど、言葉は紡がれる前に静かにほどけて消えてしまう。

何か話したいと思うけれど、何故だか何時もと違って言葉が出てこない。永椿もまた、気遣うように何も言ってこない。

二人の間には沈黙が流れる。しかし、それは不快なものではない。何時もより沢山言葉を交わしたような、心が満たされる感じがするのだ。

静かで緩やかな空気に、差し込む茜の光。そして心和む甘さ。肩に触れる温かな感触。

それらが重なり響き合い紡いでくれる、とても優しい時間。

ふわふわと浮いたような感覚が、徐々に歌那の身体を支配していく。

「……歌那?」

戸惑ったような声を、微睡《まどろ》みの向こう側に感じる。

大丈夫、と答えたかった。

しかし、それは確かな言葉にはならず、こくりこくりと頭を揺らしながら、歌那は何時しか永椿の肩に身体を預けていた。

「無防備すぎるだろ……」

ふわりとした感覚の向こう側で、永椿が苦笑いを滲ませ言うのが聞こえた。

もう瞼を開けていられない。でも何故だか永椿がとても優しい表情をしているような気がする。

何故かとても、安心している自分を感じながら、守るように肩に触れる優しい温かさを感じながら。

いつしか歌那は幸せな眠りに落ちていた。

第四章　揺らぎ、揺れる世界

ある日永椿は、男爵邸を辞する歌那を用事のついでに送り届ける事になった。

歌那の背が角を過ぎて消えていくのを見送って、永椿が身を翻した瞬間だった。余裕を含んだ、聞きなれた声が耳に入ったのは。

「何かいい話は聞けたのか？」

何時の間にか、そこにあったのは着流しの上に女物の着物を羽織った長身の伊達男《だて》の姿。どうやら歌那と別れる前から様子を窺っていたらしいと察した永椿の表情が気難しい険を帯びる。

自分に対して毛を逆立てたのを見て、藤霞はやれやれと肩を竦める。

「……もう一人の看護婦は美住紅子。診療所は見城医師と美住とあいつの三人で回している」

聞いていた話通りだな、と藤霞が頷いて続きを促せば、永椿は更に続ける。ただしその表情には苛立ちが混じっている。歌那が語った紅子の話と、自分が見た彼女の様子を併せて説明し、息を一つつく。

「雰囲気的には……前に聞いた外見に近いとは思う」

「まあ、本質的なところは化けても変えられないもんだし、可能性は高いけどな」

『奴』が以前化けてみせたのは、年こそ幼かったものの華やかな雰囲気の美貌の少女だったという。本質が華やかで艶麗である以上、姿を変えてみせてもそれは滲み出てしまうはずだが……

永椿の表情は晴れない、何かの懸念がある様子を藤霞は感じ取っていた。

「……何か引っかかるみたいだな」

「ああ。……何かが違う、理由は上手く説明出来ないがそんな気がする……」

「気持ちはわからんでもない。狡猾で知られた相手だ、一筋縄じゃいかんのは間違いないだろうが……」

そんなに単純にいくなら、そもそも逃げられていないし、自分達は三人も必要ない。

何せ、相手はかなりの大物だ。幾度となく歴史の影に沈んでは逃げおおせた相手だ。

慎重に当たらねば、無駄に犠牲者を生んだ挙句にまた逃げられて終わりとなるだろう。

彼らには、まだ判断材料が足りない。必要とあらば、『得られるところ』から得る必要がある。

ただし、欲張りすぎはご用心。『坑道の金糸雀《かなりあ》』に気取られては元も子もない。

藤霞は永椿の肩に手をやれば、簪《かんざし》の涼やかな音を鳴らし身をかがめ、永椿の耳元で囁く。

「引き続き頼むぜ？」

「そんな心算じゃない」

永椿はその手を払い、舌打ちする。

藤霞は一瞬目を見張ったが、すぐに飄々とした様子に戻ると告げた。

「例の英国からの客。出迎えるからお前も来い」

「……わかった」

短く言うと、永椿は踵《きびす》を返して、そのまま振り返る事なく去っていく。

見送った藤霞はややあってから嘆息する。

「……珍しい事もあったもんだなあ……こりゃ明日は雪か？」

藤霞の呟きは、夏の宵空に溶けて消えていった。

◇◇◇

「歌那さんったら！」

「え？　は、はい⁉」

大きな呼びかけと軽い揺さぶりで意識が現《うつつ》に戻る。

一瞬何処にいるかわからなくなりかけたが、すぐに自分が待合室の片隅で腰かけていた事を認識する。

目の前には、怪訝そうな表情を浮かべた紅子の美しい顔がある。

一瞬、状況がわからず固まってしまう。そんな歌那を見て紅子は大きく嘆息した。

「待たせた私も悪いけど、随分寝つきの良い事ね」

「……すいません……」

そうだ、今日は半ドン。一緒に帰ろうと話していて、紅子が用事を終えるのを待っている間に居眠りしてしまったようだ。

申し訳なさに思わず叱られた子犬のように項垂れてしまう。

それに、奇妙な夢を見ていたようだが、何も思い出せない。そのせいで多少気分が悪い気がするが、それを振り払うように首を左右に振って立ち上がる。ほんの一瞬眩暈《めまい》がしたけれど、長続きはしない。いきなり立ち上がったせいだろうが、最近心配な事もあるから無理はしないようにしないと、と歌那は気を引きしめる。

しかし、一瞬の事であっても、見城の目からは逃げられなかった。

「無理はしないようにね？　最近色々あるし……」

「大丈夫です、少し買い物したらすぐ帰ります！」

見城の心配そうな眼差しに、苦笑しながら手を振ってみせる。

最近歌那は体調面で心配事を抱えるようになっていた。見城に診てもらっているため大事には至っていないが無理は禁物なので、用事を済ませたらすぐ帰宅して休む事を約束すると、見城も安心したように頷いた。

急いで帰り支度をすれば、もう支度を整えた紅子が待っている。

紅子は人と待ち合わせがあるとかで、銀座まで一緒に行ったら別れる予定になっていた。

それにしても、今日は何時もよりめかし込んでいる気がするのは気のせいだろうか。着ている洋服も、被っている帽子も履いている靴も、何時もより上等でお洒落なのだ。

元々美人だが、化粧は更に彼女を魅力的に見せている。女の歌那でも思わず見惚れる程に。そして、その指には……

「うわあ……綺麗……」

繊細な金線の細工が描くのは薔薇《ばら》の意匠。その中央には深い紅に輝く貴石。見たところ舶来の品と思しきその指輪はあまりに見事で、思わず感嘆の息を零《こぼ》してしまう。どう見ても相当な値打ちもの、一介の看護婦が持てるような代物ではない。

思わずまじまじと見つめる歌那に気づいたのか、少しだけ得意そうな表情になる紅子。

（この指輪、殿方からの贈り物なのでは）

紅子程の美女であれば、可能性としては十分あり得る。今だって、紅子の信奉者が診療所にやってくるではないか。それぞれ、花束やら贈り物やらを手に訪れる。大抵の場合は素っ気なく突き返されて終わっているが。

実は、指輪を贈ってくれる本命の殿方がいるのでは？　この後会うのが、その相手なのではと思わず紅子の顔を窺ってしまう。

「あの、今日のご用事ってもしかして……」

「まあ、ちょっとね……」

その顔に浮かぶ意味ありげな微笑と、曖昧《あいまい》な言葉に確信は深まる。

（逢引だ、きっと！）

本命との逢瀬だから、贈ってくれた指輪をつけて……

紅子程の美しい人に恋人の影がない方が不自然である。間違いない。これは、からかい返す絶好の好機！

……とは思ってみても、やり返されて終わるのが目に見えているので慎ましく口を噤む。

二人の様子を見る見城の顔には、愉快そうな笑みが浮かんでいる。恐らく歌那の考えがお見通しなのだろう、笑いを堪えている様子が窺える。

見送られて診療所を後にして、二人は目的地である銀座へと歩き出す。

その途中、ふとある事に気づいて歌那は目を瞬いた。

（……あれ？　そういえば、薔薇《ばら》と赤い石の指輪って……）

胸に刺さった棘のようにちくりとした感覚を伴いながら、ある言葉が蘇る。

『……関わりたくないって言うなら。……赤い宝石と薔薇《ばら》の指輪には気を付けておけ』

顰め面の永椿の、険しさを伴ったあの日の言葉が脳裏に浮かぶ。

（まさか、ね……）

紅子がしている指輪は、正にその条件に当てはまるものではある。

しかし、薔薇《ばら》の意匠というのは装身具にはよく使われるものだ。それに最近では色石もよく出回り、紅玉も貴重品には違いないがそれなりに見かけるものである。

警戒しろと言われたものを、先輩が身に着けているという事実を認めたくはない。

（そんなわけない……）

考えすぎだろう。紅子の指輪があまりに見事すぎたから、その輝きにあてられてしまったのだ。

考え事をしながらなので相槌もやや心入らぬものとなってしまうが、話しながら歩き続ければやがて銀座の繁華街に辿り着く。

紅子の目当ては、停車場に停めてある自動車の内の一つらしい。紅子は歌那に別れを告げ車に乗り込んでいった。

走り去っていく車を見送った歌那は、大きく息をついた。

自動車を持つ程のお金持ちであれば、あの指輪の贈り主に間違いないだろう。紅子は玉の輿に乗るのだろうか。祝福したい気持ちはある。けれど同時に、紅子が診療所を辞めてしまう事が寂しい。

全ては自分の想像の域に過ぎないのだけれど、そうであればいいという気持ちと、そうでなければいいという気持ちが同じだけ胸を占める。

歌那は暫く何とも言えぬ思いを抱えて立ち尽くしていた。しかし、何時までもそうしているわけにはいかないと、身を翻した瞬間、踏み出した足が止まる。ふと、周囲を歩く女性達が頬を染めながらある方向を見つめている事に気づいたのだ。男性までもが熱い視線を向けているので、一体何があるのだと思ってそちらを向いてみた。

視線の先にいたのは、女物の着物を羽織った伊達男《だて》と、キャプリンハットにシースラインのワンピースを纏《まと》った美女。

更に、もはや馴染みの顔になりつつある、書生と思しき風体の優男《やさおとこ》もいる。

あまりに衆目集める三人組に、思わずその場で顔を引き攣らせて固まっていると、その内の一人……藤霞が明るく呼びかけてくるではないか。

「おう、嬢ちゃん。奇遇だな！」

「……ええ、奇遇ですねー……」

思わず適当な答えになってしまった。どうしてこうも絶妙な時に、現実を突きつけるかのように彼らと遭遇するのだろう。

関わりたくないっていうなら……、今は指輪云々以上に彼らに関わりたくない。

彼らを敬遠しているわけではない。三人はあまりに注目を集めすぎだからである。

慎ましく暮らしたい歌那としては、今は出来れば声をかけてほしくなかった。

突き刺さる視線の流れ矢を感じて、歌那は内心涙する。

一人でも美しすぎて目立つのに、三人となればもう言うまでもない。これでよく人間に紛れていられるな、と幾度目かわからない疑問を心の中で繰り返す。

「嬢ちゃんは買い物か？」

「はい、仕事が終わったので。……そちらはお仕事ですか？」

「『客』を迎えに来たんだ……。銀ブラしてみたいとか言ってたから、じゃあ銀座で初顔合わせといくか、という話だったんだが。聞いている特徴からして相当目立つ風体をしているはずが、さっぱり見つからん」

周囲の女性の注目を集めて已《や》まない藤霞が、困ったものだという風に呟いて肩を竦める。

『客』という言葉に、歌那の警戒度が跳ね上がる。

本能的に察する。多分商いの『客』ではない。例の事件関係の『客』だ。

こういう時の勘は、嫌という程当たるのだ。

その話題には触れないように、立ち去ろうとした時だった。

歌那は足を激しく掬われるような感覚を覚えて、持っていた荷物を取り落とした。

ふわりと身体が宙を傾いで、遠くに焦った藤霞の声が聞こえる。

「嬢ちゃん！」

崩れ落ちた歌那は、地面にぶつかる衝撃を覚悟した。

が、それは訪れなかった。代わりに感じたのは、力強い腕が抱き留めてくれる感覚。

「おい、大丈夫かよ⁉　……らしくねえだろ、倒れるとか……」

永椿が、倒れそうになったのを支えてくれたのだと理解出来たのはその後だった。

呆れたような溜息交じりの悪態をついても、見つめる眼差しは真剣だ。細身に見えるその腕は、随分力強く安心感がある。

「……あたし、最近貧血を起こしやすくて……」

そう、最近歌那は貧血気味だったのだ。

少し前からその気配はあったのだが特に何事もなく、少し気を付ける程度で済んでいた。それがここ暫くその傾向が顕著であり、見城に診てもらい薬を処方してもらうまでになっていた。服薬もきちんとしていたが、やはり出歩くべきではなかったのかもしれない。周囲のざわつきを感じながら、歌那はぼんやりと考えた。

「血の気多そうな性格してるのに……」

「……喧嘩、今は買ってる余裕ない……」

「っ！　おい！」

意識が途切れかけているのを感じる。心配そうな永椿の叫びが耳に届くも返事が出来ない。

藤霞が誰かに、厳しい声で矢継ぎ早に指示を出しているのが遠くに聞こえる。

「ここからならうちの方が近い。うちに運べ。あと医者も……崎浜《さきはま》の爺さんも呼んでこい」

浮いた汗の珠を手巾で拭ってくれている感触がする。

「お客さんのお迎えは私と藤霞で行くわ、貴方《あなた》は歌那さんについていてあげなさい」

「……わかった」

白菊の言葉に、永椿が短く答えたのが聞こえたと思えば、不意に身体が浮き上がる。

頼もしい温かさに支えられながら、歌那の意識は完全に途切れてしまった。

若月屋の奥座敷には、布団に横たわる歌那と、苦々しい表情で見守る永椿がいた。

下男が呼んだ医者は診察を終えて既に帰った。見立てでは貧血で間違いないとの事で、他に特に悪い病気がありそうな様子はないという。しかし、老医師は帰り際に一つだけ気になる事を告げた、それが今の、永椿の表情の理由である。

昏々《こんこん》と眠るその顔は、血の気が失せたように青白い。永椿達が追っている、血花事件《くだん》の被害者のように……

そっと、歌那の頬に手を伸ばす。温かい、生きている。息をしている。

知らずのうちに強張っていた身体から力が抜けて、安堵の息をついた。

しかし、その直後に表情を歪める。こんな風に大人しく眠っているなんて、こいつには似合わない。似合うのは、診療所でくるくると表情を変えながら患者達と話している姿、喧しく自分に食ってかかる勢い。愛しげに穏やかな日々を語る様子。大好きな甘いものを口にして喜び無邪気に微笑む表情……

女が外で働くにはまだ辛いこの時代に、こいつは一人で生きてきた。

唯一の血縁である父とは絶縁状態、母方の血縁はなく天涯孤独の身の上だという。

それでも、自分で自分を支えていられる事に、看護婦という仕事に。そして、見城診療所で働ける事に誇りを持っていると毅然として語った顔を思い浮かべる。

自分達は、人の理《ことわり》の外に生きる存在だ。

その中でも、比較的人に近いと言われる永椿の価値観に照らし合わせてみれば、今を一生懸命に生きる歌那は好ましいと思うに値するものだ。

けれど、それだけではなくて。

裡《うち》に生じた熱い感情の名が何というのか自分でもよくわからず、永椿を困惑させている。

決して不快ではない、けれど知らなかったものに戸惑うばかり。

仲間の中においても、自分と藤霞、白菊は比較的人と関わる事が多かった。だから人の様々な感覚や感情には触れてきている。

なのに、種が芽吹き育ちゆくように日増しに募るこれを、何と呼ぶのかは知らない。

「早く起きろよ、馬鹿……」

喧嘩を売るように呟くその声音は何処か切ない。

その後藤霞達が『客』を連れて帰還するまで、言葉を紡ぐ事なく永椿は歌那を見守り続けたのだった。

その後、暫くして歌那は意識を取り戻した。

起き上がって診療所に戻ると主張する歌那と、今日は無理しないで泊めてもらえと主張する永椿が口喧嘩していると、客人を連れて藤霞が現れた。

「毎度毎度厄介になるわけにいかないでしょ！　……って、藤霞さん達お帰りなさい！」

「ぶっ倒れておいて無理するなって！　……おう、お帰り」

「お前達、相変わらず仲いいなあ……」

呆れた表情で嘆息する藤霞に、二人は口を揃えて「そんな事ない！」と唱和する。

白菊が耐えかねて笑いを零《こぼ》せば、歌那と永椿はまたも揃って不貞腐れた表情を浮かべる。

その時、歌那の視線は彼らの後方に釘付けになった。

そこには、一人の青年がいた。

青年は歌那と視線が合うと一瞬、驚愕に打ち震えたように動きを止めたが、次の瞬間には歓喜の笑みを浮かべた。

彼がこの国の人間でない事は、すぐに見て取れた。顔立ちが違うのもあるが、特筆すべきはその色彩である。

風にそよぐ淡い金色の髪は光を弾き眩く輝き、その瞳は晴れ渡った空のように澄み切った蒼。人ではない可能性も浮かんだが、永椿達とは違う、確かにそこに存在する人が持ち得る美しさを感じる。

（ああ、西洋の御伽噺《おとぎばなし》の王子様ってこんな感じなのかなあ……）

或いは、教会で奉仕活動をした時に見た絵画に描かれていた……天使。そう思わせる高潔な雰囲気を纏《まと》った人だった。

「ああ、紹介するか。こちら英国からの客人達だ。うちと取引のある商人の伝手でお招きした、英国の伯爵家ご当主達だ」

「と言っても、爵位自体はお返ししておりますので、今では一商家に過ぎませんが……」

藤霞の紹介に、金髪の青年は控えめな笑みを浮かべて続ける。

そして、歌那に不思議な熱のこもった眼差しを向けつつ優雅に一礼する。

「ナサニエルと申します。ナサニエル・ノエル・フィオリトゥーラ。ご紹介頂きました通り、英国より参りました」

その優雅さと美しさを目の当たりにした歌那は、ほんの少し物悲しさを感じていた。

(どうしてこう、最近出会うのはこんなに綺麗な人達ばっかり……)

永椿達は、まだいい。人離れした美貌を持っているのも、人でなければ当然の事。

それはきっと、花が美しいとか、自然の摂理と同じ事であろう。

しかし、客人は間違いなく人であるらしい。それなのに、こうまで高潔で、美しい容貌を見てしまうと。

(……美醜に関する感覚がずれちゃいそう……)

ただでさえ職場には、見城と紅子という二人の美女がいるので、美に対する基準は高い気がしている。その中に交ざる一般人その一として、我が身を省みて若干劣等感を覚えてしまう。花咲き誇る花壇に紛れ込んだぺんぺん草の心境はこんなものであろうか、などと。しかし。

（まあ、今更嘆いても仕方ないよね。とりあえず眼福ぐらいに思っておこう）

ぺんぺん草は切り替えが早かった。羨んで嘆いたところで我が身が変わるものでもない、それなら嘆いている時間が無駄だ。

思い切りよく心の切り替えを行った歌那だったが、ふと気になった事がある。

「……客人、達？」

どう見てもそこにはナサニエル一人しかいないのだが、藤霞が口にしたのは複数を示す言葉である。

それを聞いて、ナサニエルが何かに気づいたように目を瞬くと、藤霞に問うような眼差しを向ける。藤霞が頷いたのを見ると、ナサニエルは懐からあるものを取り出した。

それは、少しばかり鈍い銀色を放つ――銃だった。

思わぬ武器の登場に思わず身構える歌那だったが、ナサニエルは笑って言った。

「ゾーイ、ご挨拶を」

『イエス、マイロード』

ふわりと風を感じたと思った瞬間、歌那の目の前には人影が一つ増えていた。

ナサニエルの手から銃が消え、一人の少年が立っている。

銀色に輝く瞳を縁取るのは、柔らかく波打つ肩までの銀色の髪。何処か繊細な銀細工の人形を思わせる美しい容貌をしていて、年齢は十代半ば程に見える。けれど、微妙な不自然さを感じたのは気のせいだろうか。

「私の従者のゾーイです。彼は、貴方《あなた》がたの言葉で言うと……付喪神、ですね」

「よろしくお願いします、お嬢様」

ゾーイと呼ばれた少年の姿をした付喪神は、歌那に対して丁重な礼と共に告げる。

お嬢様などと呼ばれ慣れない呼び方をされ、歌那は些か戸惑った。弱弱しい声で何とか挨拶を返すと、ナサニエルが声をかけてくる。

「お嬢さん」

「は、はい？　あたしですか？」

日本語が通じる？と一瞬あたふたしかけたが、そもそも相手は流暢な日本語を話している。青年は微笑みながら頷くと、更に言葉を重ねてくる。

「お名前は？」

「東雲歌那です……」

異人さんなのに日本語上手だなと感心しながらも、歌那は素直に名を伝える。

それを聞いたナサニエルは、輝くような笑みを浮かべる。

「カナ……とても綺麗な響きの名前ですね」

名を褒められれば歌那とて悪い気はしない。

「ありがとうございます」とはにかむ歌那の手を、そっとナサニエルは握った。そして、瞳に真剣なまでの光を宿して、言った。

「カナ……どうか私と結婚してください」

「は？」

結婚。けっこん。けっこん……

意味を理解した歌那の口から、思い切り怪訝な声が漏れた。

それは、あまりに唐突な求婚の台詞だった。

ナサニエルと会ったのは、たった今だ。彼がどういう人間なのか、どのような経緯で日本に来たのか、何も知らない。わかっているのは藤霞に招かれてきた英国人という事だけ。その容貌は確かに好ましい美しさであるが、それはそれである。

思わずぽかんと口を開けたまま、歌那は硬直してしまっている。今の自分が置かれている状況が理解出来ない。

いや、初めて会った異国の美青年に、唐突に求婚されて瞬時に全てを理解出来る人間がいたらお目にかかりたい。

呆気に取られて言葉を失っているのは歌那だけではない。白菊や永椿、何時も飄々とした様子を崩さない藤霞すら、今の言葉を理解出来ないというように表情が引きつったまま固まっている。ナサニエルの連れである少年は、両手で顔を覆って天を仰いだまま絶句してしまっているではないか。

皆がナサニエルの爆弾発言で石化してしまっている中、立ち直りが一番早かったのは永椿だった。我に返ったかと思えば顔を真っ赤にして、歌那の手を握るナサニエルの手を払いながら怒りの言葉を発する。

「突然出てきて、何言ってやがるこの外国人！」

「何であんたが怒るのよ！」

「君には関係ありません、私とカナの問題です」

「喧嘩売ってるのか、この野郎！」

怒鳴り込んできた永椿に、呆れたように言う歌那に冷静なままに返すナサニエル。

その冷静さが永椿の怒りに火に油を注いでしまったのは間違いない。頭から煙を吹きかねない勢いでナサニエルに詰め寄ろうとした永椿を、漸《ようや》く我に返った藤霞が頭を押さえつけて止める。

そんな永椿を見据えつつ、ナサニエルは芝居がかった仕草で胸に手を当てて声高らかに言い放つ。

「私がこの国に来た目的の一つに、妻となってくれる女性を探す事があります」

「大凶異退治に来たついでに嫁探しすんな！」

ナサニエルが言い終えるのとほぼ同時に永椿が拳を握りしめて叫ぶ。

ああそうか大凶異退治、やっぱりあの事件絡みだった、と裡《うち》に呟く歌那の顔には乾いた笑いが浮かんでいた。まあ、それはそれとして。

診療所に来る奥さん達にお見合いを勧められる事は、実は結構ある。しかし、歌那には結婚するつもりが全くないので丁重にお断りしているが。こんな風に面と向って申し込まれたのは初めてである。しかもなかなかに衝撃的な状況で。

永椿に怒鳴られても、ナサニエルはめげないし挫けない。

「カナに会って、この人が私の運命の女性と一目で気づきました！」

「言うに事欠いて一目ぼれかい……」

「ナサニエル、お嬢様が困っています……」

藤霞とゾーイの呻くような言葉がナサニエルに向けられた。二人とも頭が痛いとでもいうように頭を押さえているが、頭が痛いのは歌那とて同じだ。

もはや収拾がつかない、この状況をどうすればよいのだ。

歌那は自身を叱咤する。そもそも言いなりになるのも、流されているままも嫌だ。頬をぱちんと両手で挟んで軽く叩くと、ナサニエルへと向き直る。

「ええと、いきなり結婚と言われても……困ります！」

はっきりと意思を告げる。そもそも今出会ったばかりの相手に、幾ら一目ぼれだ、運命だと告げられても、受け入れられるわけがない。

震える小動物のような雰囲気を纏《まと》いつつも、毅然として見上げる歌那に、ナサニエルは数度納得するように頷いてみせた。

そして、「失礼しました」と呟けば、今度はそっと歌那の手を取った。

「では、お友達から始めましょう」

「……友達でよければ……」

その背に羽が生えているような錯覚すら与える眩い優美な微笑みを浮かべながら、歌那の手に口付けるナサニエル。

人生においてそのような事をされた事のない歌那は、耳まで赤くしながら口をぱくぱくとさせるだけになってしまう。

上目遣いに問うように見上げる蒼の瞳に、気づけば歌那は頷いてしまっていた。

しかし、そこに勢いよく割って入る者があった。

「離れろ、帰れ、外国人！　あとお前もしおらしく頬とか染めんな、馬鹿歌那！」

「痛っ！　何すんのよ馬鹿永椿！」

言わずとしれた永椿である。

　こめかみに青筋を立てながら歌那からナサニエルを引きはがせば、歌那に力を抑えた拳骨を落とす。歌那は頭を押さえて永椿に食ってかかり、たちまち始まる子犬の争い……もとい、いがみ合い。

「おお、乱暴な！　大丈夫ですか、カナ」

「だから、近寄んなって！」

　大げさに嘆く様子を見せて、ナサニエルが再び歌那に近づこうとするのを、永椿が二人の間に立ち塞がって防ぐ。

「いやあ、なんか楽しくなってきたねえ」

　すっかり勢いに取り残された藤霞が乾いた笑いを浮かべながら、ぽつりと呟いた。

　異国からの訪問者は、何とも珍妙な騒動を引き起こしてくれたものだ。水を差すのも野暮というものではなかろうか、はてさてどうしたものかと彼は苦笑いする。

「はあ……先が思いやられる」

　ゾーイが天を仰いで嘆いたのを、白菊が苦笑いをしながら肩を叩いて慰めた。

　三人の混沌とした遣り取りは、その後、歌那が起き抜けに大騒ぎしたせいで、再び寝床に連行される事になるまで続いたという……。

　何時の間にか歌那の日常は以前と比べて随分と賑やかになっていた。

診療所に何故か永椿が顔を見せるようになってから、患者である近所の奥さん達は歌那に春が来たと浮足立っている様子だった。

そこに、異国人の美青年まで、時には花を手に歌那に会いに来るようになった。

これはどちらが本命か、と楽しげに問われ、何と答えたものかと冷や汗を流す事も暫しである。

そんなある日、歌那は美夜の付き添いで百貨店に行く事になった。

高嶺男爵がもうじき誕生日という事で、贈り物を買いたいのだという。

だが、確かに最近頓《とみ》に元気になってきたとはいえ、今までは屋敷の中だけで過ごしていた者がいきなり外出、しかも人の多い百貨店が行先とあれば、懸念は生じる。

見城が診察し、現状では問題ないと判断された事により、あまり長居はしないという条件付きで美夜の願いは許可された。

かくして、高嶺の奥様は女中と下男に加えて、看護婦の歌那も従えて結婚後初めての外出と相なったのである。

買い物のお供はとても楽しかった。

目に映るのは灯りに照らされて煌びやかに輝く様々な百貨の数々。最新流行のパラソル。レースのショールにハンケチに手袋に。歌那がいいなと思っていたドロンワークのショールが展示されている。煌びやかな品々に、歌那は一時現《うつつ》を忘れて夢心地だった。

美夜は無事に目当てにしていた贈り物を手に入れて、嬉しそうに笑っていた。そして、外に待たせていた下男と合流し、さて帰ろうとしたまさにその時だった。

「きゃっ……！」

「奥様！」

美夜が悲鳴をあげて倒れ、幸村が慌ててしゃがみ込む。

一人の薄汚れた男が、美夜にぶつかってきたのだ。「気をつけろ！」と捨て台詞を残して、男の姿は遠ざかっていく。

幸い美夜に怪我はなかった。

だが、彼女が先程まで確かにその手に持っていたはずのバッグが消えていた。

「ひったくりだ！」

「って、ちょっと看護婦さん⁉」

下男の狼狽した叫びに、女中の更に慌てた叫びが続いた。

下男が叫んだ直後、歌那の足は地を蹴っていた。困惑の声を背に、おおよそ女とは思えぬ足の早さで、遠ざかった男の方角へ走っていく。

「返しなさい！　美夜のバッグ……！」

男は気づかれたと知ると逃げるように走り始めた。最初こそ追ってくるのは女と余裕を見せていたのだが、歌那の鬼気迫る勢いを感じると恐れを露わにして速度を上げる。

歌那は走った。走って、走り続けて、ついには男を小路に追い込んでいく。

相手は大の男、小娘である歌那など恐れるに足らないはずだが、どう見ても、歌那の気迫に押されている。

「返しなさい！　美夜のバッグ！」

「な、何なんだよ！　お前本当に女か⁉」

「女です！　それはいいから返せ！」

「わ、わかったから！　ほら！」

歌那が更に凄んでみせれば、男はあっさりとバッグを歌那へと放り投げた。受け止めて中を確認するが、何かを盗られた様子はない。

男などもはや注意の外で安堵の息をつく歌那だったが、不意に男の悲鳴が聞こえた。

「ば、化け物っ……！」

「し、失礼ね！　誰が化け物よ！」

なんて失礼な、と憤慨した歌那だったが、男の視線がどうも自分の更に後ろに向けられているような気がした。

後ろに、何かいるという事だろうか。ぞくりと、背筋に覚えがある寒気が走った瞬間、思わず息を呑む。振り返ってはいけない気がした。しかし、歌那の後ろには確実に何かがいる。しかも気のせいでなければ複数。

振り返って確認したい、でもそれをしてはいけない。

鬩《せめ》ぎあう二つの思い。足音は確実に歌那との距離を縮めてきている。

ごくり、息を呑む。勇気を振り絞り振り返ったならば、予想通りのものがいたのだ。

――全身に紅い蔦を這わせて、血色の花を咲かせた二体の血花鬼が。

確かに、油断していたのは認める。このところ、何事もなく……いや、貧血で倒れるし、突然現れた異国人に求婚されたりはしたのだが、それを何事もなかったと言いたくなるぐらい今の状況は切迫していた。

「……本当にまた襲ってくるとか、思わなかったわよ……」

また襲われる可能性があるとは言われたが、先日襲われて以来、再び遭遇する事もなく、見つかる遺体が増えたと噂話に聞く程度。だからその存在を忘れかけてすらいた。

けれど、再びそれはやってきた。事実を事実と知らしめるために。まるで忘れるなと主張するかのように。

（もう、いい加減にしてよ……！）

『ミナモト……ハハ……』

二体はまたも謎の言葉を発しながら、腕を歌那へと伸ばしにじり寄ってくる。

二体の注意が歌那に向いているのを察した男は、二体の脇をすり抜けてとうに逃げた。

ここまで全力疾走を続けた結果、歌那の残りの体力はほぼ下限に近い。

前のように投げ飛ばす事も出来そうにないし、そもそもあの時助かったのは助け船があったからだ。化け物二体相手に、今この場を切り抜ける術が咄嗟に思いつかない。

にじり寄る二体から、じりじりと後退しながら恐怖に支配されつつぎゅっと瞳を閉じて歌那は叫ぶ。

「こ、来ないで！　動かないで！」

我ながら無茶を言った、と歌那は思った。相手は化け物、言葉など通じるはずもない存在、でも叫ばずにはいられなかったのだ。

しかし、にじり寄る足音が途絶えた。

『ハハ……』

恐る恐る歌那が瞳を開けたなら。

そこには、思わず我が目を疑う光景が……。呟きながらぴたりと動きを止めた血花鬼達の姿があった。

（ど、どういう事？　本当に止まった？　止まってくれた⁉）

何が起こったのかはわからなかった。まさか止まれと叫んで本当に動きを止めるとは思うはずもなかった。どういう絡繰《からく》りかはわからない。けれど、化け物は実際に足を止めている。

（い、今だ……！）

動きを止めている化け物の横を、先程掏摸《すり》の男がすり抜けたように全速力で通り過ぎようとしたのだが……

『ミナモト……』

「もう動き出したっ⁉」

血花鬼の一体の手が、歌那の手首を捕らえたのは、逃亡が成功しようとした瞬間だった。冷たさしかない感触にぞっとして、その手を振り解こうとしても、獣を捕らえた鋼の罠のようにびくともしない。

ニタニタと笑う紅い瞳が愉快そうな光を湛えて歌那を見ている。もう一体も、歌那を捕らえようと近づいてきて……

恐ろしさと打つ手のなさに、涙の滲む目を閉じた時。

耳に入ってきたのは馴染みある男の声だった。

「……お前、本当に巻き込まれやすいな」

苦笑いの響きがある言葉と同時に、血花鬼に変化が生じる。

ぼとり、と重い音を立てて一体、歌那の手首を捕らえていた方の首が紅い尾を引きながら落ちた。捕らえていた手からも力が抜け、歌那は自由の身となる。

そこには、永椿がいた。

どうしてここにと問いかけるより先に、歌那は咄嗟に彼の元へと走り寄っていた。永椿の服を握りしめて確かにいるのだと感じると、震えが全身に広がる。

「え、永椿……」

「奥様は先に屋敷に返しておいたよ、俺が追いかけるって」

呆れた口調でありながら、その琥珀の瞳に宿る光は優しくて、歌那の瞳に透明な雫が浮かぶ。

助けに来てくれた嬉しさと、顔を見る事が出来た安堵と。その他にも言い表せない程の感情が胸を満たしていく。永椿がこの場に来てくれた事に胸がいっぱいで言葉にならず、永椿の服を握りしめる手に力が籠る。

泣くなと言うように歌那の頭を撫でた永椿は、歌那を庇うように一歩血花鬼達へと近づく。

「怖いなら下がって目を瞑ってろ」

永椿の手には、光を編んで紡いだ苦無《くない》のような刃があった。片方だけだったそれは、次の瞬間にはもう片方の手にも生じていた。

永椿は、その双つの刃を構えて化け物を見据え、低く囁くように言の葉を紡いだ。

「俺が守ってやる」

武器を構えた永椿が、歌那ともう一体の血花鬼の間に立ち塞がる。

それでも化け物はあくまでも歌那へと注意を向け、歌那を求めて手を伸ばす。血花鬼が歌那を認識して狙っているのは明らかで、永椿の眉間に皺が寄る。

「狙いがわかってる分、動きが読みやすいんだよ……っ！」

歌那へと迫るために永椿を押しのけようとした血花鬼だが、その身体が後方へと吹き飛ぶ。

首には光を編んだ苦無《くない》の一つが突き刺さり、もんどりうって地に転がった。

首を貫かれながらも化け物は起き上がろうとする。けれど起き上がる前にその身体を支えていた両腕が消失する。永椿のもう片方の刃が、半円の軌跡を描いて持ち主の手に戻る途中で、血花鬼の腕を切り落としたのだ。

血花鬼は紅い飛沫を上げて地に倒れ伏し、這いずり始める。

永椿が肩を竦め、一つ息をつく。しかし、あるものを目にしてしまった歌那は震える声で永椿に呼びかける。まさか、と思う光景が、歌那の視線の先で繰り広げられているのだ。

「……永椿、あ、あれ」

倒したはずの一体が起き上がっているではないか。起き上がるばかりか、先程飛ばされた頭部を持ち上げて、何事もなかったかのように身体と繋げる。

歌那は声にならない悲鳴を上げ、永椿は化け物の様子を見て忌々しげに舌打ちする。

「成程、頭を飛ばしただけなら時間が経てば元通りってわけか……」

その両手に光の苦無《くない》を構えながら、永椿は独り言を紡ぎ続ける。

「気になっていたんだよ。藤霞達が倒した奴に頭がついていたって聞いた辺りからな」

その視線は、再び歌那へと近寄ろうとした血花鬼の胸部を見据えていた。

「俺が見た、動かぬ遺体と動く血花鬼の違い……！」

永椿が刃を一点に向けて投擲《とうてき》する形に構える。その琥珀の視線は鋭く獲物を捉えている。

「それだ！」

一点を狙って繰り出された光の刃が、血花鬼の胸に咲いた花の中央――血が凝《こご》ったような珠を弾き飛ばす。もう一つの刃で、地で藻掻くもう一体の胸の花の珠も弾く。

劇的な変化があった。

それまで動いていた血花鬼が、瞬時に糸の切れた操り人形のように地に崩れ落ちる。地を這いずり藻掻いていた一体も、それに続く。

そして、ぴくりとも動かなくなる。暫しの間無言で見つめていても、起き上がる気配はない。

永椿は歩みを進め、地に転がった二つの丸い赫を拾い上げる。光を透かす事のない、深く鈍い赫。深部は黒にすら見える紅。

「こいつが、血花鬼の弱点であり唯一止めを刺す手段……みたいだな」

言葉を紡ぐ事が出来ぬまま、茫然と事の成り行きを見守っていた歌那が、震えながら永椿に呼びかけようとした時。

「それに気づいたのは流石《さすが》と一応褒めてあげる」

背後に何かの気配を感じたと思えば女の声がして。

そして、歌那の意識は途切れた。

永椿は背筋を氷で撫でられるような寒気を覚え、咄嗟に振り返った。

その瞳に飛び込んできたのは、冷たい光を放つ鋼の大鎌を手にした黒い外套を纏《まと》った人影と、その足元に俯せに倒れ伏した歌那の姿――

「歌那！」

「そこから動かないで頂戴」

黒い外套の女は、鋭い声で永椿の動きを制止する。

永椿は従わざるを得なかった——女の刃が、歌那を捉えたのを見てしまったならば。

外套は男女の別すら覆い隠す程に目深で、声で辛うじて女とわかる。

永椿は、女が武器を握るその指に見た。

——紅い輝きを放つ、薔薇《ばら》の意匠のあの指輪を。

「悪いけれど、それはもらっていくわ」

「目的は、これかよ……」

冷たい汗が、白皙《はくせき》の頬を一筋流れる。

どうせ碌でもない事に使うのだろう、と憎まれ口を叩いても、何処か覇気がない。

当然だ、人質を取られてしまっているのだから。

案の定、くすくすと愉《たの》しげに笑ったかと思えば、女は皮肉を込めた声音で問いかけた。

「それじゃあ、この子とその珠と、どちらを選ぶ？」

女の刃の切っ先が当てられているのは、歌那の細く白い喉首。鎌の刃は、歌那を確実にその範囲に捉えている。永椿が女の意に沿わぬ行動を起こしたなら、その瞬間その鎌が何を掻き切るのかは想像に容易《たやす》い。

瞬時に蒼褪《あおざ》めた永椿は、舌打ちし手にした珠を外套の女に投げる。

それを見た女はあっさりと後方に退き、歌那を解放した。

女は言った。「まだその子に死んでもらっちゃ困るの、その子は『ハハ』だから」と。

永椿は、女には元から歌那を殺す意思などなかった事をその言葉で知る。

二つの珠を手に収めた女は、そのまま高く跳躍したかと思えば見る間に小さくなり消えていく。

永椿は、女を追う事はしなかった。弾かれたように歌那に駆け寄る。そして、ただ気を失っているだけだと知り、心からの安堵の息を吐き出す。

「……守ってやるとか言って、情けねえ……」

情けないと、悄然とした声音で繰り返して……永椿は、気がつけば歌那を抱きしめていた。

腕に伝わる柔らかな温もりと、生きている証である鼓動が安堵の息を誘う。

この温もりが、失われるかもしれなかった。彼女が、もう二度と笑わないかもしれなかった。その事実が、永椿の心を恐怖で鷲掴みにする。

「俺は……」

呟かれる声は、何処か茫然としていた。

人に紛れて暮らす中で偶然出会った人間。偶然と呼ぶには些か様々なものに彩られた出会いであったが。

最初の出会いは最悪で、それでも必死に生きる様や、明るい笑顔を知って。

健気《けなげ》であるが意地っ張り。芯が強いが時折脆い彼女を知って。知って、それで自分は――？

答えは、彼の裡《うち》にあるのに、それがわからない。

永椿は、ただ黙って歌那を見つめていた。

暫く後に意識を取り戻した歌那は、永椿が無事であった事をまず喜んだ。

心配する順番が違うだろうと苦笑いする彼を前に、よかった、と幾度も心から繰り返す。

そんな歌那を見つめる永椿の瞳は、複雑な色を帯びていた。

◇◇◇

意識を取り戻した歌那は、美夜に取り戻したバッグを届けると主張し梃子《てこ》でもその意思を曲げなかった。

この頑固女とぼやいてみせながらも、永椿は歌那を男爵邸まで連れていった。

そしてその足で若月屋へと向う。

勝手知ったる人の家。女中や下男に明るく声をかけられながら向った先は、藤霞の部屋だ。

そこでは藤霞と白菊に加えて、ナサニエルとゾーイが何やら話し込んでいた。

部屋に入った瞬間、藤霞がどうしたと問いかけてきた。永椿の消沈した様子に、同胞が気づかぬわけがない。

白菊に促され、永椿が先程あった事を全て語れば、部屋の中には沈黙が満ちる。

それを破ったのは、軽い唸り声交じりの藤霞の言葉であった。

「あの女は診療所にいたぜ。見城と一緒に診療所を回していた」

確認したのは白菊だという。それなら見間違いはあり得ない。

「って事は、あれは美住じゃない……？」

「一人が同時に違う場所に存在する術がない限りね」

疑惑が、より混迷して深まってしまった。

紅子は診療所にいた、それは確かだ。けれど彼らが疑う相手は、やはり紅子なのだ。調べて判明した数々の事実がそれを示している。

やれやれと呟きながら、藤霞は髪をかき上げる。

「それにしても、嫌な予想が当たったもんだなあ。嬢ちゃんも災難だ」

再び襲われるかもしれないという可能性を提示したのは、他ならぬ藤霞である。そのために永椿を護衛にと言ったのだが……。

「永椿、今日の事は気にするな。嬢ちゃんは生きている、それでいい」

「……そうだけどよ……」

俯いたままの永椿の声色は暗く沈んでいる。これは重症だと藤霞は裡《うち》にて嘆息する。

「それにしても、嬢ちゃんが『ハハ』。……『ハハ』ねえ……」

「『ミナモト』とも血花鬼は言っていたわ」

「嬢ちゃんが血花鬼の『母』か……って言ったらまた怒られるな」

「『ミナモト』……って、歌那さんが何かの元……って事？」

首を傾げながら言う白菊の言葉を聞いた瞬間、永椿の脳裏に歌那が貧血で倒れた際の事が蘇った。馴染みの老医師は、ふと彼に不思議な問いかけをしたのだ。

『おい、椿の坊。このお嬢ちゃん、人に言えない仕事でもしているのかね？』

『はあ？　そんなわけねえよ、こいつ看護婦だぞ？』

『そうか、看護婦か。……まあ考えられない話でもないが……』

一人で何やら納得したり考え込んだりする老医師に、永椿は苛立ちを露わに声をかける。

『おい、崎浜の爺さん！　勝手に納得してないでちゃんと説明しろ！』

怒鳴りつけられると、老人は深く息をついた後、苦々しい表情のまま声を潜めるように語り出した。

『目立たないところだが、あちこちに注射針を刺した痕がある。それも何度も場所を変えてな。薬を注射したのか、或いは……』

──抜き取ったのか……

「あいつ、多分血を抜かれてる……」

永椿がその時の話をすれば、部屋の中の空気が凍り付く。居並ぶ其々が、その言葉である一つの可能性を思い描いたからだ。

「最近血花鬼が特に増えているのは、抜く血を増やして増産したからってか……？」

「貧血って、それで……」

「何という事です……」

藤霞に白菊、ナサニエルがそれぞれに思わずといった風に呟けば、彼らの間をあまりにも重苦しい沈黙が満たす。

彼らは今何を追っているのか。そう、血花事件だ。血のように紅い花を咲かせ事切れた遺体と、花を咲かせた化け物による怪異。

血花が生じる原因は明らかにされていない。

血花を芽吹かせる『種』を蒔く者は？　その『種』を生じさせる『母』なる『源』は？

歌那は最近になって酷い貧血を覚えるようになったという。その貧血が何者かに血を抜き取られているためであるならば。

血花鬼に異様な執着を見せられている歌那……化け物に『ミナモト』『ハハ』と求

められる歌那から抜き取られた血は何処へ？

そしてそんな彼女から警戒される事なく意識を失わせ、血を抜き取れる存在は如何《いか》程いるか？

疑惑の主《ぬし》は、件《くだん》の時間には診療所にいた。

更に、生じた問いもある。

血花に生じた『珠』を刈り取る者、その『珠』の行先は？

胡坐《あぐら》をかいたまま顎下で両手を組んだ藤霞が、重々しい口調で白菊へと問いを向ける。

「白菊、上がってきている新たな犠牲者の身元は？」

「篠原家の奥方に、塚本家の若奥様。……宮野さんてお宅のお嬢さん」

「やっぱりまただな」

「そう、そしてやっぱり同じところから圧力」

そう白菊が締めくくれば、再び各々の間に横たわる深く重い沈黙。

犠牲となる者、疑われる者、刈り取る者、その行く先、覆い隠そうとする者。

錯綜する謎に、今は皆揃って沈黙する他なかった……

第五章　茜色の物思い

それはある日の夕暮れ時。

何かが倒れたような大きな音がして歌那は思わず振り返った。背後では特に何も起こっていないという事は、診察室ではない。

廊下へと出て、様子を窺いながら歩く。暫く前に最後の患者を見送ってから、誰も訪れてはいないはずだ。当然ながら待合室にも人の姿はない。

紅子は今、見城のお使いでお届けものに出ていていない。直に帰ってくるはずだが、今診療所には歌那と見城の二人だけである。

しかし、そういえば先程から見城の姿が見えない気がする。待合室にもいない。外出するとは言っていなかったはずなのに……

歌那が首を傾げた瞬間、もう一度先程聞いた音がした。それは廊下の奥、物置となっている場所からだった。

ガタンガタンと物置の扉が揺れていて、歌那は蒼くなって走り寄る。

建付けが悪くなって修理の手配をしなければならなかったのに、業務に追われてすっかり忘れていたのだ。

見城は物置に用事があって入った後、出られなくなっているに違いない。

歌那は全身の力を込めて扉を揺さぶり、引っぱり……暫しの格闘の末、漸《よう》く扉は開かれたのである。

「せ、先生！　大丈夫ですか⁉」

「ああ……。すまないね、狭いところだけはどうにも……」

暗い物置から転がり出るように外に出てきた見城は普段の余裕はすっかり鳴りを潜めていた。蒼褪《あおざ》めた顔をして、息は荒い。頬を一筋の冷や汗が伝ってすらいる。

そう、この完全無欠とも思える美女の唯一の弱点。それが狭いところ、つまりは『閉所恐怖症』なのだ。

以前同じように見城が狭いところに閉じ込められた事があり、その時に知った事実である。普段は余裕すら感じられる医師が、取り乱したところを歌那は初めて見た。

――ここから、出してっ！　出しなさい！

落ち着き顔色を取り戻してから、見城は何処か寂しげな苦笑を浮かべ、ただこう語った。

――昔、閉じ込められている間に……大切なものを失くしてしまったから……

目の前の見城は息も整い、顔色も戻ってきた。

もう大丈夫そうだと思った歌那だったが、見城は蒼褪《あおざ》めた顔で歌那の腕を見ている。

「歌那さん！　手！」

手？　と言われて己の手を見てみれば。

「あ、ああ……道理で痛いと……」

ささくれた木でひっかいたのか、ざっくりと幾筋かの紅い筋がその両手に走っているではないか。筋には鮮血が滲み、赫の露が生じたかと思えば一つ、又一つと零《こぼ》れる。

慌てた見城は、歌那を促して診察室へと足早に進む。

「痛いに決まっているじゃないか！　手当てするからこちらにおいで！」

慌てていても流石《さすが》は名医である。思わず見惚れてしまう程の鮮やかな手際で、瞬く間に手当てされていく。「先生凄い」とのんびりお礼を口にする歌那の耳に深い嘆息が聞こえた。

「助けてもらっておいてお説教もどうかと思うけど……。歌那さん、もう少し自分を大切にしなさい……」

嫁入り前の女の子なのだから傷でも残ったらどうする、と見城は溜息と共に言う。

「先生を助けなきゃって思ったら、何か必死で痛いとか感じなかったなあ……」

そもそもあの木戸の不具合は自分が報告を怠ったせいである。

それに見城が苦しんでいると思ったら、我が身など二の次となってしまっていた。

兎にも角にも見城を助けたいという思いしか、歌那の中にはなかったのだ。

気まずそうに身を縮める歌那を見て、見城は優しく苦笑する。

夕暮れ時の光が硝子《がらす》窓を茜色に染めている。

診察室から先に出た歌那は、茜色の硝子《がらす》に目を奪われてしまう。すると、背後にいた女医は思いもよらぬ言葉を紡いだ。

「君は、姉に似ているね」

「え……？」

その声音は落ち着いていて、優しい。けれど、後ろにいる人が何処か遠くに感じられてしまう。

不思議な声音で紡がれる言葉は、尚も続く。

「時に我が身を差し置いてでも、他者へと思いを向ける事が出来る、その心がね」

歌那の心臓が跳ねる。

この人は見城だ。尊敬する、信頼する女医であり、雇い主である人だ。自分の恩人で、他の何者でもない人で……

それなのに何故、自分はその人の顔を見る事が出来ないのか。紡がれた言葉の内容すら、上手く反芻《はんすう》出来なくて立ち竦む。

「君も、我が事よりも他者やその事情を慮《おもんぱか》ってしまうようだから」

表情はわからないが、見城は苦笑しているような気がする。困ったものだ、と呟く声が聞こえてくるような気がした。

「君がいつか何かを選ばなければいけない時がくるとして。その時には自分のために自分の想いを選択出来るように、願っている」

その声音は、どこまでも静かで穏やかで、そして何よりも底知れず深い――

歌那は完全に言葉を失ってしまう。満ちる沈黙を破ったのは、平素の日々で馴染んだ朗らかな声音であった。

「そういえば、歌那さん最近、高嶺男爵のところの月城君と仲いいよね？」

「いえ、全く！」

歌那は反射的に振り返って首を横に振っていた。

温かいと言うより好奇心に満ちた眼差しの見城が口元に笑みを浮かべているではないか。

「何時の間にお付き合いを始めたんだい？」

歌那を揶揄《からか》うように、女医は楽しげな様子で質問を重ねてくる。

ああ何時も通りと少し安堵したものの、今度は先程までとは違う動揺が歌那を襲う。

「誤解ですからっ！」

歌那は悲鳴のような声で否定する。

診療所に通う奥さん達の間では、もはや歌那と〝月城君〟との仲は公認らしい。更には、ナサニエルという異国の美青年は歌那の崇拝者という事になっているから頭痛は増す。

違うのかい？　と言わんばかりの表情で首を傾げる女医は、窓の外を指さして呟く。

「でも、迎えに来ているし」

「って、えええっ⁉」

見城の示す先には、見慣れた美貌の書生の姿。間違えようがない、永椿である。

入口の樹の下に佇む姿を見て思わず愕然とする。

（な、何でいるの⁉）

焦る歌那とは対照的に、見城は見守るような温かな微笑みを浮かべている。

ああ、これは誤解が一人歩きどころか暴走中、どうしたら正せるのか、もうわからない。絶対見城は面白がっている！

「もうすぐ紅子さんも帰ってくるから、私は二人で帰るとするよ。歌那さんはせっかくだし彼に送ってもらいなさい」

「ええと……いえ、そうします……」

仲良くね、ととどめに言い添えられれば、もう反論する気力もない。がくりと項垂れて呻くように呟いた。

嫁入り前の娘が傷を作るなと言うならば、こんな夕暮れ時に男性と二人きりで歩くのは止めなさいと言ってほしかった。間違いなく何もないと言い切れるが、万が一何かあったらどうするのですかと歌那は言いたい。

……言いたいが、言い返せない哀しみを背負いながら帰り支度をすれば、永椿のもとへ歩み寄る。

背の高い相手を見上げながら、歌那は問いかけた。

「あの……何の用事……？」

「仕事、もう終わりだろ？　送ってやる」

「……まだ陽が出てるけど……」

問いかけに当然のような顔で返答する永椿。歌那はおずおずと、沈みかけてはいるがまだ辺りを照らす夕陽を指さす。

途端に、がしっと頭を掌《てのひら》で掴まれる。何をするのと言いかけた歌那を凄みのある笑顔の永椿が覗き込んだ。

「……お前、暗いも明るいもなく、真っ昼間に血花鬼に襲われたの忘れたんじゃねえだろうな……」

「……出来れば忘れていたい事実です……」

そうです、真っ昼間に化け物に襲われた挙句に貴方《あなた》に助けられました、と心の裡《うち》にて呟く歌那。忘れたい程恐ろしかった思い出ではあるが。

どうにも、相手の申し出を断る理由が見つからない。今日は大人しく送ってもらうとしよう。歌那はそう決めて、ふと問いかけた。

「永椿だけ？」

「……あいつに来てほしかったのか？」

問いかけられた瞬間、永椿の眉間に皺が寄る。

『あいつ』が誰かわからない歌那ではない。一気に不機嫌が露わになった相手を見て、歌那は慌てて首を左右に振った。

「別に、そんなんじゃないし！」

むしろ来ていたらまた騒動になった気がするから、一人でよかったと思う。ナサニエルが嫌いなわけではない、二人揃うと大変なだけである。

聞けば、ナサニエルは藤霞らと用事があるらしい。それについては、深く追及する事は避けた。恐らく歌那が聞いていい話ではあるまい。

行くぞと短く言って永椿が歩き出し、歌那がその後ろに続く。

夕暮れ時の帰り道、男性と二人で歩いている。しかも、人ならざる男性と。

そう、あやかしなのだ。相手が妙に人間じみていて忘れかけるけれど、人とは違う理《ことわり》に生きるものなのだ。

最初の出会いは最悪で、続いての印象も良いものではなく泣かされかけた。それでも謝りに来てくれた。あの窓辺で話をするようになって、それが今はとても楽しみで。

危ない時には助けてくれたり、守ってくれたり……

いつの間にか、歌那の日常に溶け込んでいた不思議なあやかし。

いつの間にか、こんな風に二人で歩くのも悪くないと思わせた不思議な……

（どうしたんだろう、あたし……）

互いの歩幅は違うのに、二人の距離が離れる事はない。恐らく、永椿が歩調を歌那に合わせてくれているのだろう。

言葉はない。砂利《じゃり》道を歩く二つの足音が並んで響くだけ。それなのに、酷く安心している自分に気がつく。自然と力が抜けている。茜色だった空が徐々に暗くなりかけていても、怖くない。

頬が熱を帯びているように感じるのは、赤みを帯びているように思うのは、気のせい？

――胸を満たす、この不思議な感情は何？

並んだ二つの影法師は、決して不快ではない沈黙に揺蕩《たゆた》ったまま。やがて来る夕闇の向こうに消えていった。

消えていく二人の後ろ姿を暫く見送っていた見城は、誰に訊くでもなく呟いた。

「同じなのは父親だけなのに。……どうしていいところばかり似ているのだろうね？」

考えても仕方のない事だけど、と呟く女医の表情に浮かぶ苦笑は、あまりに様々なものを織り交ぜた複雑なものだった。

「……まあいいか。そろそろ紅子さん達も帰ってくる頃だろうしね」

お願いしたお使いを果たして彼女達が帰還する頃だから、出迎えないと、と独り言を口にしながら、診察室へと消えていく。

その不思議な声音の言の葉は、誰に聞かれる事もなく闇に溶けて消えていった。

第六章　心は定まり、それを知る

「一体、何があった？」

男爵家の何時もの窓辺にて、突然問いかけられて歌那は目を瞬いた。

なるべく表に出さないように気を付けてはいたけれど、永椿にはお見通しのようだった。そもそも嘘や隠し事には向いてないとはよく言われる。

隠し立てしても無駄だと早々に観念した歌那は、永椿の隣に腰を下ろすと大きな溜息と共に呟く。

「紅子さんが、何か変なの……」

意気消沈した様子で俯く歌那は、永椿が軽く息を呑んだ事に気づかなかった。

「少し前から、まるで別の人かなってぐらい冷たいというか……怖い、って感じる事がある……」

仕事に差し支えるような事はない。仕事に関する事はきちんと答えてくれるし、対応もしてくれる。

ただ、以前のように他愛ない話で笑い合う事は全くなくなってしまっていた。

時折、見城が何か窘めている様子もあるが、紅子の刺々しい態度は変わらない。紅子が歌那を底冷えするような眼差しで見つめるのも。

人目に付かないところで、泣き出しそうな程に悲痛な表情を見せる事もある。声をかけようとした歌那を、恐ろしい形相《ぎょうそう》で睨みつけると立ち去ってしまったが……

気づかないうちに何かしてしまったのだろうか。怒らせた、ではないのかもしれない。むしろ、憎まれてすらいるような……

「虫の居所が悪い時だってあるだろう。……お前のせいじゃない」

はっとして顔を上げると、永椿がこちらを覗き込んでいた。何でそう言い切れるのと問いかけようとしたが、出来なかった。何故か永椿もまた辛そうだったからだ。

何かに必死に堪えているように……自分を責めているように感じられて、歌那は怪訝に思う。

歌那が膝に置いて握りしめた手に、永椿がそっと触れる。

「……お前が、悪いんじゃない」

どうしてそう言い切れるのかわからない。唇を噛みしめて言う様子は、歌那よりもよほど辛そうだ。

永椿に感じる自責の念と哀しみと。そして、変わってしまった先輩。

わからない事だらけでどうすればいいのか、自分でも答えが出せない。けれど。

「ありがとう、永椿……」

手に感じる温かさと心にともった温かさに、歌那は静かに胸にある素直な気持ちを口にした。

歌那が若月屋の近くに用事があると言うと、永椿は送っていくと言い出した。断る理由はないから受け入れて、少しばかりぎこちなかった二人は、若月屋へ足を踏み入れる頃にはすっかり何時もの調子に戻っていた。

藤霞に伝える事があるから少し待っていろと永椿が言い、さして急いでいない歌那はそれを承知した。

奥座敷へ向う途中の縁側にはナサニエルがいて、歌那を見ると喜色満面で歩み寄ってくる。そして、威嚇するように唸る永椿を敢えて無視しながら凌雲閣《りょううんかく》――通称浅草十二階に行ってみたいと言ってきた。

「駄目だ、最近は特に物騒だし。こいつも昼間に血花鬼に襲われたりしてる」

しかし、永椿の答えはあまりにばっさりとそれを切り捨てるものだった。

言っている事は間違っていない。襲われる頻度が増している事を考えると、自分といるとナサニエルまで危険に晒される事になるだろう。そう思えば、いいですよと軽々しく言えないのである。

永椿は、呆れたように溜息をつきながら更に続ける。

「そもそも……お前、自分が半端なく目立つって自覚あるのか？」

（あんたが言うな！）

街を歩く度人目、とりわけ女性の視線を集める奴が何を言う、と歌那は思う。

尚も引き下がらないナサニエルに対してもう一度駄目だと念押しするように言うと、永椿は藤霞を探して店の奥へと消えていく。

心底残念そうなナサニエルを可哀そうに思いつつも、歌那はどうして浅草十二階に行きたいのかを聞いてみる。

「この国の帝都の景色を、見ておきたくて」

この国の人の営みが宿る街並みを、と異国の青年は美しい微笑を浮かべながら呟いた。

ふと興味が湧いた歌那は好奇心に輝く瞳を向けて問いかけてみる。

「ナサニエルさんが暮らしているところは、どんなところなんですか？」

問いを耳にして、ナサニエルは嬉しそうに微笑み、静かに語り始める。

「フィオリトゥーラの屋敷があるのは、倫敦《ロンドン》から離れた田園地帯です。とても美しい風景が広がっています」

何処までも続く蒼い空の下、童話から出てきたような蜂蜜色の石造りの家が続き、それを彩るような緑の牧草地を風が渡る。小川には小さな橋が架かっており、涼やかな音がして。木々は過ごしやすい木陰を提供してくれて、その下には可憐な色とりどりの花々が咲いている。

美しい青年の口から語られる美しい情景に、歌那の瞳がきらきらと輝く。

「素敵……。御伽噺《おとぎばなし》に出てきそう……！」

「とても美しい風景です。たとえ世界中どの場所にあっても、私が一番愛するのはあの風景でしょう」

本当に故郷を愛しているのだと感じられる言葉に、歌那は静かに聞き入っていた。

が、続く彼の言葉にぴたりと動きを止める。

「あの風景に貴方《あなた》を連れていきたいです、カナ。……私の愛する妻として」

先日に続いての再びの求婚である。

歌那は上目遣いとなり、おずおずと呟く。

「……あの、冗談とかではなくて？」

「冗談などであるはずが。私は最初から本気です」

ナサニエルは微笑んでいるけれど、その蒼玉に宿る光は真剣である。

頬の熱さが更に増した気がして俯いた歌那は、半ば独り言のように呟いた。

「ナサニエルさん程綺麗な男の人なら、あたしなんかよりもっと綺麗な人が似合うのに」

贔屓目なしに、ナサニエルは綺麗だ。彼程に美しい男性であれば、世の女性達は放っておかないだろう。優しく紳士的な名家の主《あるじ》であるというならば尚更。

そんな歌那を見つめながら、ナサニエルは人差し指で自身の唇に触れてみせる。

「カナ、私なんか、はいけませんよ？　貴方《あなた》はとても可愛らしいのですから」

これ程率直に褒め称えられた事など、今までなかった。西洋の男性は皆このような感じなのだろうか、それともナサニエルが特別なのだろうか。

「ナサニエルさん……」

歌那が呟くのを聞いて、ナサニエルは片目を閉じ悪戯っぽい口調で言う。

「ナサニエル、と呼んでください。彼は名前で呼ぶのに、私だけさん付けでは寂しいです」

「ええ、いえ、永椿は別に永椿だからであって……！　あいつにさん付けとか変な感じするし……！」

思わずといった感じで慌てて言葉を紡いだ歌那は、その視線の先のナサニエルの表情を見て続きを呑み込んでしまう。

異国の麗人は、微笑んでいた。優しいけれど、寂しげに。

歌那が青年の名を呼ぼうとして、呼べずにいる眼差しの先で、ナサニエルの蒼が、空に拡がる青を見上げた。

「祖国の空も、この国の空も。……こんなにも美しいのですね」

拡がりゆく青の空は、遠く彼方のナサニエルの国の空とも繋がっている。

見上げる蒼が僅かに細められて、ナサニエルはぽつりぽつりと語り始める。

「あの『指輪』との戦いが続く限り。フィオリトゥーラの一族も、ロザリンドも……『指輪』に縛られたままです」

ロザリンドとは誰だろう。女性の名前だから、もしや彼の大切な人かと思いかけた。しかしすぐに考え直す。仮にも既に大事な女性のいる身で、他の女性に求婚するような人だとは思えない。

『指輪』とは彼がこの国を訪れる事になった理由である、彼らの敵の事であろうか。

歌那は知らない。どれ程の想いを持って彼がこの国の地を踏んだのか。彼に至るまでの人々が、どれ程の哀しみを背負ってきたのか。

歌那の眼差しの先、ナサニエルの横顔はあまりに強い意思を宿していた。

「解放したいのです、これから先に生まれる子供達を。そして、ロザリンドを……」

言うとナサニエルは、いつもの優しい微笑に戻って静かに口を閉ざした。

歌那もまた、黙ってしまっていた。何を紡いでよいかわからない。自分は知らない事が多すぎる、そんな気がした。

ナサニエルの事も、若月屋に集うあやかし達の事も。彼らがどんな想いを以て、彼らの敵に向っているのかも。

平穏無事に日々を暮らす事を第一にするのであれば、知らない方がよい事なのかもしれない。けれど、歌那は自分の裡《うち》に『知りたい』という思いがある事にも気づき始めていた。

どうしてそう思うのかはわからない。けど、そう思う理由は、きっと……

その時、歌那は、自分の名を呼ぶ声にふと顔を上げる。

見れば奥に姿を消した永椿だった。

歌那は一度ナサニエルへと頭を下げてから、呼ぶ声に応じるように永椿へ向って小走りに駆け出していく……

◇　◇　◇

走る歌那の頬に微《かす》かな笑みを見たナサニエルは、無言の内に寂しげな微笑みを浮かべた。ふわりと光が生じて、ナサニエルの傍らに銀の少年の姿が生じる。

「……分《ぶ》が悪そうですね」

「……哀しい事に、ね」

ナサニエルは微《かす》かな苦笑いでゾーイに告げる。

他の男へ向ける表情を美しいと思うのは、非常に厄介だと思う。それでも、この心は動かせぬ真実。

「お前にも苦労をかけますね、ゾーイ」

「そう言うのなら行動を慎んでください」

真面目に呟くゾーイに、ナサニエルは更に苦笑いをし、ゾーイの銀細工のような繊細な外見へと視線を巡らせた。

「それでは素敵なレディを見かけても、お茶に誘う事すらままならないでしょう？」

「今は、その必要性を感じないので」

それなりに気に入ってもいるのですよ、と呟くゾーイの表情は少しだけ悪戯っぽい光を宿している。

ナサニエルは一度瞳を伏せ、そして再び開いた。その蒼に宿るのは先程までとは異なる強い意思。

「全ては、あの『指輪』にチェックメイトを告げる時のため」

「……それが私の、そしてロザリンドの願い。そして、この『切り札』を時が至るまで守りぬく事が私の使命であり誓いです」

遠い異国の空に、ナサニエル、次いでゾーイの強い決意の言の葉が静かに響く。

二人は一度眼差しを交わし、笑みを浮かべながら永椿と歌那へと歩み寄っていった。

◇◇◇

歌那が用事を済ませて下宿へと帰って暫くして、夜空に白い月が姿を見せる頃。

若月屋では今日も集まった情報を元に、あやかしと異国の者達が顔をつき合わせている。

世を騒がす血花の被害は日を追うごとに増えていた。

警察では当てにならぬと自衛に走る人々もいれば、もはや神頼みしかないと神仏に縋る人々もおり、それに付け込む怪しい宗教すら流行《はや》り始める始末。

彼らが疑いの目を向ける見城診療所に目立った動きはない。紅子が歌那に対する態度を変えた以外は。

診療所では相も変わらず、歌那を巡っての恋の鞘当てが、奥さん達の娯楽になっているとかいないとか。巡られている当の本人はたまったものでないだろうが、そう取られている方が都合よいのでそのままにしている。

「夜会にお呼ばれした時に耳にした話ですが……」

ナサニエルが静かに口を開いた。

彼の実家は爵位こそ返上したものの名家である事には変わりなく、祖父が起こした事業が実を結んで相当な資産家でもある。この度日本に来た表向きの理由は事業の拡大だ。尚、それと手を結んだ事になっているのが若月屋である。

そのためかナサニエルは上流階級の集う夜会へ招かれる事が多く、そこで囁かれる噂話を如才なく仕入れてくる。この美青年が浮かべる甘い微笑に、数多《あまた》の貴婦人達が口を軽くしている様子は容易《たやす》く想像出来るというものだ。

「血花の被害者は、皆『ある宝石商』のお得意様、又は客だったと……」

「……加守か」

藤霞が鋭い声音で短く呟く。

その情報は、実は密かに仕入れていたものではある。

しかし問題であるのは、密かに囁かれていたものが、社交の場から仕入れられてきたという事。隠されていた話が『隠されなくなった』のを意味するからだ。

「情報屋から仕入れた話だと噂になりつつあるみたい。『加守の装身具』が危ないって……」

ナサニエルの言葉に、白菊が言い添える。

白菊は新聞記者の職についている。独自の情報網を得ているし、信頼出来る『情報屋』もいる。主に一般庶民に出回る情報を齎《もたら》す事が多い。

「今までは、血花の被害者に関する情報は……高嶺から手が回っていたものね」

白菊の溜息交じりの言葉に、永椿が頷いてみせる。

そう、永椿が書生として高嶺家に潜入していた理由がそれだ。

血花事件の被害者の身元には、二つの共通点があった。全ての犠牲者についての情報が明るみに出たならば、その共通点に気づく者もあっただろう。しかしあるところからの圧力により情報は断片的に広められていた。そのあるところというのが高嶺男爵だ。

さる宮家とも縁続きの由緒ある男爵家の主《あるじ》であり、自身は華族議員を務めている高嶺は警察とも繋がりが深い。権力を駆使し共通点を巧みに隠す情報操作をさせていた。

ここに至って、被害者が加守の顧客であるという情報を隠さなくなった。いや、むしろ人の口に上るように情報を明らかにし始めた。

「……加守を切り捨てにかかったか……？」

「仮にも、義父なのだけど」

藤霞が口にした疑問に、肩を竦めた白菊の応えが返る。

加守の末娘の美夜は、高嶺の後妻だ。華族にとって、姻族の悪い噂は自身の名誉にも関わる。故に今まで揉み消してきたのは自然な事と言えたが、それをしなくなったという事は……

「……奴の候補である美住は、男爵と何らかの繋がりがあるのは間違いない」

藤霞は思案する表情のまま、目の前にある事実を整頓するかのように、口を開く。

ナサニエルを出迎えに出た銀座で、彼らは紅子がとある自動車に乗り込んだのを目撃している。高嶺邸に書生として潜入している永椿によると、間違いなく高嶺の車であるという。更には、高嶺には美貌の愛人がいる、旦那様はその女に見事な指輪を贈ったらしいという噂も屋敷の中では囁かれているとの事だった。

「美住は、今も元気に診療所で働いているんだよな？」

「歌那の話だと、あいつに対する態度はおかしいらしいが。……間違いなく生きてはいる。あれは、傀儡《かいらい》や幻術の類じゃない」

永椿が、先日歌那が暗い表情で言っていた事を口にする。

「確かに生きていらっしゃいました。私も保証致します」

ナサニエルが溜息交じりに永椿の言葉に続く。

永椿とナサニエルは歌那を訪《おとな》う名目で診療所を頻繁に訪れていた。徒《いたずら》に鞘当てと騒ぎを起こしに行っているわけではない。

彼らはそこで確かに、忙しく立ち働く紅子の姿を見かけたのだが、その場にいる者達がそれを『あり得ない』と思うのには訳がある。

――紅子を名乗っていた者の死を、彼らは確かに見届けたからだ。

先日、永椿が歌那を下宿へと送り届けていた夕暮れ時の話である。

藤霞達が歌那から聞いた紅子の予定に関する情報を元に待ち伏せていると、予想通り、そこに血花の珠を回収するために紅子が現れた。大鎌を手にした女が使っていた変化の術を解除され、見せた正体は片角の鬼の少女だった。

刃を交えたものの、戦力差は覆せない。追い詰められた少女は情報の漏洩を拒み、或いは他の何かを守ろうとして自ら命を絶った。

その指には紛れもない赤い宝石と薔薇《ばら》の指輪があったのだが、藤霞が触れようとした瞬間、それは宙空に消えてしまった。

歌那は「最近紅子さんが冷たく怖ろしい感じがする」と言っていた。怒らせてしまった心当たりがないと歌那は戸惑うばかりだったが、その一件が原因である可能性は高い。歌那の情報を頼りにあやかし達が動いた以上、歌那は紅子にとって図らずも窮地を招いた事になる。

『指輪』を持ち、異国の付喪神である疑惑をかけられていたはずの相手は付喪神ではなく、死んだはずであるのに今もなお存在している。

疑惑は混線し、深まるばかり。一同は揃って苦い表情を浮かべている。

「高嶺が夫人の主治医にミス・紅子の雇い主であるドクター見城を指名したのは、その評判故か。……それとも?」

「高嶺に見城を呼ばせる理由、か。嫁の身体が心配で、だけではなさそうだが……」

ナサニエルが浮かんだ問いを口にすると、小さな唸りを交えながら藤霞が呟く。

そう、高嶺は病弱な妻の主治医として見城医師を招いている。治療の甲斐あってか、美夜は以前とは見違える程に元気さを取り戻している。

――そう、あまりにも不思議な程に、元気に。

名医の評判を聞きつけたという事以外に、見城が主治医に選ばれた事に理由があるとしたらそれは。

「見城医師はどのくらいの頻度で？」

「高嶺の嫁のところには見城が一週間に一回往診に来ている他に、歌那が一日置きに薬を飲ませに来ている」

白菊の問いを受けて、それまで沈黙を守っていた永椿が口を開く。

「週に一度の治療より、何かありそうなのはその薬だよなあ……」

藤霞が大きく息を吐きながら、何かに思いを巡らすように天井を仰ぐ。

歌那が持参する薬を内服するようになってから、美夜は健康を取り戻していったのだ。しかし歌那が何の違和感も覚えていないのは、話を聞いていればわかる。

「どんな薬かまでは……」

「嬢ちゃんから聞き出せ」

歯切れ悪く言う永椿に藤霞がそう告げた瞬間、鈍い音が部屋に響き渡った。

部屋に存在した者達の視線が、永椿に集まる。真木柱を拳で殴りつけた永椿の瞳には、明確な怒りが宿っていた。

「あいつを何時まで利用するんだよ！」

「物に当たるな。……わかり切った事だろう？　奴に引導を渡すまでだよ」

激情を宿した瞳を向けながら叫ぶ永椿に対して、応える藤霞は冷静そのものだ。

あの診療所に勤めながら……敵の懐にありながら、明るく人懐っこい素直な娘。

当初こそ人ならざるものと警戒されたものの、今ではすっかり何の疑いもなく彼らと接している。疑う事なく、疑われる事なく。探りを入れる上での大事な『坑道の金糸雀《かなりあ》』だ。

永椿は最初から、彼女を情報源として利用する事に難色を示していた。

最近では頓《とみ》にその傾向がある。理由については、凡《およ》そ察するところではあるが……

「ならせめて、知らせてやれよ！　本当の事を！」

「……お前、嬢ちゃんが本当の事を知って、知らん顔で今まで通りにあの診療所で働けると思っているのか？」

激して叫ぶ永椿に返ってきたのは、藤霞の落ち着いた声音だ。

わかっている、無理だ。真実を知れば歌那は必ず行動に出る。よしんば行動に出るを防げたとしても、必ず顔や態度に表れる。

歌那は嘘に向いていない、だからこそ何も知らされない『坑道の金糸雀《かなりあ》』なのだ。

「あいつ自身が、危ないんだぞ……⁉」

歌那は、知らされていないだけではない。血花を産むために利用されている。それ故に彼女に起きている不調を、ここにいる皆は知っているはずだ。

それなのに、何故こいつらはこんなにも平静でいられるのかと、永椿は心の内に叫ぶ。激する己がおかしいのかと、裡《うち》に問いすらもする。

確かに、目的があって人の世にある身ならば利用できるものがあればすればいい。

何故、自分はこんなにも揺れているのか。ぐるぐると巡る問いに唇を噛みしめる永椿の耳に届いたのは、藤霞の低い声音だった。

「随分嬢ちゃんの……人間の肩持つようになったなあ、永椿」

嬢ちゃんと親愛を込めた呼び方を、感情籠らぬ呼び方へと変え、藤の簪《かんざし》をさす男は永椿へと告げた。その瞳は薄く細められ、鋭い光すら帯びている。

僅かに嘲るような声色で、藤霞は続けて問う。

「まさか、お前まであいつみたいに人間に惚れたと言うのか……？」

問われて過《よ》ぎるのは、灰色の面影。

あの同胞のように。人の少女を愛し、己のあり方すら変えた男のように。

——ただ一人の女を愛するが故に。

「……そうだよ」

暫しの沈黙が室内を満たしたと思えば、それを破ったのは唸るような低い呟き。激しい焔《ほのお》を瞳に宿した永椿だった。

白菊は思わずといった様子で瞳を瞬き、口元に手を当てる。

永椿を見つめる藤霞の瞳には、裡《うち》なる感情を探らせる色は見られない。

ナサニエルはその蒼い瞳に挑戦的な光を宿し、従者たる少年は静かに永椿を見つめる。

「ああ、そうだよ！　俺はあいつに惚れてる！」

もう一度繰り返し、そして叫んだ。

この感情は理屈じゃない。理屈では割り切れない。胸を満たすこの温かさは『愛しさ』だ。

明るく朗らかで、儚いかと思えば強く、情に脆く。くるくると表情を変える、笑顔が一番似合う人間の娘に、自分はいつの間にか恋に落ちていた。

人が言う『人を恋う想い』を知っているつもりで、知らなかった。でも、今なら言える、己の内に芽吹き花開いたこの心こそがそれだと。

歌那を愛しいと思う自分を、永椿は今こそ自覚していた。

「私の好敵手《ライバル》ですね」

「お前らがあいつを利用するっていうなら、俺は俺のやり方であいつを守るだけだ」

ナサニエルの挑発的な言葉に彼を一瞥すると、永椿は厳しさを込めた口調で呟いて、足早に部屋を出ていく。

残された面々は言葉もなくそれを見つめていた。

「……わざと怒らせたわね」

呆れたような白菊の言葉が沈黙を破る。

「あれぐらい言わないと自覚しねえだろ、あいつ。何だかんだ手が焼けるからな」

藤霞の顔は平素と何ら変わらぬ飄々としたものだった。その様子は何処か、手のかかる弟分の事を語る兄にも似ている。

「自覚しない方がやりやすかったのですが」と冗談めかした口調でナサニエルが呟いたが、すぐにその口調を真剣なものへと変えて問いかける。

「……自覚した勢いで、彼がカナに全てを話してしまうとは考えられませんか？」

「永椿は馬鹿じゃねえ。……ただ真相を話すだけじゃ嬢ちゃんが危険になるだけだって事は承知しているはずだ」

彼女の無事を守りたければ伝えたくても伝えられない事、伝え方を慎重に選ぶ事だと、本当のところ永椿とて気づいていよう。けれど真実を隠し続ける苛立ちに先のような言葉が出たのだろう。

「……彼みたいに大事に隠しちゃったらどうするの？」

白菊が溜息交じりに呟きながら、首を傾げてみせる。

「永椿はしねえよ……多分な」

永椿が歌那を隠してしまえば、歌那の安全は確保される。しかし敵は警戒を高め、場合によってはそのまま行方をくらますだろう。そうして、かの災厄は再び歴史の影に潜り惨劇を繰り返す。その可能性を考慮しない程永椿は愚かではないはずだ。

「まったく……。早いところ何とかしねえと、俺は本気であいつに嫌われるなあ……」

天井を仰ぎ嘆息してみせる藤霞に、皆が浮かべたのは苦笑。けれど、その苦笑いは少しだけ優しい。

その場にいた皆が、心の裡《うち》に全ての解決が一日も早い事を祈っていた。

第七章　夢の終わり

何時ものように美夜の元に薬を届けに来た歌那は、美夜と二人でお茶の時間を楽しんでいた。

だが、歌那には少し気がかりな事があった。最近、永椿の様子がおかしいのだ。

あの窓辺での時間は、変わらず続いていた。美夜の部屋を辞して行けば、永椿はそこにいてくれる。二人で他愛ない話をする時はもはや歌那の日常の一つだった。

時折軽い喧嘩のようにもなるけれど、概ねあちらが折れる。むしろ歌那が子供っぽかったと反省する事が増えている。

差し入れをしてくれたり、時にはカフェーや芝居見物に連れ出してくれたり。とても気を遣ってくれているのを感じる。

それでいて、永椿が自分を責めているように感じられる事もある。歌那に対して罪の意識を感じている様子を見せる事があり、それが気がかりでならない。

それに、ナサニエルとも本気で火花を散らしているように見えるし……

歌那としては、どうしたのだろうと首を傾げる次第である。

美夜の呼びかけにて思索から戻った歌那は、何でもないと笑ってみせた。

あまり考えすぎてもいけないし、美夜を心配させてしまう。この後、きっと永椿はあの場所にいるから、今日はこちらから問いかけてみようか。

そんな事を考えていた時、来客を告げる声があり、女中がその客を案内してきた。

そして、暇を告げるべきかと思っていた歌那の耳に、聞き覚えがある、出来れば二度と聞きたくなかった声が聞こえた。

「歌那……か……？」

やや茫然とした響きの声が、歌那の名を呼んだ。一瞬にして血の気が引き、歌那は弾かれたようにそちらを向く。

そこにいたのは、壮年の男だった。

身形《みなり》こそ紳士らしく整っていても身に着ける品から俗物ぶりが隠しきれない。計算高さが滲み出る顔つきに、欲に満ちた瞳。

あの時、長年暮らしたあの家にて、気絶しているのを見たのが最後の姿だった。

男は——歌那の父親である加守は、驚きとも怒りとも知れぬ色に面を染めて、声を震わせて歌那に問いかけた。

「お前、歌那……！　どうしてここに⁉」

歌那は蒼褪《あおざ》めて唇を噛みしめていた。

可能性がなかったわけではない。こうなる事を予測する事も出来たはずだ。

如何《いか》に疎遠であれど、美夜の元を父が訪れてくる可能性は想像出来たはずなのに――

思いがけない形の、欠片程も望んでいなかった父との再会に、歌那の頬を冷たい汗が伝う。

父に居どころが知れた事が衝撃なのではない。父がこの場に現れたという事は。

「お父様、歌那さんをご存じなの……？」

「美夜、お前こいつが誰なのか知らんのか……？」

事情を全く呑み込めないといった様子の美夜が、父へと問いかける。

そう、父――加守へと。

父は怒りに燃え滾《たぎ》る瞳で歌那を睨みつけながら、美夜へと叫んだ。

「こいつは、お前の姉だよ！　ここに嫁ぐのを嫌がって逃げた、お前の腹違いの姉だ！」

美夜が高嶺家に嫁ぐ事になったのは、本来嫁ぐ予定だった異母姉が逃げ出したから。

それ故に仕方なく、学業も全て諦めて美夜は嫁がされたのだ。

美夜にとってのすべての元凶。それが――

「歌那さん……」

歌那の背後で上がる、美夜の戸惑いの声。歌那は言葉を紡がない、紡げない。

沈黙を纏《まと》う背が告げる、歌那は知っていたのだという事を。二人が姉妹である事を、知っていて隠していたのだと。隠しながら、今まで関わってきたのだと。

娘二人の様子を気に留める事もなく、加守は怒号を歌那に浴びせ続ける。

「何の魂胆で美夜に近づいた！　許しを請うために利用しようとでもしたのか！」

違う、そんなわけがない。そんな心算はない。この父にだけなら怒鳴り返す事だって出来た。

けれど、美夜の前では言葉は形にならない。どんな言葉も、ただの言い訳だから。

返す言葉もない様子と取ったのか、項垂れた歌那に対して加守は尚も怒声を発しようと息を吸い込んだが。

「……加守様、旦那様がお帰りになりました。客間にどうぞと……」

怒りを抑え努めて平静であろうとする青年の声が、加守の言葉を遮った。

気勢を削がれた様子で意識をそちらに向けた男は、一度歌那を見て大きく鼻を鳴らしてから、乱暴な足取りで部屋を後にする。

残されたのは母の違う姉妹と、事の成り行きに狼狽える女中一人だった。ただ、言葉なく俯いていた。

歌那には、加守を連れていったのが永椿であった事すらわからなかった。

言葉が見つからない。処刑台の死刑囚は、こんな気持ちなのだろうか。

美夜に背を向けたまま、後ろを振り返る事が出来ない。

今、彼女がどんな表情を浮かべているのか。どんな目で、自分を見ているのか、わからない。わからなくて、怖い。

謝らなければいけないのに、その言葉すら凍り付く程に怖くて……

重苦しく痛い程の沈黙が満ちる。歌那も、美夜もどちらにも言葉はない。

永劫に続くかと思われた沈黙を、美夜のか細い声が破ったのは暫し経っての事だった。

「……一人に、してください……」

微《かす》かに震えているか細いその声からは、感情が読み取れない。

「……わかりました」

歌那は、静かに一言言うとそのまま部屋を辞した。

歌那が部屋から姿を消した後、美夜は女中も下がらせた。

華やかで重苦しい調度の部屋に、美夜は取り残されたようにぽつんと佇む。

楽しく過ごしていた。薬は苦くて、実は飲むのがとても大変だった。

けれど、頑張って飲んだ後に歌那とのお茶の時間があった。

一緒に過ごす時間が何時しか自分へのご褒美に思える程、楽しくて嬉しくて。

まるで亡くなったお姉様と話しているような感覚になり、不思議に思っていた――

「うっ……！」

まただ、と美夜は感じた。最近、時折感じる不調であり、診療と薬でよくなり始めた身体に唯一ある不安である。

身体の内に、何かが息づいているような不可思議な感じを覚える。息づいたそれが、膨れ上がり根を張り巡らせ、鼓動し、身体を突き破ろうとすらしているような……

気持ちが悪い、気持ちが悪い、気持ちが悪い。

吐き気がする、吐きたい。苦しい、苦しい……

人を呼ぼうかとも思った。けれど、それは何時も長続きしない。逡巡している間にそれは治まっていく。

不調は不安の呼び水となる。自分は、本当は治ってなどいないのではないだろうか。元気になったのは気のせいで、真実に気がつけばたちまち消えてしまう夢を見ているだけなのではないか。

見城医師に相談してみようかとも思った。けれど、何故かそれを躊躇う自分がいる。誰かに話してしまえば、それが本当になってしまう気がしたから。誰かが、それはいけないと、言っている気がしたから……

その不安を拭ってくれていた明るい人は、何も言ってくれずに行ってしまった。

もう来てくれないかもしれない、自分自身どんな顔をして会えばよいのかわからない。

あの人はどんな顔をしていたのか、知りたいけれど知るのが怖い……

荒い息を少しずつ整えながら、美夜はその場に崩れるように座り込んだ。

知らぬ内に、彼女は呟いていた。

「たすけて……おねえさま……」

それが『誰』へと向けられていたものだったのか。

美夜自身もわからぬ事だったかもしれない。

第八章　崩れさり、失われ、そして

高嶺邸を辞した歌那は、俯いたまま歩いていた。

歌那の足は診療所へと向っていた。ほぼ無意識のうちに通いなれた道を辿っている。

ふと、肩が勢いよく後ろへと引かれた。

「おい！　待てって！」

「……永椿？」

驚く事すらせずにぼんやりと振り返った歌那の視線の先には、心配そうに顔を歪める永椿の姿があった。

「待てって言ってるのに聞こえてなかったのかよ……」

「……ごめん、全然聞こえてなかった……」

ふらふらと歩いていくその背に散々叫んだと言うが、それすら聞こえていなかった。答える歌那の声には生気がない。ごめん、と掠れた声で答えるとすぐに歩みを再開しようとする。

「そんな様子で、一人歩きさせられるかよ……！」

「でも、帰らなきゃ……」

「いいから！　まず落ち着け！　そんな状態で帰っても仕事になんねえだろ！」

留める手をすり抜けようとした歌那の両肩を、永椿は両腕を以て止めた。

自分を見つめる真剣な眼差しを受けて、漸《ようや》く歌那は動きを止めた。

永椿は安堵の息をついたが、それも束の間。視界を過《よ》ぎった雫の光に弾かれたように歌那の顔を見つめる。

「美夜にばれちゃった……」

絞り出すように呟いた歌那の瞳には大粒の涙が宿っていた。

それが一粒二粒と、頬を伝って地へと落ちていく。

「あたしが、全部押し付けて逃げた姉さんだって」

言葉を失う永椿に、歌那が続ける。

一つ言葉を紡ぐ毎に、一つ雫が滑り落ちていく。

笑ってみせようとしても出来ず、酷く歪な泣き笑いになってしまっている。

「あたしが、あの家に嫁ぐ事になった元凶だって、ばれちゃった……」

美夜が全てを諦め、孤独なあの場所に置かれる事になった原因。

知られてしまえば、今までのようにはいられなくなる、だから黙っていた。相手が知らぬとはいえ、血の繋がった妹と過ごせる時間が宝物のように思えていたから……

歌那は温かな何かが、自分を包むのをぼんやりと感じた。

抱きしめられているのだと……永椿の腕が自分をその中に収めているのだと、気づいたのは一呼吸おいてからの事。

何時もの歌那であれば顔を紅くして叫んだのだろうが、歌那は抗わなかった。

感じる温かさに思わず目を閉じる。

触れる感触が心に染みる程に優しく、酷く頼もしく思えた。

今は何も考えるなと、永椿は言う。確かに考えられない、頭の芯が麻痺してしまったかのようにぼんやりしていた。ずっとこの腕にとらわれていたいとすら思ってしまう。

歌那は安心しきったような表情で、頬を永椿の胸に預ける。

何処か夢心地なまま、暫しの時が流れて。

静かに独白のように紡がれた永椿の言葉が、歌那を一瞬で現《うつつ》へと引き戻した。

「ただでさえ、お前……奴に利用されて疲弊している状態なんだから……」

「利用……？」

ぽつり、紡がれた歌那の言葉に、永椿が咄嗟に口元を押さえる。しまったとでも言うように。

それと、歌那が永椿を押しのけてその腕から離れたのはほぼ同時だった。

先程まで茫然としていた歌那の瞳の焦点が、一つに定まっていた。問うようなその眼差しが、確かに永椿を捉えている。

己の失言を悔やむあやかしへと、歌那が震える声で問いを紡ぐ。

「奴って、誰よ。……あたしは、誰に利用されているの……？」

永椿の顔は、やや蒼褪《あおざ》めて強張っていた。言葉はない。言葉を選んでいるのか、紡げないでいるのか。

再度、歌那は問いを紡ごうとした、その時。

「美住にだよ」

「藤霞！」

声がした方を二人が弾かれたように見たならば、そこには永椿の仲間である伊達《だて》男の姿がある。目を見張る二人を見て、肩を竦めて藤霞は大きく息をついた。

「お前、何で……」

「加守を追ってきたら、何処かで見た事ある奴らが愁嘆場《しゅうたんば》でな……」

見てたのか、と僅かに紅潮した頬のまま渋面を作る永椿。

「見られて困るなら場所を選べ」

揶揄《からか》うように藤霞は言ったけれど、すぐに表情を引きしめた。その眼差しの先では、何処か茫然とした面持ちの歌那が彼らを見つめている。

「紅子さんが、あたしを利用って……どういう事？」

「この馬鹿、うっかりにも程があるだろ……」

茫然と呟く歌那の目の前で、藤霞の拳が永椿の頭に落される。小さく呻いたところを見ると、それなりに力が入っていた様子だ。普段なら怒鳴り返すところであろうが、負い目のある永椿はばつ悪げに唇を噛みしめるのみだった。

「ここまで来たらもう隠していても仕方あるまい？」

歌那は既に疑念を抱いてしまった。

この状態では隠しておく方が不安要素、裡《うち》なる疑いのままに歌那は暴発しかねない。それならば、詳《つまび》らかにしてやるしかないと藤霞は言った。

藤霞は一つ深く嘆息すると、続きを紡ぎ始めた。

「美住は、血花の真相に関わっている」

「ちょっと待って……。紅子さんが、血花事件に……？」

「そうだ。……だから俺達は前々から見城診療所を探っていた」

微《かす》かに震える歌那の問いに、永椿が感情を押し殺した声音で答える。

恐らくは、歌那が藤霞と白菊に助けられる前から。そして、歌那が永椿と出会うあの夜より前から。

歌那の居場所である診療所は、彼らの疑念の先にあったのだ。

「あんたも、藤霞さん達も。最初から診療所を……紅子さんを疑っていたって事？」

歌那の問いは永椿へと向けられる。

永椿も、藤霞も答えない。けれど、その沈黙こそが雄弁な答えである。

俯きながら歌那は低い声で呟き続けた。

「だから、診療所に来て、話を聞いて……」

永椿は、何か言おうとした。けれど、それは呑み込まれてしまった。顔を上げた歌那の瞳に宿る怒りの色に気圧《けお》されたように。

「あたしを使って診療所の事を探っていたって事でしょう……!?」

以前、たまたま耳にした会話の中で藤霞が歌那を『金糸雀《かなりあ》』と称していた事があった。別に歌がうまいわけでもないのにと、あの時は大層不思議に思ったものだ。

自分を示した『金糸雀《かなりあ》』とは所謂《いわゆる》『坑道の金糸雀《かなりあ》』だ。坑道で毒を知らせる小鳥のように、彼らが何処まで探りを入れたら危ういかを見極める指針。

それに気づかずに、自分は聞かれるままに何でも話した。疑う事すらせずに、知らぬ間に情報源とされていた。

恩人と先輩を裏切り続けていたのだ。会いに来てくれる事を嬉しいなんて心の何処かで感じながら……

これは悔し涙だ。涙が止まった瞳に、再び湧いてきたのは哀しさではなくて、悔しさによるものなのだ、きっと。

返す言葉なく俯いた永椿に視線を少しやると、藤霞はやや渋い顔をしながら再度口を開いた。

「俺達が追っている大凶異……。異国から来た禍《まが》つ付喪神『フィオリトゥーラの指輪』は診療所の関係者……美住に化けている、そう思っていたからだ」

「フィオリトゥーラの指輪……?」

異国めいた響きは、最近聞いた覚えがある。そう、ナサニエルの家の名前だ。

彼とゾーイは大凶異を追ってきたと言った。彼の一族を縛り続ける指輪……そう、きっとそれがフィオリトゥーラの指輪なのだ。

「全ての血花の犠牲者には、共通する点が二つあった」

沈黙の内に歌那はその続きを待つ。歌那が聞く気がある事を見ると、藤霞は語り始める。

「まず一つ目は『加守の装身具を持っていた事』だ」

最近頓《とみ》に噂になっていて火消しに躍起になっていると聞けば、高嶺邸に父が現れた理由が何とはなしに知れた。

確かにそれは共通点であるのだろうが、ただの偶然という事もあり得るのではと思う。何せ腹立たしい事に、あの宝石商は上流から一般庶民まで数多《あまた》の婦人に大人気だった。

けれど、それだけでは何故診療所が疑われていたのかがわからない。父と見城医師の間に何の繋がりもない。自分が診療所に勤めている事すら父は知らなかったはずだ。

歌那の心を読み取ったように、藤霞は二つ目の共通点について言及した。

「……巧妙に隠されたもう一つの共通点は『見城診療所の患者』である事だ」

俺達が見城診療所を疑っていた理由だと、藤霞は続けたけれど、歌那の耳にはそれが事実として入ってこなかった。否、入ってくるのを拒否していた。

尚も藤霞は語り続ける。

「特に、美住が何らかの形で関わる先には、殊に血花鬼の発生率が高かった」

自分が高嶺邸へのお使いを命じられていたように、紅子もまたあちらこちらへ出向いていた。その先で血花事件はよく起きた、と藤霞は言いたいらしい。

歌那は呻くように、掠れた言葉を紡いだ。

「診療所の患者さんばかりが犠牲になっていたら、気がつかないはずがない……！」

幾ら自分が呑気であろうと、診療所の、見城の患者ばかりが犠牲となったなら流石《さすが》に不審に思うだろう。

確かに、血花の犠牲になった人はいた。けれど、それ以上におかしいところのある亡くなり方をした人など……

藤霞はそれを聞いて、「確かに」と呟くとひとつ深い溜息をついた。

「まだ迷信を信じる人間は多い。それに上流の人間は醜聞を嫌う。……血花の被害者であろうと『なかった事』にして弔っちまう」

押し黙った歌那の目の前に差し出されたのは数枚の紙片だった。

差し出した藤霞の瞳には、険しい光が宿っていた。思わず、紙片を受け取ってしまう程の光が。

「……実際は血花の被害者だった人間の一覧だ」

渡された紙に目を通していくにつれ、歌那は目を見開き、徐々に手が震えだす。

伏せられていた上流の犠牲者を含めた、全ての名前の羅列。ああ、この名前もあの名前も。どれも見覚えがある名前ばかり。

先生の往診のお供で訪れて、美味しいお菓子を頂いた。可愛い小さなお嬢様を膝に乗せた美しい奥様が幸せそうに微笑っていた。職業婦人に憧れると瞳を輝かせてくれたお姉ちゃんがいた。

看護婦として関わらせて頂いて、早すぎる死を嘆いた方々の名前が、そこにはあった。

「……この方々が、血花の被害者だっていう証拠なんて、何処にも……」

そう、不慮の事故と聞いた。突然の病だと聞いた。彼女達が、人ならざる悪意の犠牲者である証拠など、何処にも——

「……本当の事だよ」

「……永椿……」

嘘だ、そんなはずないと叫びたかった。自分を騙していた奴の言う事なんか信じないと。

でも、それでも。彼の言葉を真実なのだと信じたい自分がいる——

藤霞は、少し離れたところに見える高嶺邸を顎で示して、言う。

「……隠蔽の手を回していたのが、そこの屋敷のご主人様だ」

美夜の夫である高嶺男爵が——

歌那は愕然とする。

確かに高嶺も、美夜を介して診療所と関係がある。何故美夜の主治医を見城が務める事になったかは、特に訊いた事はなかった。そこに、美夜によらぬ繋がりがあったというのか。

「実際に、俺達は血花の事件現場で美住と戦った。……倒したはずだった。確かに死を見届けた」

何処か遠い話のように思えていた大凶異の話。その疑いをかけられているのは歌那にとって身近な存在だった。それも、人ならざる彼らと事件の現場で刃を交え既に亡くなっているのだという。

そんな事信じられない。歌那は激しく首を左右に振りながら叫ぶ。

「そんなの、紅子さんじゃない！　紅子さんは生きているし、紅子さんは紅子さんで、あたしも、紅子さんもそんなのに関係ないっ！」

「『指輪』については……奴の企みについては、嬢ちゃんは無関係じゃねえんだ」

「え……？」

返ってきたのは思いもよらぬ答え。歌那は、瞳を見開いて藤霞を凝視してしまう。

「まず、これは恐らくだが。指輪が血花の源……血花の種とも言えるものの材料にしているのは、嬢ちゃんの血だ」

推測だが、と前置きをして藤霞は説明する。

歌那の貧血の症状に比例するように増えていた血花事件。そして、以前倒れた際に受けた診察で、注射針の痕が多数確認されている事についても……

歌那に対して血花鬼が見せるおかしな反応と、その推測は確かに符合する。

しかし自分が血を抜かれ、ましてやその血があの化け物の源となっていたなど、俄かには信じられない。

血の気が引く思いがして、歌那の顔から明らかに顔色というものが消えていく。

嘘だと、そんな事あるはずがないと言いたいのに、唇は強張ったまま。

一呼吸おいて、藤霞は歌那へと問いかけた。

「嬢ちゃんから気づかれないで血を抜ける相手が、どれだけいる？」

最近、そういえば居眠りしてしまっている事が何度かあった。そして、そんな時、何時も目覚めた歌那の目の前にいたのは。

（紅子さん、だった……）

『寝つきがよいわね』と言う紅子の指に、あの日嵌められていたのは美しい薔薇《ばら》の意匠の指輪。永椿が『気をつけろ』と言った、紅い宝石と薔薇《ばら》の……。

一つ、事実の糸が紅子に繋がった。言葉なく茫然と佇む歌那へと、藤霞は更に説明を重ねていく。

「それに……」

続けようとして、僅かに藤霞は言い淀んだ様子だった。

僅かな逡巡、されど歌那が縋るように見たならば、重苦しい声音でその続きは語られる。

「嬢ちゃんの姉……沙夜が死んだ三年前の事件は指輪が起こしたものだ」

脳裏が、一瞬白に染められた。

沙夜姉さんが、と歌那は小さく呻いた。

奉公先のお屋敷であった大火で亡くなったとされる姉の死も、異国から来た大凶異のせいである、とそう理解するまで暫しの時を要した。

藤霞は語った。

三年前、姉がお仕えしていた華族の家——珂祥《かしょう》伯爵家で起きた出来事を。その真実を。

語られた事が事実ならば、姉は指輪が巡らせた謀《はかりごと》の犠牲者だ。

死ななくてよかったはずなのに、失わなくてよかったはずなのに。どうして、どうして——！

齎《もたら》されたあまりの事実に、歌那の思考は堂々巡り。

藤霞も永椿も、心配そうに歌那を見つめている。

信じていた日常は、砂上の楼閣だったのか。彼らの言うように、紅子こそが異国の禍《まが》つ付喪神であり、全ての元凶なのか。

騙されていたのだろうか、自分は——自分達は。

そう考えた時、ふと歌那の瞳が見開かれた。

脳裏に過《よ》ぎる、夕暮れ時の情景。きらきらと輝く茜色の硝子《がらす》窓。静かに呟かれたある言葉。

——君は、姉に似ているよ。

あの人は姉に会った事があるのか？　いや、そもそも姉がいる事は話したが、その姉がどこの誰かまでは話していない。

――時に我が身を差し置いてでも、他者へと思いを向ける事が出来る、その心がね。

それは、静かな水面に落ちた一粒の雫となった。ゆらりゆらり、波紋は拡がりゆく。漣《さざなみ》となり、波となり、心に波乱を起こす。

彼らは診療所を疑っていたのだと言っていたが、それは紅子がいるから、それだけ？

診療所の関係者は紅子だけではない。関係者というのなら歌那もそうだ。

事件を追う彼らの目の前に現れたのは、紅子だったかもしれない。仕事と偽って、紅子は外に出て……血花の核を刈っていたのかもしれない。

その偽りを不審に思った者がいない。

それはなぜか、疑う余地がなかったからだ。ただ一人だけ紅子に、その偽りの仕事をごく自然に指示として与える事が出来る人がいる。

紅子へと繋がった事実の糸。その糸の先に、糸の端を握るもう一人がいる。

血花事件の黒幕は。その正体が、異国の付喪神であるのは。繋がりある全ての事件の元凶であるのは――

「違う……」

「……嬢ちゃん？」

怪訝そうな藤霞の声。それすら耳に入らぬ歌那は、茫然とした表情で、絞り出すようにして叫ぶ。

「紅子さんだけじゃない。……紅子さんじゃない！」

「っ！」

永椿が息を呑み、藤霞と視線を交わした。それを見た歌那は、唇を引き結ぶと地を蹴って走り出していた。

「っ！　おい！　歌那！」

「追うぞ！　永椿！」

二人の慌てたような声は、もう遥か彼方に聞こえる。歌那は、無心に足を動かしていた。ただひたすら駆けていた。

――そうではないといい、それだけを祈りながら。


息を切らせた歌那が診療所に辿り着いた頃には、夜闇に白々とした細い月が昇っていた。無我夢中で抜け道やら最短距離を縫うように駆け抜けた歌那は、いつの間にか、あやかし達すら振り切っていた。

肩で息をしながら、そのまま進もうとしたけれど咽込んで足が止まった。暫く荒い息をしていたのを無理やり整えて、診療所の扉を開けながら叫ぶ。

「先生！」

時刻からして診療時間外、当然ながら誰もいない。がらんとした待合室を窓から差し込む僅かな月明りが照らしている。

馴染みの光景のはずなのに、何故か寂しく薄ら寒いものを感じる気がする。

気のせいだと自分を叱咤して、歌那は歩みを進めた。

診察室にも見城はいない。紅子もいない。帰ったのだろうか？　でも戸締りはされていなかった。

「先生……っ！」

もう一度叫ぶけれど、診療所の中から見城の応えはない。

歌那は考え込み、そして裏口から外へと出る。

そこには、庭園とまではいかないが様々な花の咲く庭が広がっている。中には薬草として使われる花もある。庭の手入れは歌那の大好きな日課でもあった。

見城は、庭にいた。

月を見上げて立つ人は、普段の凛とした雰囲気はなく何処か妖しく、美しい。

「どうしたの？　そんなに大きな声を出して」

随分遅かったね、と微笑って出迎えてくれる見城はあまりに何時も通り。先程までの事を気のせいだったという事にして、ただいまと言いたい衝動に駆られる。

だが歌那は息を一つ呑むと、静かに口を開いた。

「先生が」

続きが紡げなかった。喉が渇いて痛い。舌が重く張り付くような感じすらする。そんな歌那を、見城はきょとんとした表情で見つめている。

暫しの躊躇い。しかし、意を決して歌那は問いの続きを紡いだ。

「先生が、血花事件の犯人なんですか……？」

「うん、そうだよ」

呆気にとられる事もなく、驚く事もなく、否定する事もなく。彼女はあまりにも自然な声音で笑顔のまま肯定した。あまりに自然すぎて、一瞬何を言われたのか理解するのに戸惑ってしまった程だ。

見城は困ったように笑うと、首を僅かに傾げて言う。

「何時気づくかなって思っていたけど、案外遅かったなあ」

その様子も、口調も、変わらないように感じる。

それなのに、瞳に宿る光だけが違う。底知れぬ何かが、呑み込まれそうな深い澱《よどみ》が、そこにある。

先生が……先生じゃない。

（このひとは、だれだろう）

歌那の裡《うち》に問いが浮かぶ。

何時もの日々、共に過ごしてきた人はここにはいない。冷たい汗が一つ、歌那の頬を伝わり落ちた。

そんな様子を眺めながら、見城はふむ、と何やら考え込んだ様子を見せたかと思えば。

「どうせ七煌から聞いているでしょう？　私の事は」

口調ががらりと変わった。今までの凛として涼やかなものから、濃艶にして甘やかな口調へ。ふわりと、解き放った長い黒髪を揺らして微笑と共に女は問いかける。

「……フィオリトゥーラの指輪……」

「その通り」

歌那は、生徒を褒めるような口調で言う目の前の相手を凝視する。

あやかし達が追いかけていたもの。ナサニエルとゾーイが追ってきたもの。異母姉の死を導いた、異国から来た禍《まが》つ付喪神。

永椿達が追っている大凶異の事を、歌那は正直何処か遠い出来事のように感じていた。彼らの使命だとは理解しても、自分の日常には積極的に関わらないと。

それがどうだろう。遠いどころかこんなにも近いところに存在していたのだ。歌那が愛していた平穏な日常を、構成する一要素ですらあったのだ。

「それにしても、案外時間が稼げたものねえ」

やっぱり絡め手は有効だったわね、とのんびりした口調で呟く見城――『指輪』。

「本体に力をある程度封じて、双子の鬼達……紅子に渡しておいたの」

怪訝そうな顔で見つめる歌那に絡繰《からく》りの仕組みを解説する女の声音は、とても楽しそうで、明るかった。

付喪神の本体とは、あの紅い指輪の事だろうか。紅子がしていた、紅い宝石と薔薇《ばら》の細工の指輪……

その言葉で紅子は二人いたのだという事を、歌那は初めて知る。藤霞達が倒した後にも紅子が健在だったのは、そういう事だったのだろう。

「そうすれば、七煌と対面したとしても彼らの目には私はただの人間として映る」

まるで舞台の上で口上を述べる女優のように、歌うように女は続ける。優雅ですらある所作を伴いながら。

「逆に紅子は指輪の気配を纏《まと》って彼らの目に映る。……まあ、本体を他者に渡す事による危険はそれなりにあったけれどね」

その目論見は成功したと言っていいのではなかろうか。藤霞達は、確かに紅子を疑っていたようだから。

「歌那ちゃんがお喋りだから色々情報が洩れてしまって、そのせいで片割れは死んでしまうし」

肩を竦めながら言われた言葉に、歌那の表情が目に見えて強張る。

自分が情報を流し続けていたのは事実であり、その結果としてそれは起きた。

「途中から紅子さんが冷たくなったのはそのせいよ？　私もちょっとひやひやしたわ」

ある時から急に冷たく怖ろしいと感じるようになった先輩、疑う事なく聞かれるままに話し続けた自分、どれ程悔いても過去は戻らない。そして何が正しかったのかも、もう。

茫然とした様子の歌那を見つめつつ、大仰とも言える動作を交えながら、禍《まが》つ付喪神の説明はまだまだ紡がれる。

「前の時は、私は宮様のお手伝い。舞台でいえば端役。七煌が居合わせたのも偶然みたいなものだったし。彼はあくまでもお嬢様を守ろうとしていただけで、私はついで」

伝え聞いた話では、到底ついでと言えない事をしているはずだが、笑いながら言う女には欠片も悪びれたところがない。

「でも、今回は違う。完全に私を標的にしている上に複数。流石《さすが》に今回は手を打たなくちゃって思ったの」

幾ら大きな力を持つ禍《まが》つものであっても、規格外の付喪神とされる石華七煌を、一人ならまだしも複数相手取るのは些か辛いのだろう。

（それなら事件など起こさず大人しく潜んでいればいいのでは……）

口には出さなかったものの、顔には出てしまっていた様子で、苦笑と共に女は言う。

「呪いと悲哀を撒かずにはいられないものとして生まれた。どうせ回避出来ないなら楽しんだ方がよいでしょう？」

望むと望まざるとにかかわらず、その存在は呪いと悲哀を撒くように出来てしまっているという事なのだろう。

（……気のせい？）

ほんの一瞬、相手が浮かべる笑顔が、少しだけ哀しそうに見えたのは……

歌那の訝しげな眼差しの先で、女は再び楽しそうに笑いながら続けていた。

「紅子が目くらましにもなってくれるし、絡め手って大事よねえ」

同意すればいいのか、否定すればよいのか、はたまた感心すればよいのか。歌那は言葉に窮する。

それでも何とか気力を振り絞るように、切れ切れな言葉を口にする。

「何で……姉さんを……。美夜を、どうするつもり……？」

問われて、一瞬きょとりと瞳を瞬く指輪。

「そうね」と呟くと思い出すように瞳を閉じて、言葉を紡ぐ。

「沙夜ちゃんの事はね、お友達とも言える人があの家のお嬢様を欲していたの。だから お手伝いしてあげたけど……結局手に入れられないで、亡くなっちゃったのよね」

多分、藤霞の話で出てきた宮家の主《あるじ》の事だろう。何故願いが遂げられなかったかについては聞いた。けれども、今はそれに触れる時ではない。

『指輪』の言の葉は、尚も続く。

「でも、屋敷の人間や沙夜ちゃんを殺したのは私ではなくてよ？　それに館に火をつけたのは軍の人間だし。仮にも宮様の起こした惨劇、公にするわけにいかなかったのでしょうね」

確かに、直接手を下してはいないかもしれない。けれど、その結末へと導いたのは間違いなく指輪である。

何故、そんな事が出来たのか。何の意図を以て美夜を治したのか。……美夜に、何をしようというのか。

問いは歌那の口から紡がれる事はなかったけれど、その瞳は何よりも雄弁であった。

女が苦笑を浮かべて言う。

「沙夜ちゃんも美夜ちゃんも、加守の娘だから、かしら。まあ、沙夜ちゃんは、ちょっと事情が複雑だったけれど」

思いがけず父の名が出されて、歌那は思わず瞳を瞬いた。あの因業親父《いんごうおやじ》、人外の存在にまで何かやらかしていたのだろうか、と。否定はしない、あの父親なら十分あり得る。

指輪は歌那の裡《うち》を読み取ったように一瞬噴き出して、更に続けた。

「加守は名家との縁を求めていて、名家には世界を憎む男がいた。それが私の幸運で、美夜ちゃんの不運。金を名目に結び付けてやれば、後は面白い程に私の思うがまま」

美夜の夫である高嶺男爵は、かつて異国人の少女と恋に落ちたらしい。しかし宮家とも繋がる血筋を汚さぬためと世間体のために引き裂かれ、望まぬ婚姻を押し付けられた。恋人は腹の子と共に異国にて没し、高嶺は自分から望んだものを全て失った。色を失った世界が壊れる事を願い続けた男に指輪は目をつけ、美夜を利用するための手段として選んだのだという。目的が叶えられるなら、望み通り世界を壊してやるからと。

屋敷で見かけた高嶺男爵の姿を思い出す。かつて美青年だった残滓を持つ影ある男性。あの人はそんな思いを裡《うち》に秘めていたのか。そして、美夜の政略結婚すらも指輪の仕組んだ事だったのか。

そして、望みを叶える手段として世界を壊すとすら言うこの女の行動の理由が、あの強欲な父にあるのだ……

完全に顔色を失くし、言葉を失った歌那を見つめてにこやかに微笑む。

「加守は、涯雲《がいうん》を殺した。私にとって理由はそれだけで充分なの」

耳慣れぬ名に首を傾げる歌那。

あの父は、人さえ殺していたという事か。もはや驚きはしない、あの父ならあり得るとしか思えない。

ただ、父の手にかかったというその人は目の前の女にとっては恐らく……

「だから、商売も上手くいって人脈も手に入れて、我が世の春を謳歌している時に突き落としてやろうと我慢していたのよ」

瞬時に、背筋に走る寒いもの。何気ない声音で語られた言葉に思えた。あくまで、表面だけならば。

けれど、歌那は感じ取ってしまった。その言葉の奥に秘められた、凄惨とも言える滾《たぎ》る憎悪に。

見城という人は、本当にいたのだろうか。自分が過ごしてきた日々は、本当に現《うつつ》であったのだろうか。

顔色を失くして佇む歌那へと女がふわりと歩み寄る。その表情は、何処か複雑な色を帯びていた。

何かに気がついたように指輪は声を上げた。

「そうね」

呟きと共に、胸に生じた衝撃。何かが身体の奥からせり上がり、喉を塞がんとするのを歌那は感じた。

「貴方《あなた》も、そうだったわよね」

歌那は、その眼差しを少しだけ下げた。

月の光を弾く銀色の光が、自分の胸から生えている。否、銀色の刃が自分の胸に突き立っている。

「せん、せ……」

「貴方《あなた》も、加守の娘なのだわ」

唇から赫を吐き出して、赤の軌跡を描いて静かに崩れ落ちる歌那を、女は感情を窺わせぬ醒めた眼差しで見下ろしていた。

歌那は、何か言おうとした。でもそれは叶わない。次から次とせり上がってくる鉄錆びた奔流に、言の葉は完全に封じられてしまっていたから。

歌那の揺れる眼差しの先で、女は微笑っていた。

「さようなら、歌那ちゃん。……診療所での日々は、楽しかったわ」

告げられた言葉の真意を確かめる事はもはや出来なかった。

拡がりゆく血だまりを目にした女は、静かにその場から立ち去っていく。

――最後、歌那が目に焼き付けた女の表情は、紅い微笑だった。

どんどん冷たくなって、消えかけて。

けれども不意に、ふわりと何か温かな感触があった。

自分が自分ではないような、薄物一枚を隔てて世界を見ているような、どこかふわりとした感覚だ。

おかしいな、あたしは死んだはずなのにとぼんやり思う。しかし、思考が出来ているという事は、まだ死んでいない……？

考えはまとまらず、浮かんでは消えて、集っては散じて、まったく形にならない。

真っ暗だった視界に、薄く光が差し込み始めている。

声が聞こえる。とても、聞き覚えのある声だ。

「逝くな、歌那……！」

永椿が、歌那の名を叫んでいる。

何時ここに来たのだろう。永椿が、歌那を抱き起こしながら必死に呼びかけている。

奇跡的に薄く開かれた視界の中、逝くなと叫ぶ永椿の頬には涙が見える。

らしくない、と思って笑おうとしたけど、それはもう出来なかった。

身体に力が入らないのだ。

血という血が失われて、何故こうして儚くても意識があるのか、何故こうして霞む視界であってても永椿を見る事が出来ているのか、わからない。

それでも、歌那はぼんやりと……うれしいと思った。

こうして、最後に顔が見られた。それだけで。

歌那の耳に、静かな声音で紡がれた言葉が飛び込んでくる。

「……俺のこれからの心、お前にやるよ」

そこにあるのは揺らがぬ決意だった。

永椿の手には、華がある。

宝石で作られたかのような、硬質な、けれど美しい華だった。永椿がしている指輪が宿す不可思議な煌めきと同じ、虹色の焔《ほのお》のような光を宿す華。それは永椿の手を離れ、宙を漂い行くと歌那の胸の上で静止する。

「俺を選ばなくてもいい。俺を、恨んでもいい……」

その言葉に応えるように、華は一際強い輝きを放つとその姿を転じる。

光が消えた後には、一つの丸い輝石があった。

永椿は片手で歌那を抱いたまま、もう片方の手で石へ向けて複雑な印を切り、念じた。

それに応えるように、石は徐々に輝き始め、その場を覆い尽くす程の眩い光の奔流となる。

二つの琥珀は歌那を見つめ、抱き留める腕には力が籠る。

「だから頼む、逝くな……！」

美しい光と、永椿の真摯な声。

それが、歌那の人としての最期《さいご》の記憶だった。


――不思議だ、と思った。

朝に布団の中で、微睡《まどろ》みから目覚める前のような感覚を覚える。

少し頑張って瞼を開けば、何時もと変わらぬ朝の風景がそこにあるような気がする。

自分は今寝ていて、目覚めようとしているのだろうか。先程までの悲しい出来事は夢で……でも、夢の中で夢を見ているなんて、不思議だ。

まずは、起きなければ。ほら、もう少し。瞳を開いたなら、そこには……

「……永椿……？」

「……っ！　歌那……！」

瞼を漸《ようや》く開ける事が出来た歌那は、少しずつ広がりゆく視界の中、まず初めに自分を覗き込む永椿の顔を見た。

安堵の息を零《こぼ》しながらも今にも涙しそうな永椿の思いつめた表情を見て、歌那は何か言いたい気がする。

けれど、それはなかなか言葉にならず、気づいた時には歌那はぽつりと無意識のうちに呟いていた。

「ここは……診察室……？」

そこは、少しだけ違和感を覚えるものの、歌那にとっては見慣れた風景だった。

診療所の主《あるじ》である女医が、訪れる患者を診察するのを手助けしてきた場所。

他愛ない話で笑い合った。忙しいけれど楽しい日々を過ごしてきた診察室。

歌那は診察台に寝かされていた。傍に、永椿が腰かけていただろう木製の椅子がある。

「庭から、一番近かったからな……」

永椿が歌那の疑問に答えるように口を開いた。

馴染みのある光景を認識するにつれて、歌那の心に少しずつ平穏が戻りかける。

大丈夫かい、と明るく笑いながら、あの人が扉を開けて現れそうな気すらする。

酷い夢を見たものだと、溜息をつきたい気分だった。

「あたし、先生に刺されて……。死んだと、思ったのに……」

夢だったのかな、と歌那は続けたかった。

しかし、それを言いかけた瞬間に胸に受けた衝撃が厭になるほど鮮やかに蘇る。

せり上がってきた鉄の味のする赫、突き立った銀色の光。

薄れゆく景色の中で見た裏庭と、夜空の月。

それらが嘘だったというなら、何故ここに永椿がいるのか。

歌那の着物に残る黒く色を変えつつある紅い染みは、何なのか。

――夢ではなかったのだ。

あの人の正体も。刺された事も、死に瀕した事も。

永椿が悲痛な顔で訴えながら手にしていた華の美しい輝きも、全部……

自身に生じた出来事を振り返りながら蒼褪《あおざ》める歌那を、永椿は唇を噛みしめどこか悔しげな面持ちで見つめている。

今生きているのは、多分永椿が何かをしてくれたからだ。そしてその何かには意識が途切れる前に見た、あの心に焼き付く程に美しい光が関わっている。

「永椿……あれは、何だったの？　あの、華は……何？」

起き上がろうとするのを永椿が手で制止する。歌那が訴えるように見上げると、ひとつ溜息をついて歌那に手を貸し、上体を起こして支えてくれる。

永椿に寄りかかるような状態になって、改めて永椿の顔を真っすぐに見つめる。

これだけ近い距離で、まして抱きかかえられているなら、平素の歌那であれば叫び声の一つもあげて慌てて離れようとしただろう。

しかし、今はそれ以上に永椿の言葉が聞きたい。自分を支えてくれる腕の確かさに、心が縋りたがっている。永椿の存在に触れていなければ自分を保っていられない。

歌那の無言の訴えとも言える眼差しを受けて、永椿は大きな息を吐くと、静かに語り始めた。

「俺達、石華七煌はそれぞれ一つ、『縁《えにし》の華《はな》』って呼ばれる華を持っている」

「えにしの、はな……？」

ぼんやりとした様子で首を傾げながら鸚鵡《おうむ》返しに呟く歌那に、永椿は穏やかな声音で更に続ける。

「俺達が伴侶と定めた相手に贈る華だ。華は相手が受け取ったら、『縁華石《えんかせき》』って宝珠になる」

宝珠……と歌那は心の裡《うち》にて呟く。

「贈るのは一生に一度きり、相手を変える事は出来ない」

歌那がぼんやりと疑問を胸に浮かべている中、永椿は説明を重ねる。

人の男が妻以外の女を甲斐性だのと言いながら好きなだけ囲えるのとえらい違いだと、ぼんやり歌那は思った。彼らは生涯ただ一人と定めた相手と添うのだという。その相手を変える事は出来ないし、恐らくないのだろう。何て真っすぐで、何て不器用な。

思わず歌那は、永椿の方を見る。

あの時、永椿が手にしていた華は綺麗な丸い石になって……それから？

歌那の眼差しから何かを感じ取ったのだろう。僅かに逡巡したものの、すぐに永椿は再び言葉を紡ぎ始める。

「俺は、それで『魂繋《たまつな》ぎ』の術を使った」

「魂繋ぎ……？」

当然といえば当然だが、歌那にはとんと聞き覚えのない言葉である。魂繋ぎとは彼ら石華七煌にあるひとが授けてくれた秘術であるという。

二つの存在の魂と魂、生命と生命を仲立ちを介して繋ぐ術。繋がれる事により、二つの存在は一つの魂と生命を有する一蓮托生《いちれんたくしょう》の存在となるのだという。

片方が彼らのような力あるあやかしでなければ成立せず、仲立ちがより術者の本質に近しい程繋がりは強いものとなる。

「今のお前は……。あやかしである俺と魂と命が繋がった状態にある」

もう一度、今度は先程よりも長い逡巡を経て、永椿は何かを断ち切るように一度瞳を閉じて、再び開いた。

歌那の眼差しを真正面から受け止めながら、その決定的な事実を口にした。

「お前は。……もう人間とは言えない」

ああ、と歌那は内心にて思わず呟いていた。

なってしまったのだ、人ならざる存在に。永椿と繋がったあやかしに。

実感はなかったが、何とはなしにそうなのだと思った。徐々に戻りくる感覚が、違って感じるのはそのせいなのかもしれない。

永椿が必死に死の淵で歌那の魂を引き留め、彼と繋いでくれたからこそ、今歌那はこうして現世にいられるのだ。

事情は徐々に徐々に、歌那の内におさまっていく。

けれど、歌那には一つ気がかりな事があった。

永椿が伴侶を定めるための縁《えにし》の華《はな》は、歌那の命を繋ぐために使われてしまった。つまり、永椿はもう華を以て伴侶を定める事は出来ない。

後悔はないのだろうかと胸に痛みが走る。思わず視線を外して俯いてしまう。

けれど、見ない振りをしたくない。永椿の心を避けたくない。その想いで歌那は視線を上げた。

永椿は、歌那を静かに見つめていた。その眼差しに、悔いは欠片もなかった。己の選択に後悔などしていないと、琥珀の一対は告げていた。

途端に、歌那は気恥ずかしくなって思わずまた俯いてしまう。

今、とても不思議な表情になってしまっている気がするのだ。

裡《うち》に生じた考えが勘違いであったらどうしようと戸惑う気持ちがまず先に立った。そして、縁を結ぶ華を自分のために使ってくれたという事に対して、自惚れてしまいそうになる。それはいけない、と思うのに。

見守るような眼差しを感じるけれど、今度はなかなか目を合わせられない。真っすぐな眼差しに鼓動が速くなる。

戸惑いを滲ませたまま無言でいる歌那へと、永椿は静かに言葉を紡ぐ。

「とりあえず、今はまず休め」

「うん……」

歌那を静かに横にならせながら永椿は言う。対する歌那は大人しくされるがまま、一つだけ頷いた。

あまりに色々な事がありすぎた。色々な事を知りすぎた。心は揺れに揺れて平衡を取り戻すには時間が必要だ。命を取り留めはしたが、今は言われた通りに休んだ方がいい。

ただ一つだけわかる事は、もうあの闊達《かったつ》な女医も、頼れる先輩も、この場所には戻ってこないという事。

ここは、消えてしまった夢の跡となってしまったのだ。

身体を横たえれば、瞬く間に眠気が訪れ、意識は再びふわりと曖昧《あいまい》なものに代わっていく。

けれども、手を握る温かな感触だけは確かなものとして感じる。

「お前が生きていてくれて、よかった」

数多《あまた》の想いのこもった言葉が聞こえた気がして、歌那は眠りに落ちていった。

閑話

——それは、一人の女のある追憶だった。


そこは住居というには狭く、やや乱雑に工具と思しき道具類が置かれている小屋だった。

作務衣《さむえ》を纏《まと》った男が一人、小屋の奥の卓に向き合い、何やら熱心に作業している。

精悍な印象の男の手は無骨であるけれど、その指先は繊細な細工を紡いでいる。見る者を引き込む程の注力ぶりで、男は涙の雫の形をした輝石を嵌め込んだ指輪を仕上げていく。

暫し熱の籠った沈黙が満ちた後、男は息をつきおもむろに手を止めた。

小花をあしらった美しい指輪が、作業卓の灯りを受けて煌めいている。

男が、虹色の焔《ほのお》が閉じ込められたかのような不思議な光彩の石を見つめていると、女の声がその場に響いた。

『出来たの？』

「ああ、仕上げも終わった。これでいい」

満足げに男は呟く。

男しかいなかったはずの小屋に、更に響く女の声。

『なら、いい加減ここから出して頂戴な』

「何回も言うが、それは駄目だ」

女がねだる声に、応える男の答えはにべもない。

かたん、と卓にある螺鈿《らでん》の小箱が揺れたかと思えば、次の瞬間には金色の長い髪に紅い瞳を持つ、大輪の薔薇《ばら》のような華やかな美しさを持つ女が男の傍らに姿を現していた。

しかし、その姿は灯火《ともしび》の灯りを透かして揺れている。実体ではないからだ。女の実体……本体は、卓上の小箱の中にある。

女は、人ではなかった。日の本の言葉で云うならば、付喪神と呼ばれる器物に宿るあやかしなのだ。女の本体は、美しい指輪なのである。けれど、その指輪を見る事は叶わない。螺鈿《らでん》細工の蓋は固く閉じられている。

ただ見ただけでは美しい螺鈿《らでん》細工の小箱だが、その実体は、凶きものを封じる特別な細工が施された、とっておきの封魔の箱である。

神に愛されし技を持つ職人である男の渾身の作。ここに入れられてしまえば、精々が幻で現れて愚痴を零《こぼ》すぐらいしか出来やしない。

女が、盛大な溜息と共に小箱を紅い瞳で睨みつける。

『本当に厄介だわ、この箱。この私を抑えるなんて……』

「出せば、お前さんまた悪さしてくるだろうが」

『だって、そういう性分なのですもの』

金色の髪の女の幻は、頬を膨らませてそっぽを向いてみせた。

そう女は、災厄と呪いを呼ぶのが性。人が息をするように、女は災いを求めてしまう。その性質から逃れる事は出来ない。

その心が何処にあったとしても。

それなら楽しんでしまった方がいいではないかというのが女の言である。

「ちゃんと拾ってきた石で仲間を作ってやっただろう、それで満足しておけ」

『仲間になるかはまだわからないし、そもそも眠っているじゃない』

「我儘《わがまま》言いなさんな、最初から起きる奴らなんていないんだから」

溜息交じりではあるが、男は優しい苦笑いを浮かべて女を宥める。

男の周りをくるくると動いてみせながら唇を尖らせていた幻の女の動きが、ぴたりと止まる。美しい顔を歪め、大仰に肩を竦めると男へと告げる。

『お客様みたいよ。……毎度毎度、招かれていないっていうのによく顔を出すものだわ』

「……いい加減その執念、他に向けてくれ……」

げんなり呟いた作務衣《さむえ》の男の言葉とほぼ同時に、小屋の木戸が申し訳程度に叩かれ、応えを待たずに開かれた。

「やあ涯雲、調子はどうだね」

「……何時も通りです、加守の旦那」

入ってきたのは、身形《みなり》は仕立てのよい黒の外套を纏《まと》った、紳士と評してもおかしくない男。しかし作務衣《さむえ》の男――涯雲の目には、隠しようもない俗物感と欲深さがそこかしこに表れて見える。

加守と呼ばれた外套の男はにこやかさを取り繕ってはいるが、声を低めた涯雲の答えに僅かに頬が引き攣る。それを圧して笑顔を作り、再び口を開こうとしたが、それよりも先に涯雲が言葉を発した。

「旦那……何度言われても俺の返事は変わりません」

加守の口の端が歪みかけるが、構わず涯雲は続ける。

「幾ら金を積んでも無駄です。薔薇《ばら》の指輪も、この雫の指輪も、旦那にはお譲り出来ません」

『私も、貴方《あなた》のところに行くなんて御免だわ』

ぷい、と顔を背けながら心底嫌そうに呟く女。その声も姿も、加守に見えていないのをいい事に、舌まで出してみせる見た目とは裏腹な幼さに涯雲は密かに苦笑する。

女は涯雲の作ではない。海外にて修行した際に、師匠から託された品だ。

出どころは聞くなと諭されたけれど、聞かずとて曰くつきなのがわかると涯雲は語っていた。女もそれは否定しなかった。

名工の手による由緒ある品である、決して手放すなと言われ渡された品を、彼は誰にも見せる心算などなかったのだが……

ある日、少しの油断が原因でこの宝石商の目に触れてしまったのだ。それ以来、宝石商は執念深く通ってきては指輪を譲るように持ちかけてくる。

ここ暫くに至っては、それに加えて今しがた涯雲が完成させた雫の形の石を作品にして売るようにとも言ってくる始末だった。取引のある相手であるから無下には出来ないのだが、些かそのしつこさに辟易していたところだ。

どうにか友好的な面を取り繕おうとした加守だったが、結局はそれが出来ず、唸るように低く呟きながら、涯雲を睨み据えた。

「うちを敵に回せば、お前の作品を買う者など……」

「どうぞお好きに。……あんたに俺は止められねえよ」

涯雲ももはや取り繕う事をせず、鋭い声音で素っ気なく告げる。

加守は涯雲が己の手を振り払った事を悟った。

涯雲が紡ぐ美は人の魂を揺さぶる程に美しい。権力や財力を以てその行く手を阻もうと、それをも跳ねのけて進み、人々は男の紡ぐ美を求め続けるだろう。

そう、加守とてわかっている。男は神に愛されし腕を持つ者。ここで加守の手を振り払ったとて、涯雲へ出資しようという者なら数多《あまた》いるだろう。

そして彼は新たな場所で花開き、多くの人々がそれを求めるのだ。

止める術は、一つだ。

黙り込んだ外套の男を見据え、女の幻が身震いする。男の瞳に、昏い焔《ほのお》を感じ取って。

女は、加守の意図を悟った。

災厄を呼ぶ性質上、酷く敏感なのだ――殺意を孕む悪意には。

『涯雲っ……！』

だが、女の叫びは今一歩遅かった。

叫びに涯雲が行動を起こすその前に、加守の手にある小刀は、深々と涯雲の脇腹に突き立てられていた。渾身の力を込めて涯雲を刺した加守は、叫びながらその刃を引き抜いた。

「死んでその名前を永遠とするがいい！」

小屋に紅い飛沫が散った。壁や卓を染めた緋は、卓上にあった雫の指輪も染める。

加守は「指輪を寄越せ」と、取り憑かれたように呟きながら卓へ手を伸ばそうとする。涯雲は、残された力を振り絞りそれに抗う。

男二人が揉み合う音だけが、小屋の中に響き渡る。

女は涯雲へと叫び続けた。

『私をここから出しなさい！　このままじゃ……！』

『どのみち、俺はもう助からん』

男の脇腹からは止めどなく鮮やかな紅が流れ続け、それは衣服を染めていく。

もはや手遅れな程流されてしまった血に、女が『それでも……！』と叫びかけたけれど。

『お前が、人を殺すところを見る方が、しんどいなあ……』

男が心に浮かべた言葉は、困ったような優しい色を帯びていた。

女は思わず一瞬唇を噛みしめ、けれど何かを振り払うように頭を左右に振り、悲痛なまでの声音で叫んだ。

『ここから、出してっ！　出しなさい、涯雲！』

その時だった。

黒い澱《よどみ》が、ぽこりと涙の雫の指輪から吹き上がるのを女は見た。

目覚めようとしているのだ、眠れる涙の石の指輪が。女と同じ禍《まが》つものとして。創り主の血を吸った事で、図らずも凶きものとして産声を上げようとしている。

女は祈るように念じた。早くその宝石商を殺してくれ。涯雲を、助けてと――

けれど、それはなされなかった。他ならぬ涯雲の手によって。

彼は力を振り絞り、涙の指輪に触れた。指輪は呆気なく再び眠りについてしまう。

希望が断たれた女の前で、涯雲の命もまた消えた。「ゆるせ」と唇が動いたかと思えば、微《かす》かに灯っていた最期《さいご》の命の灯火《ともしび》が、消えた。

加守は、涯雲が事切れた事を確認した後に汚らわしい手を小箱に伸ばした。

箱の蓋は、あっさりと開く。そこから出て、直ちに歪んだ笑みを浮かべる宝石商を血祭りに上げる事は容易《たやす》かった。けれど女はしなかった。もう一つの指輪と共に小箱ごと加守の懐に収まっても、されるがままだった。

暗い昏い焔《ほのお》が、女の裡《うち》に宿った。

そこまで私を望んだ貴方《あなた》が、そうと望むのであれば。

商売敵も消してあげましょう、人脈も恵んであげましょう。あり余る富に我が世の春を謳歌出来るように、力を貸してあげましょう。

——頂点へ上りつめたその時が、お前の最期《さいご》と知るがいい。

灯りを灯してくれた男はもういない。『ゆるせ』と、男は残したけれど。

わたしは、おなじところにはいけないから——

巡る追憶は終わり、女は今へと戻る。

心に一度として褪せる事なくあり続ける想いを、静かに呟いた。

「私は、許さない……」

ぽつり、呟いた女の瞳には紅い焔《ほのお》が揺れていた。

せんせい、と聞き慣れた声の悲しげな呟きが聞こえた気がした。

そんなはずはない。あの娘はもう死んだのだ。この手で殺したのだ。だから今のはきっと、感傷ゆえの空耳。

——一人の娘がその追憶を夢と見ていたのだと、女はついぞ気づかなかった。

◇◇◇

血花の被害者は皆、加守の客であるという噂は瞬く間に帝都に広まった。

それは恐ろしい程の熱と現実味を帯びて語られ、帝都では「加守が血花事件の犯人である」とまで囁かれるようになっていた。

事件で家族を失った者達は徐々に徐々に加守への憎しみを募らせていく。

流石《さすが》の状況に警察が動いたが、証拠なしとしてお咎めがなかった事が人々を更に煽った。賄賂《わいろ》でも渡したのだろうと。

むしろ加守を糾弾した者が何らかの罪状をつけて連行されたのが決定打となった。警察も奴の味方ならば、と意を決した者達がある日一か所に集まったのである。

男達は、皆それぞれに夜闇を照らす松明《たいまつ》を持ち、武器となるものを手に、就寝していた加守を襲撃した。

すんでのところで起き出した加守は、蒼褪《あおざ》めたままかろうじて服を着替え、車に乗り込んだ。そして這う這うの体で辿り着いたのは、高嶺男爵邸である。娘婿である男爵は、各方面に顔が利くので助けてもらおうという腹だ。

非常識な時間の訪問を詫びると加守は事情を説明した。男爵は留守であるという話だが、加守としてはこのまま帰るわけにはいかない。外に出る事すら危険が伴う。妙に無表情な家令に匿ってもらえるようにと頼み込み何とか了承を得たものの、加守は不思議に思う。

妙に人気《ひとけ》がないように感じるのだ。

確かに日付も変わってすぐの深夜である。屋敷の人間達も寝入っている事だろう。しかし一騒動だった加守の訪問にも、誰も起き出した気配がない。そういえば、ここに来てから家令以外の人間を目にしただろうか。まるで、この屋敷には他に誰もいないような……

いや、美夜はどうした、と男は思う。

流石《さすが》に父親が尋常ならざる様子で逃げてきたというなら、それを娘に知らせた者とているだろう。父の窮地と知ったなら、娘としては取る物も取り敢えず駆け付けるべきではないか。

異様な静けさに満ちる屋敷の中を、美夜の部屋へ向って進む。

美夜の部屋に辿り着くまでも、やはり人影一つ見えず、自分の足音以外の物音一つしない。

不気味な寒々しさに顔を歪めつつ扉を叩いて呼びかけても、娘の応えはない。父の危機に呑気に眠っているであろう娘に苛立ちながら、加守は些か乱暴に扉を開けて中に足を踏み入れる。

しかしそこにあったのは、あまりにも奇妙な光景であった。

「み、美夜……!?」

部屋の中央に、娘はいた。まるで奇術でも使ったように、娘は部屋の中央で仰向けのまま宙に浮いていた。

それだけではない。娘の腹は臨月もかくやと思う程に膨らんでいた。

その娘から部屋中に張り巡らされたのは、何かの植物の紅い蔦。腹から芽吹き天井につく程に育つ、脈打つ巨大な異形の花の蕾。

加守は完全に言葉を失ってしまう。震える口から零《こぼ》れるのはもはや意味をなさぬ音でしかない。悪い夢でも見ているのかと呻くように独白した男の耳に、笑いを含む女の声が聞こえた。

「貴方《あなた》の娘はこれから大きな災いを産む『母』になるの」

「お、お前は……」

長い黒髪を結う事もなく遊ばせるにまかせた、すらりとした長身の美しい女。

見覚えがあった。この女は確か、娘の主治医となった女医だ。見城とかいう名前だったはずである。

加守は一瞬目を瞬いた。気のせいだろうか、この女の瞳が紅に見えたのだ。

かつて軽く顔を合わせた時にはなかった濃艶な色香を、目の前の女からは感じる。

加守は震えを抑えながら女を睨みつけると、低く呟くように詰問した。

「む、娘に何をした……？　全部、お前の仕業か……？」

「ええ、そうよ」

見城はにこやかに微笑む。女の微笑みに気圧《けお》されながら、「何故……」と呟けば女は嗤《わら》う。暗い焔《ほのお》を宿した瞳で加守を見据え、静かに答えを口にした。

「貴方《あなた》が涯雲を殺したから」

「な……お前、何故涯雲の名を……いや、言いがかりだ！」

女の口から思いがけない名前が紡がれ、目に見えて狼狽える加守。

何故この女が彼の職人の名を知っているのだ。いや、それよりもあの日の事実を何故……

人を使い上手くもみ消し、あの男は事故で死んだ事になっているはずだ。

加守が涯雲を殺したという事実を知る者は既に葬られているというのに。

目の前の女は、底冷えするような瞳で加守を見据え、その罪を暴こうとしている。

女は、更に続ける。その右手を示すように加守へと見せながら。

「殺したじゃない。殺して、涙石の指輪と、この指輪を奪ったでしょう？」

女の白くほっそりとした指には、緻密な金線細工で表された薔薇《ばら》の意匠に紅い石が嵌め込まれた指輪。

加守にはあまりに見覚えがある指輪であった。性根は腐れどもその目利きは確か、見間違えるはずもない。

忘れられるはずがない、一時は家の宝とまで思い秘していたものだ。間違いなくあの日、彼《か》の職人を害してまで奪った指輪の一つだ。

「その指輪は……刀祇宮《とうぎのみや》妃殿下に献上したはず……何故……」

お前が、と加守は続ける心算だった。

だが、それはなされなかった。女の手に生じた銀の刃が、罪深き宝石商の胸に突き立っていたからだ。

悲鳴とも呻きともつかぬ声が男の口から零《こぼ》れるのを聞きながら、女は容赦なく突き立てた剣を引き抜いた。

男の喉から、傷口から、迸《ほとばし》った血が飛び散り部屋の調度を汚す。咽返《むせかえ》るような異様な鉄の匂いが部屋に充満する中、女は嘆息しながら言い放った。

「貴方《あなた》の『何故』はもう聞き飽きたわ」

一度、二度、三度。

女の手にある刃が倒れた男に見舞われて、その度に刃が肉を滑り行く音が響く。

美しい顔には、何の感情の色も見えない。ただ、その紅い瞳に深淵を思わせる昏い光が宿っているだけ。

肉が穿たれ、血溜まりが拡がり、男はやがて物言わぬ肉塊となり果てる。

それでも女の刃は止まる事を知らずに振り下ろされ続ける。暗い焔《ほのお》が燃え盛るままに、女は刃を振り続けた。

それから暫し後、高嶺男爵邸への道を、武器を手にした集団が進んでいた。

彼らは、先だって加守を襲撃した者達だ。加守が娘婿にあたる男爵の元に逃げ込んだと知り、追ってきたのである。

だが前方から、先程自分達から逃げていった加守の車が戻ってくるではないか。

今度こそと意気込んだ彼らの前で車は停まり、そして。

「か、加守……？」

一人の男が戸惑いの声を上げる。

開いた扉から転がり出たのは、目を見開き血に塗れ、事切れた加守の亡骸。

狼狽えた男の一人が見てみれば、運転席には誰もいない。

男達の間に重苦しい程の沈黙が流れる。けれど、一人の男が意を決したように叫び声を上げ武器を構え直す。

「ええい、妻の仇だ」

「俺は、娘の……！」

「妹を返せ……！」

煮え滾《たぎ》る怒りに突き動かされた男達の刃は、魂の抜け殻である肉の器へと躊躇《ちゅうちょ》なく振り下ろされる。幾度も、幾度も。その身体が、もはや人の形をなさなくなるまで。

因果応報、その言葉通りに。多くを踏みつけにし、流される血と涙の上で我が世の春を謳歌した男のもとへ。因果はついに巡り来たのである……


「さて、と」

男の骸《むくろ》を暴徒の元へと丁重に送り出してやった後、女は息をつく。

そうして、部屋の中央で生まれる時を待つように徐々に脈打つ蕾へと眼差しを向けた。

もうすぐ待ち望んだ時が至る。

偽りの姿も、ままごとのような茶番も何もかも、全てその時のためのものであったのだから。

女は誘い招くように手を伸ばして優しい声音で語りかける。

「もう少しで会えるわね？」

その声に応える者は誰もいない。

不気味な脈動だけが、低くその場に響き続けていた。

第九章　如何《いか》に悪意に打ち砕かれようとも

歌那が再び目を開けた時には、そこは若月屋の客間だった。

永椿が眠り込んだ歌那を密かに運んでくれたらしい。枕元には幾つもの眼差しがあり、ゆっくりそれぞれに視線を向けると、皆が安堵したように息を吐く。

藤霞と白菊は視線を交わして頷き合い、ナサニエルは天を仰ぎ十字を切った。

ただ、無事目覚めたものの、歌那がいる事に関しては箝口令《かんこうれい》が敷かれた。

理由は聞くまでもない、殺されかけた身だ。生きている事が知れたら、今度こそ念入りに止めを刺されかねない。そんな事になったら、命を落とすのが自分だけではない事もわかっている。

見城診療所は『休業』となっているらしい。突然の休業で、無人の診療所の前で患者達が困惑していたのを白菊が確認してきたという。お馴染みの奥さん達が、歌那達の事を心配していたというのを聞いて申し訳ない気持ちになった。

何時までこうしているのかわからない。こうしていられるのかも。

あの人は、間違いなく何かをしようとしていた。きっとそれは、間もなく明らかになる気がする……。

今、歌那は若月屋の奥庭に出て、空を見上げていた。

体調はほぼ回復していた。あれだけ血を流したというのに、貧血の兆候は欠片もない。むしろ身体が軽く、感覚も冴えている。

何という回復力だと息を吐く。本当に自分はもう人間ではないのだなと実感する。

永椿と白菊は、それぞれに周囲を探ってくると言って出ていった。ナサニエル達も関係者に用事があると言って出て暫く経つ。

回復が目覚ましい分身体を持て余している気がする。これはせめて掃除などの手伝いでもさせてもらえないだろうか、としみじみ思っていた時だった。

「嬢ちゃん、どうした？」

「あ、藤霞さん。いや、何となく空を見ていただけで……」

何時の間にか藤霞が、首を傾げながら奥庭に姿を現していた。

「ばたばたとしている間に九月になったんですね」

そう呟く歌那を見つめていた藤霞だが、不意にその表情が真面目なものになった。

そして、僅かに怪訝そうにした歌那へと深々と頭を下げたのだ。

頭を下げられる理由など思いつかない。むしろ匿ってもらっている身として歌那は狼狽えるしかない。

「嬢ちゃんを巻き込んだのは俺達だ。……いや、俺だな。幾ら謝っても足りないぐらいだ」

あの偶然の出会いを経て、災いを追う手段として歌那を利用する事を選んだ。

それがなければ、心に要らぬ傷を負う事も、命を落としかける事もなく、何も知らぬまま平穏に日々を暮らせていただろう……

「嬢ちゃんを利用すると決めたのは俺だ。俺に関してはどれだけ恨んでくれても構わねえ」

藤霞は三人の中でも司令塔的な役割を担っている。恐らく、歌那を情報源とする事を決めたのは藤霞なのだろう。

けれど。

「ただ、永椿だけは許してやってくれないか？」

「え……？」

思わぬ言葉に、歌那が瞳を瞬く。

沈痛な面持ちの藤霞は瞳を伏せたまま、真剣な声音で更に言葉を重ねる。

「……永椿はずっと嬢ちゃんを利用するのに反対し続けていた」

若月屋で思わぬ再会を果たした晩、永椿はずっと歌那に対し険悪な態度で、診療所も『さっさと辞めた方が』などと皮肉を言っていた。

でも今ならわかる。あれは、歌那を関わらせまいとしていたのだ。早く診療所から逃げろと、直接告げる事は出来ないまでも、せめてもの警告だったのだと。

「あいつはずっと嬢ちゃんを心配し続けていた、それだけは確かなんだ」

不器用なあやかしの優しい心を、藤霞の痛切な声音が伝える。

でも、それはもう歌那もわかっている。乱暴な言の葉に、どれだけ真摯な心があったのか。ぶっきらぼうな態度に、どれ程の優しさが込められていたのか。

歌那は、泣くのを我慢しているような、泣き笑いに似た表情で少しだけ黙り込んだ。

そして再び口を開いた時には――

「恨んでも怒ってもいないですから、あたし」

歌那は、心からの笑顔だった。陽だまりの花と人々に称される、何時もの。

許すという事は、そこに許さなければならない怒りがあるという事。戸惑いや怒りがまるでなかったと言えば嘘になる。それこそ、平穏な日常を返してくれと嘆いた事だってある。

「そもそも、あたし巻き込まれやすいから。どのみち巻き込まれただろうし……」

それに関しては、彼らと出会う前からの事実であるから少しだけ声音が弱くなる。

だから言われていたのだ、気をつけなさいと。今はもう遠い、あの人達から。

「先生と紅子さんが、そうだったから。……どのみち、きっと……」

自分の平穏な日常を構成していた人々が全ての真相を握るものだったならば、自分の行く末は多分変わらなかっただろうと思う。

一度目を伏せてから、再び前を真っすぐに見据える。

知らぬままと知った今。自分が選ぶとしたら、今だ。

きっと自分の結末は変わらなかった。それなら真実を知っていたい。知らぬままで終わりを迎えたくなんか、なかったから……

気遣うような光を瞳に宿してこちらを見つめる藤霞に、歌那は笑って続けた。

「それに、巻き込まれなかったら。皆さんに会えなかったじゃないですか」

この飄々とした色男である若旦那にも、姉のような落ち着きある職業婦人にも。異国から来た御使いのような青年にも、その従者である銀細工のような少年にも。

そして。

「……永椿にも、会えないままだったじゃないですか……」

見た目はとびきり綺麗なくせに、口を開くと乱暴で。その癖、不器用なまでに真っすぐで優しくて。何時の間にか、歌那の日常になくてはならない存在になっていた。

恨んでもいいと、泣きながら自分を留めてくれた。これからの心をやると、だから逝くなと必死に呼んでくれた。

永椿を恨むはずがない。留めてくれたあの声は、自分の中の一つのよすがだ。

もし永椿の世界と歌那の世界が、交わらないままだったら、自分はどうしていただろう。

あの温かい手を、知らないままだったらと思うと何でこんな感覚になるのだろう。

胸がぎゅっと掴まれたような感覚を覚えた。

答えは、歌那の中にあるのだ。胸が切なくて、でも灯火《ともしび》のように温かな想いの答えは。

「嬢ちゃん、お前さん……」

藤霞が何かを言いかけたその時だった。二人が弾かれたように空を見上げたのは。

「なんだ……？」

藤霞は今まで見せた事のない険しい顔で宙を見据えた。

歌那も、今ではわかる。この身が人ならざるものと化した今ならば。

誰かが嗤《わら》ったような気がした。

微《かす》かに、美夜が呼ぶ声が聞こえたような気がした。そして同時に、あまりに強大で禍々《まがまが》しい力を持つ何かが、恐ろしい『産声』を響かせてこの世に生まれ落ちたのを感じた。

一瞬にして身の毛がよだつ程の恐ろしい波動が駆け抜けていく。

その瞬間、地面が突き上げるように激しく揺れた。歌那は立っていられずになぎ倒されるように地に膝をつき、藤霞は咄嗟に何らかの印を結ぶ。

不可視の光が広まっていくと、揺れは軽減されるも消滅はしない。今も尚、地は激しく震え続けている。

(地震……⁉)

未だかつて感じた事のない程の揺れだ。轟音に入り交じり、悲鳴や崩落の音が響き渡っているのが塀を越えても聞こえてくる。

庭木が倒れ、梁が歪み。塀が崩れ、屋根瓦が崩れて落ちて……藤霞が庇うように歌那を支える中、目の前で見る間に頑丈な店の造りに綻びが生じていく。

永劫に続くかと思われた揺れが収まった後も、歌那はまだ身体が揺れているような感覚が消えなかった。ぺたりと膝と両手を地につけて立てずにいる。

流石《さすが》の藤霞の顔も蒼褪《あおざ》めて見えた。その眼差しの先で、走り寄る下男の姿があった。

「若旦那！　ご無事ですか……！」

「おう！　俺達は大丈夫だ！　他の奴らや店はどうだ⁉」

「落ちて割れた食器で怪我をした者や、倒れた家具で身体を打った者はいますが……今、店の被害を確認させております！」

店の中から慌てたような声や怒鳴り声、慌ただしく走り回る音が聞こえてくる。

歌那に怪我がないか確認した後、藤霞はやや茫然とした声音で呟いた。

「咄嗟に守りの結界を敷いてこの有様かよ……。一体どれだけやばい揺れだったんだ……」

成程、先程藤霞は店の敷地を守る術を使ったのだと歌那は知った。それでもこの被害の大きさだ。守りの術がなければ、どうなっていたのか。

(でも、それだけじゃない)

顔色を失くした歌那は、茫然とした瞳を空へと向けた。

きこえてくる、つたわってくる。

――悲鳴が、流れる血が、今この時も次々に失われる命がある事を歌那に知らせる。

立ち上る焔《ほのお》が、全てを焼きつくしている事を、伝えてくる――

茫然と、呟く。

「……帝都が、燃えている……」

台風に影響され風が強かった事、起きた時刻が昼飯時であった事からあちらこちらから火の手は上がった。火の手はやがて空を赤く染める程に燃え上がり、帝都の各所を焔《ほのお》が呑み込んでいく。

誰もが皆逃げる事に必死で火事はあちこちで起これども、消す者がいない。

竜巻が発生し、焔《ほのお》の柱となり、炎の雨を降らせる。

この世の地獄としか思えぬ惨状が、帝都を呑み込み喰らい尽くそうとしていた。

その日から帝都は三日三晩燃え続けた。炎が消えたのは、燃やせるものが何もなくなってからの事だった。

——それは後の世にまで語り継がれる、歴史的な災いとなった。

天地が裂けるかと思う程の激しい揺れから一夜明け。未だ焔《ほのお》が収まらぬ中、徐々に地震の齎《もたら》した被害が明らかになり始めていた。

それは想像を遥かに超えるもので、若月屋周辺の光景も一変していた。比較的地盤のよい地域ではあったものの、古い木造の家屋は倒れたり燃えたりして姿を消してしまっている。

若月屋は守りの術により倒壊を免れたものの、被害が出なかったわけではない。それでも比較的少なく、火事も避けて通ったのは神仏のご加護ではと囁かれているらしい。

現在若月屋は門を隔てなく開き、家が倒壊したり焼け出されたりした人々の臨時の避難所となっていた。こういう時に助け合わないでどうするという若旦那の意向で、座敷には沢山の布団が敷かれ怪我人達が横たわっている。女中達が作った炊き出しを、拝むようにして受け取る老人達の姿がある。

邪魔にならないようにしながら様子を見つめている歌那の横には、永椿と白菊の姿がある。

永椿は、地震の直後に文字通り跳んできた。奥庭に現れ一目散に歌那に駆け寄って、無事を確かめ安堵した。ただその直後、藤霞に『人目がある場所で跳ぶな』と拳骨を喰らっていたが。

白菊はどうやらあの惨状の中をあちこち観察してからやってきたらしい。

何時も通りの、ちょっと散歩してきたのと言われても頷くようなワンピース姿で、若干裾に土埃がついているだけだった。

白菊が何事か藤霞に囁いた際、藤霞が目に見えて安堵した様子だったのが印象に残っている。

ふと、足音が二つ近づいてくる。関係者の様子を確かめてくると外に出ていたナサニエルとゾーイが帰ってきたのだ。異国の人間である事を隠すため、目深に被っていた外套と帽子を置き、二人はこちらへと歩んでくる。

ナサニエルによれば、彼の家の関係者は幸いにも無事が確認出来たようだ。怪我人はあったが、何とか手当てを受ける事が出来ていたという。

ただ、道中の様子はかなりの惨状であったようである。努めて冷静であろうとしている様子が伝わってくるが、日頃朗らかである青年の顔色がやや蒼《あお》褪《ざ》めている。

その場を番頭に一度任せ、藤霞は一同を引き連れて自室へ向う。人払いをしてからおもむろに皆の顔を見回して、重々しく口を開いた。

「お前らも聞いたな？　あの産声を……」

沈黙のまま、頷く皆。

歌那の耳の奥には。あの禍々《まがまが》しく恐ろしい声が今も焼き付くように残っている。

「声がしたのは高嶺邸の方角だったわ。……今、高嶺邸周辺は、何らかの靄《もや》で遮断されている感じなのよ」

遮断された向こうは、白菊が如何《いか》なる術を以てしても探る事は出来なかったらしい。

歌那は膝に置いた手を思わず握りしめる。

（美夜……！）

高嶺邸には、あの子がいる。歌那にとって血を分けた妹が。

あの日以来、美夜には会えていなかった。だからわからない、今どうしているのかも。あの時、美夜が何を思っていたのかも。

「……指輪が遂に行動に出たって事だよな」

「そうだな。……事を明らかにするには高嶺邸に行くしかねえが……」

永椿が険しい眼差しで告げれば、藤霞は頷いて言葉を紡ぐ。

高嶺邸にて指輪が何らかの行動に出たのは、もはや疑いようがない。けれどそれを確かめるには、実際に彼の地に赴くしかない。

戦いは避けられないものとなるだろう。行くならば、総力戦となる——

「尚更、ここをこのままにしていくわけにはいきませんね……」

ナサニエルが苦笑しながら言う。

若月屋の奥《おく》つ城《き》とも言える藤霞の部屋にまで騒めきが聞こえてくるほどである。

ここは未だ混乱の極みにある。藤霞の指示や助けを必要とする者達が大勢いて、藤霞はまだここを離れるわけにはいかない。

「白菊、高嶺邸の観察を続けろ。何かあったらすぐ伝えろ」

「わかったわ」

かけられた言葉に了承の意を伝えると、白菊の姿がその場から掻き消える。

思わず歌那がきょろきょろと辺りを見回してしまうが、白菊の姿は何処にもない。

高嶺邸の斥候に向ったのだと永椿が教えてくれる。

「俺達は、ここである程度目途付けねえとな……」

言うなり藤霞は立ち上がり部屋を出て、人のごった返す店へと足早に向う。

藤霞の姿を見るなり人々がどっと群がり、藤霞は次々と報告を受けては指示を出す。

「港の倉庫はどうだ？」

「それが……僅かに残った荷はありますが、ほぼ全滅かと……」

だよなあ、と髪をくしゃりとかき上げながら顔を伏せて藤霞は言う。けれど次の瞬間には、吹っ切ったように顔を上げると力強い声音で叫ぶ。

「他の倉庫からまだ無事なものを回してこい！　救助に使えそうなものは惜しむな！　炊き出しに回せそうなものは炊き出しに回せ！」

その言葉に続くように、ナサニエルが傍らのゾーイへと声をかける。

「ゾーイ。国に電報を打ちます、支援の手配をするようにと」

「了解です」

異国の主従の遣り取りを聞いて、はっとした風に藤霞はそちらを見る。そして、深々と頭を下げた。

「……恩に着る」

「何を仰る。私達は仲間というものではありませんか？」

「違いねえ」

悪戯っぽい笑みを含んだ蒼の瞳と、今は黒の瞳が交差して、笑みが零《こぼ》れる。

──思いは、繋がる。

「置屋の方にも人を遣っておきますね」

「あ、こら！　お前ら勝手に……！」

「気もそぞろな若旦那なんて見たくないですからねえ」

「……お前ら、後で覚えてろよ」

やや半眼の藤霞を見て、下男や女中の温かな笑いが零《こぼ》れる。

歌那にはそれが何の事かわからなかったけれど、皆が藤霞を思い遣っての言葉だという事だけは感じ取れた。

――思いは、拡がる。

いてもたってもいられずに、歌那は藤霞へと駆け寄り叫んだ。

「あたし！　怪我人の手当て手伝います！」

「そりゃ助かる。なんたって嬢ちゃんは現役の看護婦だしな」

「……俺はその手伝いしてやるよ」

言いながら、歌那は既に駆け出していた。襷《たすき》を借りて着物の袖を纏《まと》めて、怪我人が寝かされている場所へと向う。

迷いのないその様子に、永椿が優しく笑いながら後を追う。

人が、思いが、動き出す。

帝都はまだ焔《ほのお》に包まれていて、人々は混乱の内に彷徨い続けていた。

けれど、一つずつ人々は歩み始めている。日常を取り戻すべく、一歩ずつ進み始めている。

ねえ、先生。

貴方《あなた》が起こした災いは、多くの命を、未来を、思いをなぎ倒した。

沢山のものが、燃えて壊れて失われて。

それでも人はまた歩き出す。失った痛みすら強さに変えて、新しい想いを紡ぎ出す。

人は、そうやって巡って続いていくのだと。

悪意を以てひっかき回そうとしても、立ち直ってまた進んでいけるのだと。

――そう、貴方《あなた》に、叫んでやりたいです。


行きたい場所がある歌那は、永椿と共に荒れた道を歩んでいた。

外出許可は当初なかなか下りなかった。

治安が乱れているこの街中、女一人で歩くなど危険である。ましてや、歌那は見た目から混血に間違われやすい。悪質な流言も飛び交う中である、危険は更に増す。

永椿が自分が同行するからと言い添えると、藤霞は漸《ようや》く首を縦に振った。但し、日没までには必ず戻る事という厳命だ。

歌那は永椿に行く先を告げていない。だが、それでも永椿は何も言わずについてきてくれている。多分、永椿は歌那が何処へ向おうとしているのか見当がついているのだろう。

二人はただただ無言で、かつて見慣れていたはずの道を進んでいく。

瓦礫などに手間取りながら辿り着いたその場所は――見城診療所があった場所

だった。

到着して、歌那は彫像になったかのようにぴたりと動きを止めた。

「歌那……」

永椿が、心配そうに声をかける。

そこには、何もなかった。

歌那が毎日通った仕事場。人の訪れの絶えなかった診療所。世話をしていた庭。見城がいて、紅子がいて、三人で笑いながら過ごした、あの場所は——

崩れ落ち、燃え尽き、瓦礫すら満足に残っていなかった。まるで、そんなものは最初からなかったのだとでもいうかのように。

——お前が支えにしていたものなど、存在しないまやかしだったのだとでもいうように。

胸の奥底から熱いものが込み上げてきたけれど、必死に堪えた。泣いてなどやるものかと、唇を噛みしめた。

その正体が異国の禍《まが》つ付喪神であった者は、高嶺邸に陣取り何やら目論んでいる。片角の鬼の片割れである女は、あの日歌那を追う永椿達の前に立ちはだかり、後を引き受けた藤霞と戦った後に姿を消したらしい。

歌那は、愛していた日常を構成していた大事なものを二つとも失ってしまった。その日常すら、偽りだったと知ってしまったのだ。

歌那は、言葉なく俯いて佇んでいた。そんな歌那の背を、永椿は何も言わず見守っている。

その場に聞こえるのは、吹き抜ける風の音だけだった。

どれくらいそうしていただろうか。揺蕩《たゆた》う沈黙を、か細い女の声が破った。

「歌那ちゃん！」

「佐野さんのお嫁さん！」

名前を呼ばれた歌那は、弾かれたように振り返り駆け出した。向うその先には、一人のやつれた中年の女の姿がある。間違いない、診療所に通っていた患者の家族だ。

永椿が僅かに驚いて向ける眼差しの先で、歌那と中年の女は手を取り合ってお互いの無事を喜んでいた。

「ああ、無事でよかったよ……。診療所はこんな有様だし、先生も紅子ちゃんも行方がわからなかったから……」

「……佐野さんも無事でよかった……。あの、佐野さんの」

お家の人は、と問いかけようとした歌那が瞳を見開いた。

佐野の嫁は泣いていた。

確かこの人は夫と息子達と姑と共に暮らしていたはずだ。佐野のお婆ちゃんは、歌那が往診のお供についていくと喜んで料理や裁縫など教えてくれた。実の祖母の顔も知らぬ歌那にとっては、本当の祖母のような人だった。

この人は今一人でここにいる。家に置いてきたのかもしれない。でも、彼女の涙は告げざる事実を語っているようだった。

「……お義母さんは梁の下敷きに……あの人はそれを助けようとして火に呑まれて……。あの子達も気がついたら姿が見えなくて……」

泣き崩れる女を、歌那は必死に抱きしめた。腕の中で弱弱しく泣いている声を聞いた歌那の瞳の端に、大粒の涙が浮かぶ。嗚咽を漏らしそうになるのを、唇を引き結んで耐えた。

（どうして）

あの人が齎《もたら》した災いで、こんなに沢山のものが失われて。大切な人達が、大事なものを失くした事を悲しんでいる。歌那の日常で笑っていた人達が、涙を流している。あの人にも、そうするだけの哀しみがあったのかもしれない。でも……

（だから奪っていいなんて、あるわけがない……！）

佐野家の嫁は一人必死に子供達を探していたが、行く当てもないという。

歌那は今自分が若月屋に身を寄せている事を伝え、佐野の嫁に若月屋が人々の助力になってくれている事を告げた。

やつれた顔に喜色が僅かに戻り、佐野家の嫁は静かに去っていく。

手を振ってそれを見送った歌那は、再び診療所の跡に目を向けて言葉なく俯いた。

永椿が何事か言葉を紡ごうと歩み寄ろうとするのを感じながら、歌那は顔を上げた。

その瞳に宿るのは、確かな光。燃えるような怒りと決意だった。

「許せないよ……あたし、先生も、紅子さんも許せない……」

呻くように歌那は呟く。けれどその怒りの理由は、自身のためだけではない。

自身が騙された事への怒りが欠片もないとは思わない。しかし今歌那の胸には、禍《まが》つ付喪神が人々を害した事への憤りがある。自分を慈しんでくれた人々や、あの災いの犠牲となった人々を想う故の怒りが止まらない。

「あたし、あの人達と戦う……！」

決意を込めて、歌那はそれを口にした。

今なら、人ならざる身となった事にも感謝出来る。人のままでは戦えなかった。けれど、今ならば。少しでも意趣返しが出来るのではないか。

「もう、失くすのを黙って見ているなんて嫌！　これ以上何も奪わせたくない……！」

確かにあの人はとても大きな災いで、それに比べて自分はちっぽけな存在かもしれない。

でももう、諦めたくない。失いたくない。自分のように泣く人を、もう見たくな雫が一つ、頬を伝って落ちて、荒れた地面に吸い込まれた。

歌那は静かに永椿の瞳を見つめ、呟く。

「……力を貸して、永椿」

「何、水臭い事言ってるんだよ」

苦笑を浮かべながら歩み寄った永椿が、歌那の頬を伝う大粒の泪《なみだ》を指で拭いながら優しく告げる。

「俺とお前はもう一蓮托生《いちれんたくしょう》なんだよ。……力なんて、言われなくても貸してやる」

歌那は永椿の手にそっと触れた。

(温かい)

心に明りが灯って、温かさが身体に拡がっていくのを感じた。

口が悪いのに本当はとびきり優しい、不器用な永椿。

歌那の日常とはかけ離れた世界に住まう存在との道は、本来であれば決して交わらぬものだった。

けれどあの日、出会ってしまった。歌那の心に、切ない程に幸せな心をくれた、このあやかしに――

その心を自覚した途端、鼓動が走り出す。

今、歌那と永椿は繋がった存在であるというが、この胸の鼓動も伝わっているのだろうか。

だとしたら、些か恥ずかしい。頬がどんどん熱を帯びてきたのを感じるし、視線が泳いでしまう。

でも、歌那は勇気を振り絞って口を開いた。伝えたい、そう思ったから。

「あのね……その、永椿に言いたい事があるんだけど……」

「待て、言うな」

深々と瞳を伏せた永椿に重々しく制され、歌那が思わず瞳を見張る。

怖々と見上げる黒い瞳と交錯したのは、優しいけれど真剣な光を宿す眼差しだった。

「俺に先に言わせろ。……男として立場なくなるだろ」

「でも……」

「いいから、俺が先」

有無を言わせぬ声音で言う永椿に、思わず唇を尖らせてしまう。

(そりゃ、女からはしたないかもしれないけど……)

横暴、と小さく呟く歌那を永椿はその腕の中に収めてしまう。

逞しい腕に抱きしめられ、頬の熱は増すばかり。耳まで紅くなっている気がする。

鼓動が全身を巡り、駆けている。温かくて、熱くて、泣きたいほどに、しあわせだ。

永椿の真摯な声が、歌那の耳をくすぐる。歌那を抱きしめたまま、耳元に唇を寄せた永椿が一言一言、噛みしめるように紡いだ。

「……お前が好きだ。……俺は、お前に惚れてる」

「……あたしも、好き、です」

知る前には戻れない、戻りたくない、その心は恋と呼ぶのだと。

気づかない振りをしていた、知らぬ振りをしていた。でも、もうそれは出来ない。

想いが通じる事の喜びを、触れる温かさの幸せを知ってしまった今では、もう。

触れる胸から感じるもう一つの鼓動が、堪らなく愛しい。髪を撫ぜてくれる手が切ないほどに優しい。

それ以上の言葉は必要ない。触れて伝わる熱が、全てを伝えてくれるから。

ふと、歌那は顔を上げた。永椿の瞳と眼差しがぶつかる。その瞳は、今は黒を纏《まと》っているけれど、歌那の瞳には、元の美しい琥珀に映る。

あたしより綺麗なんだよなあと内心では苦笑するけれど、歌那はその金の輝きの一対が好きだった。

魅了されていたのかもしれない、運命の岐路となったあの夜に。

(悔しいからそれは言ってやらないけど)

歌那は静かに瞳を伏せた。そうするのだと、思ったから。

空は蒼を茜に染めつつある刻。寄り添い重なる影二つ。琥珀に宿る光は灯火《ともしび》となって、歌那の心が行く先を照らし後押ししてくれる。

(だから、もう大丈夫)

歩んでいける、戦える……。このあやかしと共にあるならば、きっと……

——唇に触れた初めての感触は、とてもとても、優しかった。

気づけば、辺りは少し闇の黒を帯びていた。

藤霞に日没までに帰れと言われた事を思い出して、歌那は焦る。

急がなければと思ったその時、目の前に手が差し出された。まるで手を引いてやる、とでもいうように。

何とはなしに気まずいのと、男女が手を繋いで歩くなんて、と戸惑っていると、永椿は少し強引に歌那の手を引いて歩き出す。

横暴、と小さく裡《うち》に呻いてみるけれど、それは当然ながら本心ではない。

辺りの視界は少しずつ悪くなっていたが、永椿は的確に障害物をよけて道を進んでいく。歌那を気遣いながら歩幅を合わせて、彼女が決して足を取られる事のないように道を選んでくれる。

正直、引かれている手も熱いし、頬も熱い。どうしても意識してしまうし、それはもう仕方ないと思う。

もう少しで若月屋が見えてくるだろうという場所に差し掛かった時。

不意に瓦礫の陰から一つの影が転がり出てきて、歌那は思わず叫び声を上げかけた。

しかし、相手が女であり、なおかつ怪我をしているようだと認識した瞬間、永椿が止めるより先に相手へと駆け寄った。

怪我の状態を確かめながら声をかけていた歌那だったが、女の顔を見て思わず動きを止める。

「貴方《あなた》……確か、高嶺男爵のところの女中さんの……幸村さん！」

「見城先生のところの、看護婦さん！」

そう、女は高嶺男爵邸にて美夜付きの女中をしていた幸村だった。

高嶺邸にいたはずの人間がここにいる事に疑問を抱きつつ、抱え起こそうとした歌那に、女は恐怖に染まった表情で手を伸ばす。そして歌那に縋りつき、ガタガタと震えながら必死に言葉を絞り出した。

「お、奥様が、奥様が、大変なの……！」

歌那の表情が凍り付く。安否を案じていた妹の名を思わぬ形で聞いて、咄嗟に返す言葉も出てこない。

美夜は、一体どうしたと。

何とかそれを問おうとした時、歌那に縋りついていた手から、不意に力が抜ける。

慌てて確かめると、息はある。どうやら気を失ったようだ。

蒼褪《あおざ》めたまま沈黙する歌那の肩に手をやりながら、永椿が低く告げる。

「若月屋に運ぶぞ」

女を抱え上げる永椿に向けて、歌那は黙したまま一つ頷いてみせた。

第十章　戦いへと至る刻

若月屋に戻った頃には日没を少し過ぎていた。

藤霞は二人の姿を見ると咎めるように口を開きかけたものの、永椿が抱える幸村の存在に気づき絶句した。

しかし、すぐに怪我人を手当てする段取りを整える。歌那も手当てを手伝わせてもらい、一通り終わった頃、幸村は意識を一度取り戻した。

あちこちに包帯を巻いた痛々しい姿の幸村は、歌那の姿を認めると必死に起き上がろうと藻掻いた。

「奥様が……！　奥様が……！」

幸村の口から『奥様』の言葉が出た瞬間、歌那は身を強張らせた。

彼女が言う奥様とは、高嶺家の女主人である美夜、歌那の異母妹《いもうと》である少女の事以外にないからである。

あの日以来顔を合わせてはいない。だからこそ、今凶事の只中にある高嶺邸にあったはずの美夜がどうしているのかを知る術はなかった。

歌那の掌《てのひら》を握る手に痛い程の力が籠る。幸村は目に見えて蒼褪《あおざ》めながら必死に続けた。

「奥様のお腹が、見る見る間に……り、臨月みたいに膨らんで……！」

語られる異様な出来事に、聞いていた者達から顔色というものが失せていく。

乾いた沈黙がその場に満ちる中、悲痛なまでの女の言葉は続く。

「そうしたら、真っ赤な蔓が奥様から伸びてきて……私、無我夢中で逃げて……」

何も考えられず、ただただ襲いくる蔦から命からがら逃げている時に地震が起こり、気がついたら屋敷の外に倒れていたのだという。どれくらい気を失っていたのかわからず、ふらつきながら当てもなく歩いて、歌那達と出会ったあの場所に辿り着いたらしい。

力を振り絞るようにして語った幸村は、緊張の糸が切れたとでもいうかのように気を失った。その身体を横たえ布団をかけてやる歌那の手は、僅かに震えている。

「血花の核の行き先がどうやら知れたみたいだな……」

藤霞が忌々しげに舌打ちする。

窺い知れた敵の狙い。

臨月のように膨らんだ美夜の腹、そこから生まれたであろう何か。聞こえたのはあのおぞましい産声だった。

指輪である女は、歌那の血から血花の種を造り上げては患者であった女達に植え付けていた。

血花鬼という化け物を生み出すために。そしてその核を回収するために。

化け物の核を集めに集め、一つにして。より大きな化け物を、生み出すために。

そのために利用されたのが。一つに集めるための器に……『母』にされたのが……

「美夜……！」

かたかたと震えながら、歌那は視線を合わせる事が出来ずに別れてしまった妹の名を紡ぐ。そんな歌那の肩を無言のまま抱く永椿に、我知らずのうちにその胸に顔を寄せる。

ナサニエルはそんな彼女を黙って見つめていた。

夜更けて、歌那は奥庭にて言葉なく闇の空を見上げていた。

一度布団に入った……否、入らされたのだが当然寝付けるはずもない。

幸村は一度意識を失った後は昏睡状態に陥ってしまい、藤霞達はその枕辺に座し、何やら難しい顔で話し込んでいる。

そんな中、永椿は歌那を布団に押し込むと「いいからお前は寝ろ」と言った後、戻っていった。

しかし、眠れずにこうして起き出してきてしまった。あんな事を聞いて、どうして寝ていられるというのか。

美夜が、血花の核を一つにするための贄となった。その手段となったのは……

「……あたしが、運んでいた薬……」

見城が言っていた。大事な薬だと、とても扱いが難しく特別な薬だと。だから、必ず飲んだのを確認してくるようにと……

この手であの稚い優しい少女を、化け物の器に作り替える手助けをしてしまったのだ。

唇を噛みしめながら握りしめた手に力が籠る。けれど不意に女の声が聞こえ、歌那は思わず目を見張る。

『そう、貴方《あなた》に運んでもらっていたあの薬』

弾かれたように振り返った先には、意識を失い臥せっていたはずの幸村がいた。

女の全身は紅い蔦と花に覆われていた。歌那に向けられた眼差しは赫に染まっている。

何やら慌ただしい気配を建物の中から感じる。恐らく臥せていたはずの幸村が消えたのを目の当たりにした者達が部屋から出てきたのだろう。永椿が歌那の名を怒鳴るように呼んでいるのも聞こえてくる。

歌那は固まったようにその場に立ち尽くし、幸村を凝視していた。

幸村は助かったのではない。彼女は選ばれたのだ。異国の付喪神の言伝を伝える者として、その傀儡《かいらい》として。

その証拠に、目の前の女が発する声はとても聞き覚えのある声である。驚愕と歓喜が『幸村だった女』の赤に輝く双眸《そうぼう》に宿っている。歪んだ笑みを浮かべる口元に、何故だか既視感を覚えた。

『驚いたわ。また貴方《あなた》の声を聞く事が出来るなんて』

「……先生……」

もうその呼び方は相応《ふさわ》しくない。けれども、歌那は気がつけばそう呟いていた。

驚いたのだろう、殺したと思っていた相手が生きていて。

それはこちらとて同じ事、このような形で相対するとは思っていなかった。

「歌那っ！」

「カナ！　無事ですか⁉」

先を争うようにその場に駆け込んできたのは永椿とナサニエルだった。藤霞達がそれに慌ただしく続く。そして、指輪の意の傀儡《かいらい》と化した女へと一同の険しい眼差しが集まる。

その眼差しを微塵も意に介さず、女は優雅に一礼してみせた。

『ご機嫌よう、七煌の皆さん』

「何となくそんな気はしていたよ。……そうじゃないなら、状況的に助かったのが不自然だ」

藤霞が舌打ちしながら言うのを聞いて、女は実に楽しげな笑みを見せる。

生者を望む事がただでさえ難しい状況の中、凶事の根源にありながら只人の身で逃げおおせられるとは思えない。

それならば何故、女は現れたのか。

その身が何らかの意を以て利用されているのだろうと、いう彼らの予想は、当たっていた。

大きく肩を竦める女。その仕草は、歌那が見城の名で知っていた者の姿を彷彿とさせる。女は首を傾げると、問いかけるような声音で告げる。

『そろそろ会いに来てくれてもいいのではなくて？　私を殺せる手段も見つかった事でしょうし』

揶揄《やゆ》するようなその声音には、何故か絶対的な優位を確信して疑わない響きがあった。

藤霞達の瞳に、僅かな焦燥が宿る。

……蒼の一対と銀の一対は、静かに交錯した。

愉《たの》しげに、女は語り続ける。

『もう少しで月が満ちる。満月の下で遊びましょう？　待っているわ』

遊び、そう遊びなのだ、この女にとっては。今までの事も、これからの事すらも、全て。

命を使った招待状に込められた無邪気なまでの悪意を感じ、噛みしめていた唇を開き、思わず歌那は叫んでいた。

「黙ってよ……！」

聞きたくなかった、それ以上はもう。

沸々と腹の底から滾《たぎ》るような怒りを感じる。許せない、心からそう思った。

同時に、灼けるように胸と目の端が熱くなる。

許せない、ゆるせない、でも……かなしい？

『……どう、いう、事……っ？』

しかし、歌那の叫びは思わぬ効果を引き起こした。

雑音が生じるように、女の声が揺らいだのだ。まるで声が出せないとでもいうように、幸村は喉元を両手で押さえる。その様子は明らかに動揺していた。

驚きで弾かれたように女を見つめる皆を他所《よそ》に、歌那は叫び続けている。

「会いに来いって言うなら行ってやるから！　もう話さないで！　黙って！」

『っ……⁉』

挑発してくるなら乗ってやると、歌那が燃える瞳で見据えて告げた瞬間だった。がくり、と幸村が糸の切れた人形のようにその場に崩れ落ちた。そのまま、身じろぎすらしなくなる。白菊が近づき、その様子を確かめ、静かに首を左右に振る。

その場に、何とも言えぬ沈黙が満ちる。

「歌那……お前、何したんだ……？」

「わかんない……」

漸《ようや》く声を発したのは永椿だった。歌那へと問うけれど、当の本人とて何が起こったのか理解出来ていない。

恐怖を瞳に宿す歌那を見つめながら、藤霞は嘆息交じりに呟く。

「まるで嬢ちゃんが言った事を聞いたみたいだな……」

（そういえば……）

藤霞の言葉を聞いて、歌那は思わずといった風に瞳を瞬く。

同じような事があった気がした。そう、以前血花鬼に襲われた時に……あの時も、叫んだのだ。『動かないで』と。

まさか、と思いながら歌那はやや茫然と呟く。

「前……動かないで、って言ったら本当に動かなくなった事が……」

僅かな時間であったけれど、確かに血花鬼は動かなくなった。歌那の言った事を聞いたかのように。歌那の言葉に、縛られたかのように。

けれど、その理由は謎のままだ。わからぬ事はやはり恐れを呼ぶ。

その時、何かに気づいたような白菊の言葉が聞こえた。

「ミナモト……歌那さんが自分という存在にとって『ハハ』だから……って事じゃない……？」

弾かれたように皆が顔を上げる。そうして、得心がいったとでもいうように藤霞が口を開いた。

「嬢ちゃんの血が、血花に使われているなら、血花にとっちゃ嬢ちゃんは確かに『源』であるし『母』だよな」

「母は、生ける存在にとってその魂の『縛』だもの」

あやかし達が何を言おうとしているのかわからない歌那は、きょろきょろと皆を見回す。

ちゃんと説明してやる、と頭を撫でる永椿にとりあえずは黙る。

わからないといえば、もう一つ……

「何で、あんなに自分が絶対的に有利だって思っているのかな……」

「……奴を破壊出来る手段が、もう失われているからだ」

歌那が不思議そうに呟けば、永椿は苦々しげに言う。

どういう事かと目を瞬いた歌那へと、次に口を開いたのはナサニエルだった。

「それについては私が説明致しましょう。私がこの国に招かれた理由に関わる事ですから」

不安と疑問を隠しきれない歌那の視線を受け止めて、ナサニエルは僅かに目を伏せながら続けた。

「あの指輪を始めとする呪われた装身具は、元は六つ。伯爵家に伝わっていたそれらは、フィオリトゥーラのパリュールと呼ばれていました。……一族の名と共に奴らが語られるのは大変不本意ではありますが」

溜息をつきながら渋面で呟くナサニエル。

あれ程一族や故郷を愛している人物が、呪いの由来として名を語られて面白いはずがない。温和な青年が珍しく滲ませる苛立ちに、無理もないと歌那は思った。

「装身具達はそれぞれに残忍な性質を持ち、数々の災いを齎《もたら》しました。それに抗い戦いを決意した人こそ我らが祖・ロザリンドという女性です」

歌那は思い出す。ナサニエルと出かけた日、帰り道での会話の中にあった名前だ。

ナサニエルによると、祖といっても直接の祖先というわけではないらしい。生涯独身であったその女性の従弟から繋がる血筋が、今日のフィオリトゥーラ家であるという。

「ロザリンドは呪われた装身具を追い続けました。そんな彼女の愛銃であったのがゾーイです。そして六つのうち五つまでを破壊する事が出来ました。しかし……一番狡猾であったと言われる指輪にだけは、すんでのところで逃げられてしまったのです」

ナサニエルは一度言葉を切ると、蒼い瞳を僅かに伏せながら続けた。

「……そして、その時に唯一の切り札であった弾丸も失われてしまいました」

切り札、弾丸──

それらの言葉に、歌那の顔には困惑と共に疑問が浮かんでいる。それを察したゾーイが、俯きながら口を開いた。

「呪われた装身具の本体を破壊する事が叶うのは、そのために作り出された六発の特別な弾丸のみなのです……」

ロザリンドは逃げようとした指輪を撃った。けれどそれは掠めたものの本体を捕えるには至らず。銃弾は消失し、呪いの最後の一つは逃げおおせてしまった。そして、その失われた銃弾以外に、呪いの装身具の本体を破壊出来る手段は存在しない。

語られた事実を理解していくにつれ、歌那の顔が蒼褪《あおざ》めていく。

「それじゃあ、倒せない、って事じゃ……」

「破壊出来ないなら、最後の手としては厳重に封印して、俺らの本拠地である神宮の奥深くに封じるしかない。霊域の深奥なら、生半可な事では封印が綻びる事はないはずだ……」

　藤霞の声音もかなり苦々しいものだった。唯一の希望が失われている状態を楽観視など出来ようはずもない。代替手段はあれども、それは根本的な解決には至らない事を、聡い彼が気づかぬわけがない。

　藤霞は一度深い溜息をつくと歌那へと向き直る。

「……そのためには、嬢ちゃんの力が必要だ。ただ、今のままでは足りない。明日から満月までの間、少しばかりしごかれてもらうぜ？」

「は、はい……？」

　藤霞の言葉を受けて、白菊が何かを察したように頷いた。そして微笑む。

　その微笑みに何か恐ろしいものを感じて、歌那は思わず引き攣った笑顔を見せながら永椿の服を握りしめてしまう。

　藤霞と白菊は死した女の亡骸を弔う手筈を整えにその場から立ち去り、歌那達も母屋へ戻るべく歩き出す。

「……大丈夫ですよ、カナ」

　歩く永椿の背を追っていると、ナサニエルの囁くような呟きが耳に届いた。視線をそちらに向ければ、微笑む異国の主従の姿がある。

「箱の底には、希望が隠されているものなのです」

それが何を示しているのか。彼らが何を言いたいのか。

歌那にはわからなかったが、何故かその言葉は歌那の心の裡《うち》に小さな灯りとなって残ったのだった。


翌日から、歌那は白菊に教えを請う事となった。藤霞の指示である。

白菊は嫋《たお》やかな物腰に似合わぬ厳しい教師であり、朗らかな笑顔で紡がれる無茶ぶりと思える指導に、歌那は蒼褪《あおざ》める事暫しであった。

そもそもただの人であった歌那には全く未知の領域の教示であり、無茶にも程があるとは藤霞も認めていた。

けれど、歌那は必死だった。それが必要なら、と必死に食らいついていった。

とは言っても、身体は正直である。如何《いか》に人ならざる身と化したとしても慣れぬ事を詰め込まれれば疲れる。一休みを言い渡された歌那は、縁側で伸びるように寝転んでしまっていた。

ふと、人の気配を感じて顔を上げる。

ナサニエルだった。

嫁入り前の娘が何という姿を見られてしまったのかと、慌てて起き上がるが既に遅い。

「そんなカナも可愛いですよ」と言ってくれるその心は有難いが、出来れば見なかった事にしてほしい。穴があったら入りたい。

そんな心境で身を縮めていた歌那だったが、次の瞬間、静かに耳を打った言葉に思わず黒の双眸《そうぼう》を見張ってしまう。

「……カナの心は決まったのですね」

歌那の鼓動は跳ねた。何の事を言っているのかわからぬ程、歌那は愚かではない。

咄嗟にナサニエルへと眼差しを向ける。見つめ返す蒼い瞳は、何時ものように優しくあったけれど。

——少しだけ、寂しげでもあった。

「ナサニエルさん、ごめんなさい。あたし……」

言葉に詰まる歌那を、彼は手で優しく制した。

歌那は永椿を選んだ。あのあやかしを好いている自分を自覚して、その手を取った。

それは同時に、好意を向けてくれている彼を選ばない選択肢でもある。

ナサニエルの事は嫌いではない、むしろ好きだ。でも、その『好き』は、歌那が永椿に対して抱く『好き』とは別物なのだ。

ナサニエルに、何か言おうとしても言葉が出てこない。何を言っても、彼を傷つけてしまうのではないかと思ってしまう。

真っすぐな蒼い眼差しを受けながら、歌那は続く言葉が出てこない——

唇を噛みしめて俯いてしまった歌那を見て、金色の髪の青年は苦笑する。

今にも涙を流しそうで、言葉を飾る事が出来ない彼女は本当に嘘がつけない誠実な人だと。裏表がない、朗らかで真っすぐな女性。だからこそ出会ってから想いは募っていった。

けれど、その心は自分に向いてはくれなかった。

彼女が一人の男として意識するのは、自分ではない、あの紅いあやかしの青年なのだ。

その事実に胸は痛むけれど、ナサニエルは微笑を浮かべた。

「いいのです。もしカナが私に恋をしていないのに、申し訳ないからといい顔をしたら、その方が落胆したでしょうから」

心は自分にないというのに、義理で、或いは情けで笑顔を向けられたとて、ナサニエルの心が満たされるはずがない。むしろより傷は深く癒えなくなっていくだけ。

歌那が誠実であるからこそ、今彼は微笑っていられるのだから。

「我ながら思いました。……他の男性を想って笑うカナを綺麗だと思うのは、なかなか厄介だと」

お日様のように笑う彼女の隣には、何時も永椿がいた。顔を紅くして喧嘩腰で話しながらも、何時も歌那は楽しそうだった。ナサニエルが一番美しいと思った歌那の笑顔は、永椿に向けられたものだった……。

言葉ほど思い切れてなどいない、未練を今すぐ断ち切るには彼女を想い過ぎている。でも、彼女を笑顔にするために今何を言うべきか。歌那を、彼が最も愛した笑顔にするために告げるべき言葉なら、彼は知っている。

美しい異国の青年は、茶目っ気を含んだ蒼い瞳を片方閉じて告げた。片手を胸にあて、美しい所作で頭を垂れてみせながら。

「永椿に泣かされたらすぐに知らせてください。その時は迎えに来ます」

冗談を装い紡がれた優しい言の葉に、歌那は一瞬だけ泣き出しそうな顔を見せた。けれど、それを我慢しながら見せてくれたのは、ナサニエルが愛した笑顔だった。

一度深々と頭を下げて、歌那は軽い足音をさせながら走り去っていく。去り際に、ありがとうと聞こえたのは多分気のせいではない。

歌那が立ち去ったのを見届けた後、曲がり角の向こうから姿を現したのは永椿である。口元に笑みを浮かべるナサニエルの眼差しが見つめるその先で、深い溜息と共に歩みを進めてくる。

「おや永椿、奇遇ですね」

「……嘘つけ。俺がいるの知ってただろ」

この青年が自分の気配に気づかないはずがないと、永椿は苦い顔をしている。

確かにナサニエルは想いが通じ合った女性が、彼女に好意を抱く他の男性と話している様子をやきもきしながら窺っているあやかしに気づいていた。

気づいていたが知らぬ顔をした。何しろこの青年は彼女をその腕に抱けるのだから。

ささやかな意趣返しぐらい可愛いものではないか。

ナサニエルはにこやかな笑みを浮かべたまま、永椿の横を通り過ぎようとした。

永椿に並んだ瞬間、囁くように告げる。

「私は本気ですよ？　貴方《あなた》がカナを哀しみに泣かせたら、すぐに貴方《あなた》から奪いに来ます」

穏やかな声音で紡がれた言葉、しかしナサニエルの青玉に宿る光は真剣そのもの。

それを感じ取った永椿の口元に浮かんだのは、不敵な笑み。

「安心しろ。……そんな日は来ねえよ」

すれ違う二人の男。一人は彼女の元へ、一人は彼女とは反対の方へ。

それでも、二人の口元には同じような笑みが刻まれていた。

第十一章　終焉は月下に響き

皓々《こうこう》と輝く満月の下に、月明りを導《しるべ》に駆ける者達があった。

歌那はあやかし達と異国の主従と共に、瓦礫の散乱する道を迷いなく駆ける。人であればついていけない道選びかつ速さであるが、歌那が遅れる事はない。

あやかし達が先導してくれるのもあるが、歌那自身もまたどう足を進めればよいのかと感じ取っている。人ならざる身になった故の事かと思いながら、遅れないように続く。

そこかしこに夜の闇と静寂、散乱した瓦礫が作り出した暗い蟠《わだかま》りが満ちている。

まるで何かが潜んでいて、気を抜いたらそこから伸びた手に引きずり込まれそうな恐怖や危うさ。あちらにもこちらにも得体の知れない悪いものが集まっているような気がして、歌那は唇を引き結んでそこから視線を逸らして走り続けた。

やがて、目指していた場所へと辿り着く。

高嶺邸があった場所には、瓦礫の山が散乱していた。一般の建物より遥かに頑丈に作られていたはずのお屋敷は影も形もない。まるで、ここが震源地であるかのような激しい損害が生じている。

生存者を望む事すら叶わないような場所に佇む影があった。

月の光を弾く緩やかに波打つ金色の長い髪。緩やかな笑みの浮かぶ唇の紅に負けぬ鮮やかな赫の瞳。

この世のものとは思えぬ美貌の女は歩み寄る気配に気づくと、衣擦れの音すらさせぬ程軽やかに黒いドレスの裾を揺らし、来訪者に視線を向けた。

見た目は全くかつてのものと違っているのに、闊達に笑う黒髪の女の面影が目の前を過ぎ、金の髪の女に重なった。

目の前のこの女は間違いなくあの人なのだと、握りしめた手に力が籠る。

軽やかでいて艶めいた女の声が耳を掠める。

「いらっしゃい、歌那ちゃん。また会えるなんて思ってなかったわ」

「……先生……」

指輪とは呼べなかった。事実を知ったからといって、容易《たやす》く切り替えられる程に歌那は器用ではない。過ごした時間も歌那にとっては軽いものではない。

そんな歌那の内心を見透かしたように、女の紅玉には愉快そうな光が宿っている。

そして、歌那と永椿を見比べた後、「ああ」と楽しげな笑い声を上げた。

「成程……月城君が生かしてくれたのね」

どうやら歌那と永椿の命が繋がっている事は見て取れたようだ。向けられる刃のような琥珀の眼差しを気にする様子もなく、女は紅の眼差しを異国の青年へと滑らせる。

「貴方《あなた》達は……英国から協力者を呼んだというわけね」

今姿があるのはナサニエル一人だが、どうやら銃に宿る従者の気配も感じ取ったようだ。

「貴方《あなた》にこれ以上フィオリトゥーラの名を汚されるわけにはいきませんからね。……ロザリンドの名において」

「ロザリンド……懐かしい名前を聞いたわ。私だって、名乗りたくて名乗っているわけではなくてよ」

ナサニエルは、平素からは考えられぬほど凍てついた怜悧な眼差しで女を見据える。一族の仇敵を直接目にして、その手の銃が月明りを弾きながら重々しく震えた。

「多勢に無勢ねえ」

女は言葉程困ったとは感じていないのが察せられる。

次に視線が向った先は、藤霞と白菊のもと。二人に目を留め、溜息に肩を竦める。

「月城君は何となく疑っていたけど……貴方《あなた》がたは若月屋の若旦那とその姉とやら、かしら。紅子さんったらちゃんと報告してくれないと駄目じゃない」

「存じていてくれてありがとうと言うべきか」

皮肉を口にしてみせる藤の男の後方で、歌那が目を見張る。

歌那の愛した日常において近しい存在であった女性の名前が聞こえたからだ。気がつけば思わず問いを口にしてしまっていた。

「紅子さんは……」

「わからないわ。……何処かへ行ってしまったみたい。別れの挨拶もなしに酷いわよねえ」

腹心とも言える立ち位置にあった存在が何の連絡もなしに消えた事を、女はさして気にした風もない。元々利害の一致による希薄な関係であったと女は肩を竦めて語る。

「あのまま消えたってわけか……」と藤霞が呟いた。

女は藤霞へと視線を留めたまま、愉《たの》しそうに笑みを零《こぼ》して言う。

「歌那ちゃんが出入りするようになっていたから、もしかしてとは思っていたけど。歌那ちゃんを利用するために呼び込んだのね」

「痛い事言ってくれるじゃねえか」

目的はどうあれ利用していた事は事実であるから、藤霞にとっては痛い指摘に違いない。優面に苦い表情を浮かべて微《かす》かに呻くように言う男の耳に、悲痛な叫びが飛び込んでくる。

「利用していたのは、貴方《あなた》だって……っ！」

歌那だった。握りしめた手は震えていた。

その手を永椿が支えている。愛しい男の支えを得て、鳶《とび》色の髪の娘は声を張り上げた。声は哀しみに掠れてしまっている。

何処からが計画の内だったのだろう。自分は何時から騙されていたのだろう。始まりのあの日すら、仕組まれたものだったのだろうか。

心から、尊敬していたのに。頼りにしていたのに。

――信じていたのに、あの雨の日に差し出された手を。

女は歌那を見つめている。

その紅い瞳に宿る光は、些か複雑なもの。困ったように見えるその光は、時折黒髪の女医が浮かべる事があったのを歌那は覚えている。

もしかしたら、何か思うところがあったのかもしれない。

利用されているなど疑う事すらなく無邪気に一途に信じ続ける歌那を、馬鹿な娘と笑っていたのだろうか。それとも――

艶麗な女が浮かべる微笑からは、何も読み取れない。

歌那を支える永椿の手に、そっと力が加わる。その温かさに若干の冷静さを取り戻した歌那は、低い声で問いを口にする。

「美夜は……それに、高嶺男爵は……？」

「美夜ちゃん？　ああ、死んだわよ？　これを産んでね」

高嶺については、「そういえばどうしたのかしらね」とまるで他人事。仮にも一時手を組んだ相手を、取るに足らない些事のように言い放つ。

これと示した女の手には、人の頭ほどもある紅い珠が浮かんでいた。

それは禍々《まがまが》しく脈打ちながら明滅し、震えながら宙へと紅色の蔓を伸ばしている。

説明されずとてわかる、あれはよくないものだと。思わず息を呑む程に禍々《まがまが》しく、背筋が寒くなる程に強大な力を秘めていると。

ただし、まだ目覚めてはいない。自我は感じない。

例えるなら生まれたばかりの赤子。芽吹いたばかりの種子。

しかし、大いなる脅威が生まれる予感を感じさせる、禍《まが》つもの。

目にしたものに、聞いた事実に、歌那は茫然とした声音で呟いていた。

「美夜が……死んだ？」

「流石《さすが》に元は普通の人間の女の子ですもの。耐えきれなかったみたいね。……最後に、貴方《あなた》の事を呼んで、消えたわ。補強はしたけれど元々が弱かったもの」

女の言葉に、歌那は目を見張る。

そうではないかと、思いはした。妹の命があるのを望むのは難しいかもしれないと。

それでも、儚い希望であっても、もう一度美夜が語りかけてくれるという望みを抱いていたかった。恨み事をぶつけられてもいいから、生きていてくれればと。

あの日、美夜に呼ばれた気がしたのは気のせいではなかったのだ……

補強、と女は言った。確かに、美夜は目に見えて元気になっていった。それを共に無邪気に喜んだ日々が、もはや遠い彼方に感じられる。

「あの薬。あれはね？　血花の核を加工したものだったの」

歌那の血を素《もと》に作られた血花の種は、人の中で根を張りその血を吸い尽くし芽吹き、紅の凝った珠をつけた。それを女は美夜に薬と偽って与え続けた。

全ては、美夜をあの禍《まが》々《まが》しいものを産み出す『母』とするために。

予想していたとはいえ、その内容に唇を引き結び険しい顔となる一同。対して、女は自分の功績を語るように得意そうですらある。

「美夜ちゃんを血花の集合体の……新しい大凶異の母胎にするために、頑張って加工したの」

美夜は贄として選ばれ、高嶺の元へ嫁いだ――あの父の娘であったがために。そして何も知らぬまま、諦めかけた願いを再び抱けるようになったのだと思いながら、禍《まが》つものの母となり逝った。

それをなしたのは。美夜に悪しきものの源を運び続けたのは、飲ませ続けたのは……

「それを、歌那ちゃんが美夜ちゃんに飲ませ続けて、これが生まれるに至ったたってわけ」

「貴方《あなた》が……薬だって……。美夜を治す薬だって……っ！」

「薬にはなったでしょう？　一時とはいえ元気に動けるようになったわけだもの、全くの嘘ではないわ」

「……っ！」

糾弾した歌那に返ってきたのは、欠片も悪びれたところのない言葉だった。

悔恨、怒り、哀しみ……あまりに数多《あまた》の感情が犇《ひし》めき合い、歌那は息を呑む。

沈黙が満ちかけたのを制したのは、あまりにも落ち着いた女性の静かな声音である。

「……貴方《あなた》は、何の理由で新たな大凶異を生み出したのかしら？」

白菊は抱いた疑問を慎重に口にしているようだった。

指輪は愉快犯めいたところがある様子だが、理由なくただ混乱を生みたいだけというなら、あまりに大がかりである上に不確定要素が強すぎる。

生じたものが女の意に沿うとは限らず、手間に見合うものが返る確証もない。それに誕生したそれを味方としたいのであれば、些か違和感がある。

生まれはしたが、はっきりとした自我も思考も何もない。女の助けとなって戦う事など出来はしまい。育つまで待つならば、今この場に自分達を招じるなどしないはず。

黄玉の一対が、何時になく厳しい色を帯びて金色と紅の女を見据えている。

その眼差しを真っ向から怯む事なく受け止めた女の唇が、緩やかに弧を描いた。

「七煌に数人がかりで来られたら私も苦戦しちゃう。強くならないと大変だと思ったの」

その答えを聞いた瞬間、白菊の手からは双つの光の円が飛んでいた。狙いは蔓を伸ばす異形の塊を浮かべて持っていた、女の白い繊手《せんしゅ》である。

されど、その動きは僅かに遅かった。飛来する光の円は瞬きの差で白き腕を掠めて空を切り、女の姿は宙空へと逃れていた。

女の意図に気づいたあやかし達が攻撃を繰り出そうとする、その刹那。

女は艶麗な笑みを浮かべたまま、己の胸にそれを持っていき。

——ずぶり。

不快な音を立てて、触手を持つ紅い珠が女の身体に吸い込まれていく。

そこへ風が吹いた。続けて繰り出された打撃を、刃を、銃弾を、全てを弾く程に強く、その場にあるものをなぎ倒さんとするかのような風が吹き荒れ始める。

歌那も僅かに足元が不安定になり身体が揺らいだが、永椿の腕が支え押しとどめる。

渦巻く暴風の中央、さながら台風の目とも言える場所に女はいた。

口元に凄絶なまでに美しい笑みを刻みながら、女は変じ続けていた。金色の髪の女から生じた巨大な植物の根が、枝が、蔓が、その場に拡がっていく。女の身体を幹として、その場に大樹が生じ行くように。

金の髪のそこかしこに、さながら髪飾りを思わせる赫の華が咲き誇る。

不意に、その胸に一際大きな花の蕾が生じて綻ぶ。血花鬼であれば核である紅い珠が座しているはずの場所には、輝きを帯びる薔薇《ばら》の意匠の赤い指輪があった。

紅き珠を飲み込み生じたのは、血のように紅い華の化身とも言える身の毛がよだつほどに美しい存在。

「さてと」

新たに生じた大凶異を飲み込み、更なる禍《まが》つものと化した異国の付喪神は、愉《たの》しげな微笑みを浮かべている。そして無邪気なまでに朗らかに、首を傾げながらあどけない幼子のように誘いかける。

「それじゃあ、遊びましょう？」

楽しげに笑う女を中心とする赤い華の蔓と根は、その場にいる者達を絡めとらんとするように縦横無尽に走った。

それぞれが執拗に襲いくるそれを避け続け、皆が離れた場所に立った時、女から伸びた枝は絡み合いながら伸びて、天を覆い尽くす程の壁となる。

そして気がついた時には、藤霞と白菊の姿が消えてしまっていた。

事態を理解して茫然とする歌那の鼻先を紅い軌跡が掠める。

地を穿つ程の衝撃は、片腕で歌那の腰を支えて永椿がその場から飛んだ直後に、彼女が立っていた場所を襲った。

惚けている暇はない。体勢を立て直して飛び退れば、次の衝撃がそこを襲い土煙が上がる。

だが、俊敏な動きをしているのは片手で歌那を抱えながら攻撃を続ける永椿だ。現在、歌那は守られているだけ。

わかっていたとはいえ、あまりにも歯がゆく情けない。

しかし、ここで意地を張って自分で逃げるとも言えなかった。永椿の琥珀の瞳に余裕が見られないからだ。

あやかしとしては規格外とされる者であっても、大凶異一体分を取り込んで脅威を増した相手は強大だという事。人ならざる身となったというなら、それらしい力も備わってくれればよかったのにと内心苦く思う。

冷たいものが背筋を伝う歌那の耳に、軽やかな笑い声が聞こえてくる。

「逃げないで遊びましょう？　歌那ちゃん」

指輪は歌那を執拗に狙っていた。それは歌那を源として求め続けた血花の集合体を取り込んだ故か、元からの女の執念故か。

逃げる小動物を追う肉食獣のような獰猛《どうもう》な輝きを瞳に宿して、女は巨大な根と蔓を歌那へと向ける。それらを永椿が光の苦無《くない》を以て切り払えば、ナサニエルが光の銃弾を連射して幾つかの蔓を粉砕する。

けれど、伸ばされる蔓も根もすぐさま新しいものが生じる。

女の背からは数多《あまた》の枝や蔓が絡み合いながら天に向って生えている。さながら禍々《まがまが》しい翼のようだ。

歌那達の足を止める程の突風が瞬間的に生じる。

けれど足は止められない、止めれば待つのは続いて襲いくる蔓と根だ。

指輪を源とする枝は、蔓は、根はその場を覆い尽くさんとする程の拡がりを見せている。蔓に咲く血花の紅い薄明かりが暗がりで無数に浮き上がる中、そこかしこに伸びたそれらは、味方の姿すら阻んでしまっている。

半円状に成長した赫の覆いに、藤霞と白菊とは完全に分断された形となってしまっていた。中央に位置するのは大凶異を取り込んだ禍《まが》つ付喪神。

二人の姿が見えなくなった事を心配していると、歌那の肩を支えながら永椿が耳元で囁く。

「あいつらなら大丈夫だ。そう簡単にやられるような奴らじゃない。……信じていろ。恐らく既に行動に出ているだろう」

そう語る永椿の言葉には彼らへの揺るぎない信頼が滲む。

その言葉を聞いて、僅かに歌那の表情は緩むが、何かを思案する様子は消えない。

——迷っているのだ、自分が持つものを使うか否かを。

それを察したらしい永椿が、歌那の耳元で低く呟く。

「俺達が何とかする。……だから使うな」

「うん……」

「そうですよ、カナ。私達を信用してください」

ナサニエルが片目を閉じながら続ければ、歌那は硬い表情で小さく頷く。

歌那が持つもの、それは切り札となる手だ。だからこそ、迂闊《うかつ》に使うわけにはいかない。

歌那の脳裏に、少し前の藤霞の言葉が蘇る。

『いいか嬢ちゃん。切り札を使う機は窺え』

藤霞によれば、血花鬼の発現する元……血花の種は、歌那の血を素として創られている。そのため血花鬼の中には歌那を『源』たる『母』として求める本能が刻まれているらしい。だからこそ、血花鬼達に対して歌那の声は『縛』として作用するのだと。

『嬢ちゃんの言葉は産まれた大凶異に対して縛となって発動するのは違いない。今白菊に特訓させているのはその強化と思ってくれればいい』

笑顔の鬼教師である白菊に、歌那が習っていたのは言霊を強化する術だった。縛としての作用を更に高めるため。確実に相手を捉える呪縛として作用させるために。

彼らは、生み出された新たな禍《まが》つものを指輪たる女がどうするかについてある仮説を立てていた。仮説が当たった場合、最終的な目的を達するために縛の作用が不可欠となる。

藤霞の言葉に続いて、静かな白菊の言葉も脳裏を過《よ》ぎる。

『でも、万能じゃないの。濫用すればそれだけ相手は耐性を得てしまう。使いどころが大事』

生けるものにとって、母は魂の縛。されど絶対には非ず。使いどころを間違えれば、相手に警戒心と耐性を植え付けるだけの結果に終わる。

切り札が、切り札として功を奏さなくなる。

自分はそれしか持ちえない、けれどそれの使いどころを誤るわけにはいかない。機会を正しく掴むしかないのだ……！

再び歌那を抱えて永椿が跳び、うねる枝蔓が縦横無尽にそれを追っては地を穿つ。光の弾丸がそれらを打ち砕けども、光の苦無《くない》がそれらを切り払えども、紅く禍々《まがまが》しい追撃の手は休まる事を知らず、永劫に続くのではないかと思われる程だった。

「素早いわねえ。感心しちゃうわ」

「褒められても嬉しくねえよ」

舌打ちと共に返しながら、永椿は歌那を支えて攻撃をかわし、ナサニエルは援護する。二人の攻撃は次々に向い来る敵の手数を減らしているはずなのに、潰えども潰えども次なる手が現れる。

相手は疲弊している様子すらないのに、こちらは戦力を分断されたまま。

歌那はといえば、永椿の妨げにならぬように大人しくしているばかり。

自分は決して軽くもないのに、それを抱えて指輪の攻撃の手を逃れ続ける永椿に、歌那は思わず問いかけた。

「永椿、大丈夫……？」

「いいから、お前は自分の事だけ考えてろ。お前なんて重い内に入らない」

永椿が繰り出した苦無《くない》は、女の意を受けて動く枝を切り落とし、蔓を断ち切る。

それに続くように銃声が響けば、その後ろに控えていた紅の連鎖が砕け散っていく。

鈍い輝きを放つ銃を構え直してナサニエルは微笑む。その美しい蒼の瞳には、笑みは宿っていないけれど。

「伊達《だて》に呪いの装身具として、幾世代にもわたって追われていませんね」

「貴方《あなた》のその銃も面倒ね。ロザリンドと一緒になくなっていればよかったのに」

銃弾の代わりに不可思議の力を編んだ光の弾丸を射出する、付喪神たる銃。

弾数に限りはなく、連射とて可能とする……ゾーイとナサニエルの精神力の持つ限り。

確実に減りゆくものを感じながらも、愛を捧げた女性の前で無様は出来ませんと、ナサニエルは再び狙い定めて光を撃ち出す。

永椿はその間に苦無《くない》へと意識と力を集中させ、それを地に突き立てた。苦無《くない》を差した場所から大地が隆起して、永椿と女を結ぶ直線上に連続して地割れが起こり、土煙と共に陥没が相手を襲う。

流石《さすが》にそのまま受けるは愚策と思ったのか、指輪は後ろへと跳び退ったものの、その蔓根の一部は陥没に持ち去られた。少しだけ悔しげに舌打ちするが、すぐにまた元のような愉《たの》しげな笑みを取り戻して彼らに向う。

打撃を物ともせず向ってくる相手に悔しげな表情を浮かべていた永椿だったが、ふと、ある箇所へと視線を据えた。それに気づいて歌那も自然とそちらを見る。

ある一角の壁の外に何かが膨れ上がるのを感じたのだ。それは馴染みのある気配の力であり、永椿が「あれは藤霞だ」と呟く。

恐らく藤霞は壁を破ろうとしているのだろう。けれど何故だろう、募る力の何処かに危ういものを感じるのは。蛇が鎌首をもたげようとしているような、この感覚は……

「……大丈夫か、あいつ……」

永椿が眉をひそめて呟いた。しかし、思考したその一瞬が仇となった。

「え……っ⁉」

その場に響いたのは、戸惑いに満ちた歌那の叫び。

途切れる事なく繰り出された攻撃の最中、死角からゆるやかに伸ばされた一本が、永椿の気が逸れた隙に歌那の腕へと絡みつく。

思わぬ感触に、何が起こったのかわからず戸惑いの声を上げる歌那。

歌那の腕を捉えた一本の蔓が勢いよく撓《しな》りその腕を引けば、歌那の身体は容易《たやす》く宙に一度浮き、弧を描いて跳んでいた。

一瞬の間を置いて、歌那はしたたかに身体を地面に打ち付けた。

身体の内にあるものを全部吐き出すかと思う程の衝撃と痛みとが襲ってくる。

転がりながら呻く歌那が、辛うじて身を起こした、その時だった。

金の髪を揺らす女の黒絹の煌めきが視界に映り、衣擦れの音と共に女が目の前に膝をついたのは。

歌那の眼差しが、嬉しそうに笑う女の紅いそれと近くで交差する。

「捕まえた？」

「歌那っ……！」

必死に駆け付けようとする永椿とナサニエルを嘲笑うかのように、女の白い腕が歌那に伸びて、その身体を捉えようとした。

(捕まる、このままじゃ捕まっちゃう。動かないと、逃げないと……)

先程の打撃の痛手もまだ残る中、歌那はその顔色を蒼褪《あおざ》めさせるしか出来なかった。

その瞬間だった。

『諦めないで……！　貴方《あなた》は、一人ではないのですから……！』

悲しい程に聞きたいと願っていた、懐かしいと思うには早すぎる優しい声が耳に届く。

一人の命ではない、という事実が奮い立たせるかのように改めて脳裏を過《よ》ぎる。

魂繋ぎによって繋がった二人の命。そう。自分が害されたら、永椿も――

その刹那、歌那の裡《うち》に熱いものが湧き上がった。それは瞬く間に歌那の身体を駆け巡り、意図せずして弾かれた発条《ばね》のようにその身体は地を蹴った。そして、その衝動のままに――

「捕まらないっ……！」

――ばしっと、豪快なまでの音がした。

時が凍り付いた。

指輪は茫然としている。それは一瞬の事だったが、永椿にはそれで充分だった。

女が呆けた表情を見せた瞬間、永椿は女と歌那の間に割って入り、流れるように歌那を女から引きはがした。

歌那を抱えたまま後方へと飛び退り、女と距離を取る。

腕の中に歌那を取り戻して、抱きしめて初めて息をつきながら永椿は苦笑いの表情を浮かべる。

「大凶異……ひっぱたきやがった……」

歌那は、大凶異である女の頬を平手打ちしていた。それも渾身の力を込めて。

身体を打ち付けて呻いていたかと思えば、瞬時に身を起こして、思い切り女の横っ面を張っていたのだ。

「火事場の馬鹿力は健在だ」

「夫婦喧嘩は命がけになりそうですね、永椿」

安堵と呆れの両方を込めて永椿が呟くと、恋に破れた異国の青年は揶揄《からか》いを込めて言う。その顔は優しい苦笑に満ちている。

叩いた当の本人は赤くなった手を見ながら、若干茫然としていた。

いたい、と恨めしげに呟く女の頬は、元の色が白いだけに見事に赤くなっていた。

あの力の入り具合は、人ならば歯の一本や二本いっていたのではなかろうか。

「腹が立っても人に手を上げてはいけませんって、教えなかったかしら?」

「そんなのもう知りません！」

見城を思わせる仕草で頬を押さえながら肩を竦める相手に、歌那の眉根が寄る。

溜息をつきながら頬をさすっていた女の姿が不意に掻き消える。次の瞬間、女のいた場所を狙って永椿の攻撃が繰り出されたが、相手は笑みを浮かべてそれをかわした。

「疲れているみたいね」

揶揄《やゆ》する女を永椿は鋭く見据えるのみ。されど、その口元には笑みがある。

その瞬間、ぴし、と音がしたのを歌那は聞いた。最初こそ気のせいかと思ったが、それは徐々に連鎖し漣《さざなみ》のように空気を震わせ始める。

永椿が狙ったのは女ではない、その背後。外の味方が攻撃を繰り出したある一点。

内と外、同時に渾身の一撃を集中して受けた帳《とばり》に皹《ひび》が入る。

女がそれに気づいて視線を向けた時には、皹《ひび》は亀裂となっていた。亀裂は見る間に拡がり、空気を揺らして轟音が響き渡れば、歌那達を外から隔てていた壁は紅い欠片となり崩れていった。

一陣の突風が外から吹き込んできて、耐えきれず歌那が瞳を一度伏せる。

空気の収まりを感じて瞳を再び開いたならば、見慣れた藤色の髪の優男《やさおとこ》とそれに続く白銀の髪の女の姿があった。

平素の飄々とした様子を崩さぬまま、藤霞が揶揄《からか》い交じりの声音で永椿へと声をかける。

「出てくるのが遅いじゃねえか」

「お前こそ、壁に罅《ひび》入れるだけにどれだけかかるんだよ」

憎まれ口を叩きながらも、変わらぬその様子に永椿が僅かに安堵した様子を見せた。

藤霞の後方から、僅かに苦笑しながらも白菊が緩やかに歩み寄る。

言葉の内容とは裏腹に、相手が想定した通りの行動に出ると信じて疑っていなかった様子が見て取れて、思わず歌那の口元には笑みが浮かぶ。この戦いが始まって以来、初めて歌那の顔が緩んだ瞬間であった。

集う三人の姿に、指輪は大仰な仕草で嘆息してみせた。

「あら嫌だ。せっかく七煌を分けたのに合流されちゃった」

「俺達は仲間同士で仲がいいもんでなあ」

纏《まと》まられると面倒なのに、と顔を顰めて呟く女。

対して朗らかなまでに藤霞は言ってのけるが、割と本気で嫌そうな顔をした永椿とげんなりした白菊に小突かれている。

歌那の日常になっていた光景がそこにあった。

「あらあら。……私達も仲間同士仲良くしていれば数を減らさずに済んだのかしら」

「仲がよかったところで、行いが変わらぬなら末路は同じ事でしょうね」

頬に手を当てて更に溜息をつく指輪に対するナサニエルの言葉は、丁寧でありながら冷ややかだ。然《さ》もありなん、その行いに彼の父祖達は振り回され続けてきたのだから。

指輪と他の呪われし装身具達……既に破壊されたというそれらは仲間同士で左程友好的とは言えなかったらしい。完全な無関心ではなかったものの、お互いに手を携える程の仲ではなかったと女は語る。ただ確かなのは、災いを呼び続けたがためにロザリンドに斃《たお》されたという事だけだ。

「少なくとも日本に渡ってきた後は暫く鳴りを潜めていられたなら、大人しくしていればよかったのでは？」

「だって、私はそう出来ているのだもの！」

怜悧な表情のまま言い放ったナサニエルの言葉を聞いて、突如として指輪の語調が激しくなった。

思わず瞳を見張ってその顔を見つめれば、そこには先程までの余裕など消え失せた女がいた。その声音は悲痛な程に張り詰めており、紅の眼差しはあまりに険しい。何かに対する怒りが、そこには宿っていた。

「望もうが望むまいが、災いを撒いて生きるもの、それが私！　誰にも変えられない、変えられなかった！」

歌那は、感じた。

何かを、悲しむきもち。何かを、悔いて、呪う程のおもい。

愉快そうに悲劇を編み出してきた女とは、あまりにもかけ離れたこころを。

『呪いと悲哀を撒かずにはいられないものとして生まれた。どうせ回避出来ないなら楽しんだ方がいいでしょう？』

かつて、黒髪の医師の姿で女が紡いだ言葉が蘇る。

災いを撒いて生きる事は、女が生きる上で避けられない性なのだという。

なら、本当は。本当は、避けたかったのだろうか……？　呪いの主《あるじ》ではなく、他のものとして、ありたかったとでも？

茫然とした歌那の耳に、女が続けて紡いだ言葉が聞こえてきた。

「そう、涯雲にすら、変えられなかった……」

呟く女の声音は何処か途方に暮れた幼子のような響きを帯びていた。

涯雲。

その名に、石華七煌の名を与えられし三人の瞳が僅かに揺れた。

確か、永椿達の作り主の職人の名前だったと歌那は思い出していた。そして……あの夢に見た、女と共にあった男性も、そう呼ばれていた。

もし父が涯雲を殺さなければ、この事件も悲劇も起きなかったかもしれない。けれど、それらは仮定の話。全ては既に起きてしまった。失ったから、奪っていいわけではない。失った故の哀しみから始まった事だとしても、決して女のした事は許される事ではない。

語りすぎた、と金色の髪の女は大きく息を吐いた。

それが合図となり、再び女は攻撃の矛先を歌那へと向ける。

けれど藤霞と白菊が加わった事で、こちらの攻撃の手は増えた。永椿は歌那を守るのに専念し、藤霞の鞭が鋭い唸りを上げ、白菊もまた光の円刃を縦横無尽の軌跡で放つ。ナサニエルの銃弾は正確なまでに敵の攻撃の手を撃ち抜いていく。

されど、女は止まらない。あくまで歌那に執着しながら繰り出される攻撃の手は決して緩めない。相手の力が無限とも思えて、キリがないと歌那は思わず歯噛みする。

しかし。

目を凝らして相手を見据えて、そうして歌那は気づいた。

先程までと比べて、僅かに下がった枝や蔓根の伸びる勢いや繰り出される速さの違いに。女の艶やかな白い肌に一つ、また一つと増えた擦過傷《さつかしょう》のような傷に。

意識して見なければ気づかないような、ささやかな違いかもしれない。でも、間違いない。指輪は疲弊してきている。終わらぬと思われたその追撃が、徐々に緩やかになりつつある。

見つけた小さな希望は、事実となって心に灯りをともす。女は無限の存在でもなければ、敵わぬ存在でもないのだと。

「これは、少しよくないわね……」

歌那の耳に女が溜息をついたのが聞こえてきた。

女にしてみれば、自分が追い詰めていたはずだったのだろう。しかし、気がつけば形勢は逆転し、今むしろ追い詰められつつある。

「涯雲には悪いけれど……これだから、石華七煌に関わると碌な事がないわ」

大仰な仕草で溜息をつきながら、指輪は肩を竦める。

「七煌に煩わされるのはこれで二度目。前の時はまだ大目に見るけれど……」

こうも邪魔をされるのは面白くないと、女の表情はありありと語っている。

「けれど。これでも私は災いの最後の一柱。歴史の影に在り続けたものとしての矜持にかけて、簡単に諦められないわ」

気高くすら見える程に凛然と、そして不敵に笑い女は言う。

けれど、次の瞬間には女の表情が一転した。獰猛《どうもう》な肉食獣の光を紅い瞳に宿して、恍惚とした笑みを口元に刻みつけた。

「それにね……歌那ちゃんを刈りたいの」

味方を一人ずつ失って、絶望に染まりゆくさまを観察したい。ああ、椿の青年だけは殺しきらぬようにしなければ。歌那を最後に残せなくなってしまう。

妄執ともいえる想いが、女の内なる言葉を伝えてくるようで、歌那は思わず蒼褪《あおざ》め息を呑む。

愛しくて憎い、そう表すのが一番いい気がする。

憎くて疎ましい、あの男の娘。愛しくて可愛い、己を慕った娘。

裏表のない一途な情を向けてきた、不思議に懐かしい感覚を与えてきたもの……

血花を介した『絆』故か、女が抱く想いが我が心のように伝わってくる。

だからこそ、恐ろしく、切ない。

執着を抱かれる事に震えると同時に、形容しがたい想いが歌那の裡《うち》に生じる。

ふと、視界の端で白菊が何やら複雑な術式を編んでいる様子が見えた。その手には、恐らく彼らの本拠地由来と思しき水晶の術具がある。

自分を殺す事は出来ないと、女は知っている。殺す事が出来ない、壊す事が出来ないものをどうするかなど決まっている。身動きをとれぬようにして、封じるだけだ。

「面白がりとはいえ、流石《さすが》に黙って封じられる程ではなくてよ……！」

藤霞、永椿もまた術を編んでいる様子はある。けれど、要となるのは最も術者としての力を持つ白菊だ。

女もまたそう判断した様子である。幾本もの枝蔓が纏《まと》まりうねり、大きな刃をなした。それが白菊へと振るわれようとした、その時。

歌那の口が、ある言葉を紡いだ。

『動かないで！』

歌那は、教わった通りの術を施した上でその言葉を叫んだ。

それは、血花鬼にとっては存在の源であり、母となった歌那の言葉。血花にとっては、縛として作用するもの。

それを術式で補強した、呪縛の術。血花の集合体である珠を取り込んだ指輪は、その縛から瞬時に逃れる事は叶わなかった。

女の動きが、目に見えて緩やかになる。錆びついた歯車のようにぎこちなくなるが、女はそれでも歪んだ微笑をその唇に浮かべる。

「……面倒な作用を引き継いだものだわ。……でもね、それだけじゃ、甘くってよ……？」

女は禍《まが》つものを重ねに重ねた脅威である。その底力はあまりにも強大だ。自分が付け焼刃の増幅術を覚えたところで、切り札になり切れなかったかと歌那の表情に絶望の色が浮かびかける。

（諦めたくない）

黒の瞳に決意を宿して、歌那は再び縛と成り得る言葉を紡ごうとした。

だがしかし。歌那の声による縛が解け切らぬ内に、もう一つの、決意を宿した声がその場に響いた。

『動かないで！』

聞き覚えのある声が、重ねて指輪を縛した。

小さな鈴を鳴らすようにか細くて、でもその心根には強いところがあるのだと知るもの。

懐かしくて、愛しくて。失う事が怖くて、真実を告げる事が出来ずにいた存在。真実を知られてしまった後、その心を窺う事も出来ずに失ってしまったと思っていた……。

「美夜……！」

「まさか、残滓が……まだ留まって……⁉」

そう、指輪が死んだと事もなげに告げたはずの美夜が、女に向けて叫んでいた。

淡く光る儚いまでの姿が、彼女がもうこの世に属する存在ではないと告げている。

けれども、確かにそこにいるのは美夜だ。あの日何も言えずに別れてしまったままの、それが永の離別になってしまった妹だ……！

ああ、そうだ。自分に諦めるなと言ってくれたのは、美夜だったのだ……。

女にとっても想定外だったのだろう、その表情には純粋な驚きが存在していた。

そして、もう一つ想定外の事象が存在した。

美夜もまた、血花の集合体にとっては『ハハ』。母胎となり、その存在を育みしもの。血花にとっては想定外の、もう一つの縛なのだ。

戒め解ききらぬ内にもう一つの戒めが重なり、その顔に驚愕を宿したまま女の動きは目に見えて凍り付いた。

それを見逃すあやかし達ではない。

「白菊！　永椿！」

藤霞の叫びが、始まりとなった。

最初に術を展開したのは白菊。女を囲むように光が奔り、女を中心に据えた円を描いた。それに二人がそれぞれに編んだ光の文字の帯が地を疾り合流し、瞳を灼く程に眩く精緻な螺旋が指輪の全身を絡めとっていく。

女は藻掻き逃れようとした。されど女の抵抗すら呑み込んで封じの帯は上り行く。

大凶異が軛《くびき》から逃れるために、己の内に何がしかの力を集中させようとしたその時だった。

歌那は美夜と目が合った。

参りましょう、とでもいうように少し楽しげに美夜は笑って頷いて、歌那はそれに頷きを返す。そして、二人は声を合わせて、再びの戒めの言葉を紡いだ。

女が藻掻く事すら封じられた刹那、光の円陣から生じた光の縛鎖が白い手足へ、黒いドレスへ絡みつき、女の動きを完全に封じ込んでしまう。

かくして、異国から来た紅い禍《まが》つものは長き時において初めて、その身を囚われとする事となったのである……

皆の見据える先で、女の表情が忌々しげに歪む。

指先一つ動かせぬ事に舌打ちしながらも、敵であった者達に向けた眼差しには不敵な光が戻っていた。にこやかとも言える声音で、女は嘆息する。

「ああ、すっかりしてやられてしまったわね」

「……余裕だな」

「あとはこのまま封印かしら？　私を倒せる手段は見つかっていて？」

「……っ」

思わず息を呑んだ永椿の反応に、女は笑みを深くした。

知っているからだ。目の前にいる者達に、自分をこの世から消し去れはしないと。

くすくすと囁くような笑みを零《こぼ》しながら、禍《まが》つ付喪神は謳うように告げる。

「私を……私達呪われた装身具を破壊出来るのはあの銃弾だけ」

そう、六つの銃弾だけが女に決定的な滅びを与える事が出来る。それ以外の手段では、呪われし装身具を破壊する事は叶わない。

けれど。

「でも、あの銃弾は私がロザリンドから逃げた時に失われてしまったのだもの」

かつて仇敵である女性から逃げた際に指輪を掠めて消えた銃弾。自分を始末する事に失敗し、消失してしまった唯一の切り札。

「さあ、どうするの?」

身動きを封じられた女は嗤《わら》う。

七煌達の顔に、歌那の顔に、生じる悔しさの色。それを順繰りに見回して、女は満足げとも言える微笑みを浮かべてみせる。

そう、歌那達に許された女を無力化する術は封印しかない。

封印では女は生き延びる。閉じ込められた刻の中、女は待ち続けるだろう、何時か封印に綻びが生じる日を。守り厚き神宮に安置するとはいえども、神宮の術具を使ったとしても、その日は絶対に来ないとは言えないのだ。

勝ち誇った笑みを見せる女に対して、歌那達は言葉なく唇を噛む。

沈黙にその場が支配されかけたその時、動きを見せるものがあった。

響いたのは、穏やかなまでのナサニエルの声だった。

「ゾーイ、もういいです。……元に戻りなさい」

「イエス、マイロード」

異国の青年が手にしていた銃が掻き消えて、見慣れた銀色の髪の少年の姿が生じる。ナサニエルが命じてゾーイがそれに応えたと思えば、その場に満ちるのは眩いばかりの光。その光が、消えた時には……

思わず、瞳を瞬いて歌那は彼を凝視してしまう。

銀細工の人形のような少年は、名工の手による彫像を思わせる美しい銀の髪の青年へと転じていた。歌那より年下の少年から、藤霞と同じくらいに見える凛々しい青年へ。

それと同時に、小さいけれど凝縮された強い力を秘める何かがゾーイの体内に存在しているのが見えた。

「な、なんで……？」

茫然とした言葉を発したのは、それまで余裕を崩さなかった指輪だった。その狼狽ぶりは演技ではない、心からのものなのだろう。指輪の余裕が表情から一切消え失せる。

ゾーイが何かに祈るように胸に手をあて、そこから取り出したのは一つの銃弾。銀色に輝き、不可思議な光を帯びた弾丸だった。

それが何であるかなど、説明されずともその場にいた全ての人間が察した。――失われたはずの、呪われしものへの切り札であると。

「……何でそれが……!?」

女の美しい顔に浮かんでいるのは焦燥の表情。顔色は蒼褪《あおざ》めてすら見える。紅い瞳には激しい動揺の光が宿り、その白い頬を一筋汗が伝った。安心しきっていたのだろう、自分を唯一葬り去る事が出来るそれが消え失せたと確信していて。

しかし、銃弾は今確かにゾーイの手に存在している。

「お前、それなくなったって……」

「……貴方《あなた》達がそう信じていてくれたから、尚の事その女も安心していたのでしょう」

責めるような永椿の言葉に、少しだけ申し訳なさそうに微笑ってナサニエルは答える。長きにわたり言い伝えられてきた事、彼らが守り継いできた事。それらが今、明るい光の元に解き放たれる時が来たのだ。

「ゾーイが体内に封じ守り続けてきました。……そのせいで、ゾーイは本来の外見も力も封じる事になってしまいましたが……」

「そんな事は大した事ではありません。……彼女に対する誓いを守るためなら」

ナサニエルの言葉に、指輪を厳しい眼差しで見据えたままのゾーイが応える。

ゾーイが仕えたロザリンド。呪われた装身具達との戦いを決意し、災いを刈り続けた女性の遺志を継いだ者達は静かに女に向き直る。

「お前を討ちきれないと判断したロザリンドは、敢えてこの銃弾を使わなかったのです。お前を掠めたのは目くらましの銃弾でした」

狡猾である相手を確実に討つには、相手の油断を誘うしかない。自分が相手を討ちきれない事を悟った女性は、ある賭けに出た。

「お前が油断して。……その油断が巡り巡っていつかお前を討つ千載一遇の機会となってやってくるようにと願って」

銀の青年の姿が掻き消えたかと思えば、言葉を紡ぎ続ける金の青年の手に切り札が装填された銃が生じる。

祖である女性は、切り札の銃弾を使わず、それは消失したと思わせる事にした。唯一の希望と成り得るそれを、愛銃たる青年に託して。後世の者達に戦いを引き継ぐ事を悔いながらも、何時か絶対の時が巡り来る事を信じて。

――『箱の底の希望』に、この銃弾がなってくれる事に賭けたのだ。

「ロザリンドは、賭けに勝ちました。お前は……フィオリトゥーラの呪われた装身具の歴史は、ここで終わりです」

静かに、だが確実にその銃口を、身動きが取れないでいる指輪に定めるナサニエル。

銃口は、指輪の本体である煌めく紅い薔薇《ばら》の指輪に向けられている。

女の表情から、焦燥や動揺といったものが全て消え失せた。悟ったのだろう、逃げ道は断たれたのだと。長らく人を翻弄《ほんろう》するのを得意としてきた者には、己の引き際が見えたのだろう。

女なりの美学なのかもしれない、ただの諦めなのかもしれない。抵抗する事なく全てを受け入れた風で、一つだけ大きく息をついた。

「……終わりとはこんなものかもしれないわね」

囁くような声音で、女は静かに呟いた。そして、一度目を伏せた後に視線を向けた先は……歌那だった。

「それなら、終わりを告げるのは貴方《あなた》ではないわ、坊や。私を撃つのは……歌那ちゃんじゃないと」

静謐《せいひつ》ですらある女の言葉は、その場にいた者達を驚愕に凍り付かせた。皆揃って息を呑み、反論の言葉を失っている。

未だ失ってしまった日々への想いを断ち切れない歌那の手で、その象徴である自分を撃て、と禍《まが》つ付喪神は言ったのだ。

女は真っすぐに二つの紅を歌那に向けている。その応えを待つように。

「……ナサニエル」

俯いたままだった歌那が、ナサニエルに向き直る。

「ゾーイさんを、あたしに貸してください」

「歌那……⁉」

「カナ……それは……」

ゆっくりと、しかし確かな声音で紡がれた言葉に永椿が驚愕の声を上げ、ナサニエルは戸惑いに瞳を揺らす。

動揺が皆の間に生じたのを感じても、歌那の眼差しは真っすぐにナサニエルに向けられたまま。一度息を呑んで、歌那は更に続ける。

「ナサニエル達の背負ってきたものを代わるなんて、重い事だと思っている。でも……！」

指輪を追い続け、宿命と戦い続けてきた彼らの一族の悲願を横から攫おうとする申し出なのはわかっている。

そして、自分が何をしようとしているのかも。

歌那は自分の手で葬り去ろうとしているのだ、かつてよすがとも思っていた存在を。かつて自分を支え形作ってくれたものを。偽りの日常であったのだとしてもその中で何時も笑っていたあの人を。

ナサニエルからの返事を待つ歌那は必死に唇を引き結んで耐えていた。そうでなければ、泣き出してしまいそうだったから。泣いて『そんな事は嫌だ』と子供のように叫んでしまいそうになったから。

失くしたくなんてなかった。まやかしであったとしても、あの日々はとても幸せだった。

もしかしたら自分は心のどこかでは偽りである事に気づきつつあったのかもしれない。目の前にある平穏を失いたくないから目を背けていたのかもしれない。

でも、今はもうそれが許される時は過ぎてしまったのだ。

多くを失い、多くの哀しみがあった。

この人がした事は消えない。奪われたものは戻らない。そう、どれ程焦がれても、歌那が愛したかつての平穏な日常はもう戻らないのだ。

もし、何も知らぬままここに辿り着いたとしたら、歌那の道はここで終わっていた気がする。以前のままの自分だったら、きっとこの先に待ち受けるものに耐えられなかったと思う。

でも、巻き込まれた非日常の中で自分は少しずつ変わっていった。彼らと出会い、変わっていく自分を知った。自分が変わる事に戸惑いを覚えながらも駆け抜けた先に、傍にありたいと願う大切なものを見つけた。

だから、新しき未来へ歩み出したい。

——本当に『愛する平穏』を取り戻したい。もう何からも目を背ける事もなく、偽りでもまやかしでもない、そしてただ与えられるでもない、愛しき日々へと行きたい。

　そのためには今、戻らない時への未練や執着を自分の手で終わらせなければならない。この手で、断ち切らなければならない。

　……それを望んでいるのは、他でもない戻らぬ日々の象徴である存在だ。

『君がいつか何かを選ばなければいけない時がくるとして。その時には自分のために自分の想いを選択出来るように、願っている』

　あの日、相手が何を思ってそう言ったのかはわからない。歌那を思って言ってくれたのか、はたまたただの気まぐれか。

　だとしても、たとえ偽りの上に紡がれた関係だったとしても、あれは歌那に対する最後の導きだったのだと、思いたいのだ。

　ナサニエルは鈍い銀の光を放つ銃を、悲痛なまでに強い眼差しを向ける歌那へと静かに差し出した。

「私達の想いを。……カナ、貴方《あなた》に託します」

　ナサニエルの手から歌那の手へ、長き戦いの終止符を打つ切り札が手渡された。

　重い、と歌那は心の中で呟いた。

　それは慣れない武器の重みだけではない。

　祖から託された悲願のために戦ってきたフィオリトゥーラの人々の想い、これ以上の悲劇を呼ばぬために戦い続けてきたあやかし達の願い、そして歌那の望み。全てが今この手にあるのだ。

銃を構える手が震えた。両腕に力を込めても、狙いを上手く定める事が出来ない。

そんな時、ふと温かで頼もしい感触を得た。

気がつけば、永椿が歌那を支えるようにして立ち、震えていた手に彼の手を添えてくれている。

戸惑い見つめた先で、琥珀の瞳に優しい光を宿して歌那の愛する付喪神は笑う。

「一人で背負えなんて、言ってねえよ」

歌那は思わず目を見開いて、何かを言いかけた。少しばかり瞳の端に滲むものがあったけれど、数多《あまた》の思いを込めて微《かす》かに笑み、一つ頷いてみせた。

指輪は歌那が銃を手にしたのを見ると、口元を僅かに緩ませた。

「あのね、歌那ちゃん」

歌那の肩が、びくりと震えた。このひとは、何を言いたいのだろう。心が揺れるのを必死で抑えながら、歌那は黙って続きを待つ。

「……診療所で過ごした時間」

その言葉に診療所で過ごした日々が蘇る。

先生がいて、紅子さんがいて、歌那がいて。そうしてあの温かな日々があって。

どれだけ救われてきたのだろう。ずっとずっと、続いていけばいいのにとどれだけ願っていただろう。

偽りの上に築き上げられた事を知らずに、歌那が愛してやまなかった平穏な日常。

相手は嘲笑いながら過ごしていたのだろうか。哀れな事と嗤《わら》いながら、偽りに気づかぬ歌那を哂《わら》いながら……？

その言葉の続きを知るのが怖い。この期に及んでまだ恐れるのかと自分を叱咤する歌那の耳に、思いの外柔らかで静かな響きが降りた。

「……楽しかったのは本当よ……？」

夢が現《うつつ》であればよかったかもしれないと、女は誰に聞かせるでもなく穏やかに紡いだ。

それは聞きようによっては命乞いにも思われたかもしれない。けれど、違うのだ。

歌那を支える永椿の手に力が籠る。歌那が震えているのに気づいたのだろう。

歌那の裡《うち》には、様々な想いが渦巻き、鬩《せめ》ぎ合っていた。

許せない、許せるわけがない。あまりにもあまりにも、多くの哀しみがこの女との間には横たわりすぎている。

それなのに、憎みきれない。

歌那にとって、目の前の女は異国から来た禍《まが》つ付喪神であり。あの雨の日に自分に手を差し伸べてくれた女医でもあり続けたのだから。

けれど。

殺さないでくれ。そう願うには、女はあまりに人の死を、不幸を、悲しみを呼びすぎた。

悲哀と呪いの指輪。その名の元に、数多《あまた》の運命を狂わせてきた。

歌那の異母姉もその一人。父を殺したのも、美夜を利用し死なせたのも、この海を越え来た禍《まが》つ付喪神。

許せない、その思いは真実。けれど——

「……あたしもです」

ぽつりと呟いた歌那を見つめる、琥珀の一対。

彼は頷いた。続きを言う事を恐れるなというように。その答えを告げる歌那を受け入れるというようにあやかし達も、異国の青年も、そして儚い輪郭の少女も、沈黙のまま二人を見守っていた。

そんな中で、歌那は顔を上げて、真っすぐに女を見据えた。

「……楽しかったです、先生」

その思いもまた、真実——

歌那の顔に今浮かぶのは、何もかも呑み込んで咲く微笑みだった。

その答えを聞いて、歌那のその表情を見て、女はわらった。今まで見せてきた濃艶なものでも、嘲りや毒を含んだものでもない。

何処か、無邪気な子供のように嬉しそうに。診療所にいた時のあの姿を思わせる、心からの笑みを歌那に見せた。

歌那は真っすぐに女を、そしてその本体を見据え、遂に引き金を引いた。

ゾーイが守り続けた切り札。ロザリンドが未来に託した銃弾が撃ち出される。

呪われた装身具に終止符を打ち続けた弾丸の最後の一つは、狙い過《あやま》たず最後のフィオリトゥーラの装身具を捉えた。

銃声が一つ。

歴史の影に潜っては浮かび、悲劇をもたらし続けた災厄の最期《さいご》としては、実にあっけない幕切れだった。

きらきらと、紅い煌めきが宙を舞って。……やがて、光に溶けて消えた。

『……終わったのですね』

言葉のないまま消えゆく残滓を見つめていた中、口を開いたのは美夜だった。

その身体は淡い燐光《りんこう》を帯び、光が強まると共にその存在も輪郭も、曖昧《あいまい》なものになっていく。それに気づいて歌那は思わず目を見張る。

「みよ……？」

『私は、行くべきところがあります』

茫然とした様子で名を呼ぶ歌那を見て、美夜は困ったように笑う。

少女はもはや生あるものではない。仮初《かりそめ》に留まる事を許されてはいたけれど、仮宿りとしていた源が……血花の核から生じたものが消えた今、もう彼女をここに留める事を可能にするものはない。

嫌だ、と言葉に出来ずにただただ首を横に振るばかりの歌那。美夜は少しだけ寂しげに言葉を紡ぐ。

『哀しい事ばかりの生でした。でも、最後に貴方《あなた》に会えました』

病がちに生まれたために父からは疎まれ、優しかった姉は先に逝ってしまった。将来など望む事すら出来ぬうちに勝手な都合で嫁がされた。嫁いだ先には通う心などなく、豪奢な部屋に一人取り残される日々だった。

明日を望む事すら忘れかけていた頃、彼女はやってきた。お日様、と初めて会った時に感じたその人は、沢山の真っすぐな心と思い出をくれた。

『助けられてばかりだったけど、私にも助ける事が出来て、よかった』

手を引かれて歩いた時を覚えている。美夜が確かな足取りで一歩、また一歩と踏み出す度に、歌那は心から嬉しそうに笑ってくれた。出来る事が一つ増える度、泣き出すのではないかと思う程に喜んでくれた。

歌那は美夜の喜びを我が事と喜び、哀しいと思う時にはそっと寄り添ってくれた。そう長い時間を共に過ごせたわけではなかったけれど、美夜にとっては生きてきた中で最も温かで光に満ちた時間だった。

あの日、思わぬ夢の終わりに閉ざされてしまったけれど。言葉を交わせぬまま別れてしまった事を、後悔したけれど。歌那と過ごした時間は、美夜にとっては確かに……

『お姉様。貴方《あなた》との時間が、私の光でした……』

「美夜……！」

歌那が咄嗟に伸ばした手が美夜に触れかけたその時、眩い光が満ちる。

歌那は思わず目を瞑ってしまう。そして、再び開いた時、妹の姿は何処にもなかった。

泪《なみだ》が一つ落ちたのを皮切りに、歌那の頬を止めどなく透明な雫が伝い落ちていく。

何を思っての涙だったのか、誰のための涙だったのか。それはもう、歌那にすらわからなかった。

ただ、自分の肩を抱いてくれるあやかしの優しい手と。戦いは終わったのだという思いだけが、そこにあった。

それぞれの想いを込めた沈黙の中、歌那の細い嗚咽が静かに響いていた。

終章　あたしの愛する平穏

歴史の影にあり続けた大凶異との戦いから、時は過ぎ――

残暑は秋の気配となり、やがては冬の気配を感じさせる頃となる。あまりにも大きな爪痕を残す災いも、徐々に徐々に人は乗り越え立ち直って行く。日常に戻り行く日々の中、一つの別れが訪れた。

異国からの客人である主従は、使命を果たした事を報告したいと、これまでの日々を惜しみつつも祖国へと戻っていった。いずれまたこの国に訪れると約束して。

港にて見送りを終えた後、藤霞と白菊はそれぞれに用事があるから、と現地解散になった。

歌那は二人が軽く目配せしたのを見てしまい、どうにも気を利かされたような気がしなくもない。

永椿と二人きりになると、まるで逢瀬のように思えてしまう。意識しないようにと思っても、どうしても挙動が怪しいものになる。お互い照れているのを隠しているため、流れる空気はどこか微妙だ。

……まさか自分がこんな風になるとは思わなかった。

少し前まで、愛だの恋だの言われてもピンときていなかった。

父の不実に泣く本家の奥様や母を見て育ったせいか、結婚に対しても夢や希望など欠片も抱いておらず、看護婦の仕事に生涯を捧げるつもりでいた。天涯孤独の身の上を哀しいと思っても、血の縁に頼ろうと思う事など出来なかった。

自分の隣に誰かいる光景など、考えもしなかった。

それがどうだろう。今、歌那の隣には普通の人間どころか、人ならざるあやかしがいる。

それも自分よりも余程美しい、それでいて口の悪さはかなりの男。でも、本当はとても優しい男が……

予想しなかった事態に、戸惑いもしたけれど。

あの時よりも、今の方がいいと。今の自分の方が、昔の自分より好きだと思える。

素直にそれを口にするには些か恥ずかしいから、心の内の独白に留めておく。

……実際のところ、無意識に百面相しているのを永椿が優しい眼差しで見守っていたのだが。

ふと、永椿が軽く咳払いをして問いかける。

「……カフェーで何か甘いものでも食うか？」

「食べる」

目を輝かせて即答した歌那に、永椿は苦笑する。

しかし、先だって歩き出した永椿の足が、唐突に止まる。何故なら、歌那が素っ頓狂とも言える声を発してしまったからだ。

「あ……っ！」

「どうした！」

怪訝そうな表情で永椿が振り返る。

その視線を受けて、歌那は蒼褪《あおざ》めて愕然としてしまう。

そう、大切な事に気づいてしまったのだ。歌那の人生に関わる大切な事に……

問う眼差しを受けて、歌那は大真面目な様子で、重々しい声音で語り出した。

「地震やら、戦いやらでいっぱいで。忘れていた大事な事があるのよ」

「……何だよ」

その表情が、声が、あまりに深刻そのものであったがためか、永椿もまた表情を険しくして短く問い返した。

緊張に強張り息を呑む永椿に向って、歌那は悲痛なまでの声音で叫んだ。

「あたし、失業したの！」

「は……？」

永椿が思わずといった感じで、間の抜けた声を上げた。

歌那が勤めていた見城診療所も、見城も、紅子すらも綺麗に消えてしまった。失業状態、無職である。

ついでに言えば下宿も壊れてしまい、宿もない。それについては藤霞が若月屋に居候《いそうろう》させてくれていたので不自由はなかったが、何時までもというわけにはいかない。

地震と戦いの後始末で慌ただしくしていた間は気づかなかったが、落ち着いてきてこれからどうすると考えた時に、その問題に突き当たってしまった。

歌那には父母もなければ、もう家族と呼べる者はない。加守の家とてもはやないに等しいし、そもそも頼る心算がない。

「このままじゃ路頭に迷っちゃう。新しい勤め先を探さないと！」

非常に深刻な問題で、歌那は自分の行く先に思い巡らせ、ぐるぐるとその場を回る。

いっそ住み込みで雇ってくれるところは……などと大真面目に思案している歌那の耳に、ふと噴き出す音が聞こえた。

それに続いて、耳をくすぐる愉《たの》しそうな笑い声。永椿が身体を折って笑い出したのだ。笑いすぎて薄く涙が滲む瞳を擦りながら、感心したように呟く。

「お前って、逞しいなあ……」

「ちょっと、それ女に言う言葉？」

怒ったように膨れてみせる歌那を優しい苦笑いの表情で見つめていた永椿は、ぶっきらぼうではあれど、何処か真摯な声音で呟くように告げた。

「嫁にくればいいだろ。……俺のところに」

「え……？」

瞳を丸くして、次いで瞬いて絶句する歌那。

すぐには何を言われたのか、何を望まれているのかが理解出来なくて。でも、徐々に染みわたるように理解が拡がっていく。

嫁に。嫁……そう、永椿の、嫁に……。

答えはおろか、何の言の葉も紡げない。

嬉しくないのか？　いや違う。その逆である、胸一杯になる程に嬉しい。

漸《ようや》く歌那がその唇から紡ぎ出したのは答えではなく、些か唐突な問いかけだった。

「永椿、まだ書生するの？」

「……お前さえよければ、お前を連れて本拠地に戻る」

きょとんとした表情で、あやかしの本拠地に？　そこに自分が行ってもいいのかと問いかけかけて、止めた。

思い出した。もう歌那は人の身ではないのだ。あまりに自分が今までのままで、時折忘れてしまいそうにはなるけれど。

「元々、藤霞や白菊と違って俺は有事に人に紛れるが、それ以外は概ね本拠地……神宮にいる」

　人の世に留まり、それぞれに役割を持ち生きる彼らと永椿は違っている。

　永椿が書生に化けていたのは理由があったからこそ。その理由はもはやなくなったのだから、人の世に留まり続ける意味はない。

「そうだよね」とまごつきながら応えた歌那は、問いを重ねる。

「お父さんやお母さんは……あ、付喪神だった」

「いるわけねえだろ。まあ、後見人みたいな人はいる。……ちょっと変わった人だ」

　問いで誤魔化すような形となってしまっているのに、自分でも気づいている。

　季節は秋を過ぎ行く頃でも、心の中は春の嵐。自分の心の在処《ありか》が、千々に乱れて翻《ほん》弄《ろう》されている。

　応えなきゃ、ちゃんと応えなきゃと自らを叱咤しているけれど、鬩《せめ》ぎ合いは収まらず。

　しどろもどろに彷徨った視線が、永椿のそれと交差する。見守る温かな光を宿した眼差しは、揺らぐ事なく歌那に向けられている。

　ああ、そうだ。答えは、そこにあるじゃないか……

　押し黙ってしまった歌那を気遣うように、永椿は静かに問いかける。その声には若干の不安げな色が混じっていた。

「……少し時間が必要か？」

「ううん。嫁に行く」

歌那の声に、もう迷いや戸惑いはなかった。少しだけ照れた風な響きを帯びるその声音は、はっきりと永椿へと向けられていた。

我ながら、もう少し言いようはなかったのかと歌那は思う。

色めいた空気も、甘い雰囲気も。恋物語のようと言える様子はないけれど。

これがいいのだ。

歌那は甘酸っぱいような、くすぐったいような思いにはにかみながら。自分を見つめる眼差しが、弾けるように喜びを宿した事に気づきながら。伴侶となるあやかしの手を、そっと握り返す。

二人の帰り道、それはとてもあたたかな道だった。


人の世での諸々の後始末や挨拶を済ませ暫くしたある日、永椿は歌那を連れて神宮に帰還した。

もういいぞという声がして、ゆっくりと瞳を開けたなら、周囲の風景は一変していた。

見渡す限りに拡がり陽光を受けて輝くのは、緑なす木々。遥か向こうまで拡がる森や山と思しき隆起すら見える。森の木々の合間にきらきら輝いて蒼が見えるところは、もしかしたら水辺があるのかもしれない。景色は拡がっていき、果ては靄《もや》のようなぼんやりとしたものに溶けてしまっている。

先程まで目の前にあったのは古びた小さな神社だったはずが、伊勢《いせ》にも負けぬ程の立派な祭殿に変わっていた。

切妻《きりづま》造の立派な屋根に、しっかりとした柱。仄かに涼やかな香りが漂う建物は、真新しく見えるというのにこちらを圧倒するような歴史の重みを感じさせる。

初めて来たはずなのに不思議と懐かしい感覚を与えてくる、と歌那は素直に感じた。

正直、大きな神社ぐらいかな、と勝手に思っていた歌那は面食らって大きな口を開けてしまっている。

永椿の琥珀の眼差しが向いた先を歌那も瞳で追えば、二つの人影がある。

眼鏡をかけた黒髪の巫女装束の女性と、緋色の髪に赤い瞳の少女。

女性の方は黒髪をゆったりとしたお下げに編んで長く垂らしていて、同じ色の瞳は黒玉のように煌めいている。何処か素朴な雰囲気を漂わせ、温かな微笑を浮かべている。

少女の方は紅梅色の髪を唐人髷《とうじんまげ》に結い美しい櫛《くし》をさしている。大人しくしていてもその緋色の瞳に宿るのは好奇心である。

見た目だけなら歌那より年下なのだが、あの櫛《くし》の輝きと細工を見るに、永椿の同胞であるから見た目通りではあるまい。

歩み寄る歌那と永椿を目にして笑みを深めた女性。

「お帰りなさい永椿、ようこそ歌那さん」

歌那を連れて戻るという先触れだけはしておいたと、永椿は言っていた。女性が歌那の名を知っているのはそのためだろう。

永椿はそれに短く応じ、傍らの歌那を紹介するように手で誘う。その表情は、隠しようもない程照れくさそうであり、愛しげでもあって。

「……嫁、連れてきた」

「歌那です。……よ、嫁です……」

永椿に応じて進み出ながら、歌那は名乗る。

確かに求婚に正式に頷いたが、やはり嫁という言葉には照れてしまう。照れて俯きながら、名乗ってみたものの、もう少しまともな挨拶は出来なかったのかと葛藤する。

心証を悪くして、もしお前など永椿の嫁と認めないなどと言われたりしたら……！

歌那の焦りに追い打ちをかけるのは、直後に満ちた沈黙である。

もはや既に心証を損ねてしまったのでは？　第一印象が最悪だったのでは？　と歌

那は蒼褪《あおざ》めている。

怖くて顔を上げられないが、沈黙の重さにも耐えられない。せめて申し開きをさせてほしいと、思い切って歌那が俯いていた顔を上げた、その瞬間だった。感激に満ち満ちた声が耳に飛び込んできたのは。

「……嬉しいっ！」

「はい？」

思わずかくんと首を傾げながら、歌那の口から漏れたのは間の抜けた響きだった。

見れば、黒髪の女性が思わずといった風に胸元で両手を握りしめてこちらを見ているではないか。その黒い瞳には、きらきらとお星さまが輝いていると錯覚する程だ。

感激に打ち震えるように身を震わせながら、女性は続けて叫ぶ。

「永椿がお嫁さんを連れて帰ってくるなんて……お母さん嬉しいっ……！」

「俺、あんたの息子になった覚えはねえぞ……」

「祭主様、落ち着いてください」

母なのかと問いかけようとする前に、永椿から否定の言葉が飛んだかと思えば、少女が女性の袖を引く。

どう反応してよいのか困って固まってしまっている歌那を見て、女性は軽く咳払いして、ゆるりと礼をしてから、改めて名乗り始めた。

「私は、この神宮を取り仕切る祭主の月子《つきこ》と言います」

「あたしは永椿の仲間の緋梅《ひうめ》！　よろしくね！」

歓迎されていると知り、漸《ようや》く笑みを浮かべた歌那だったが、次なる月子の言葉で再び凍り付く事となる。

「月子ちゃん、って呼んでくださっていいですよ？」

月子がお茶目な様子で片目を瞑る。

「止めろ、歌那が引いてる」

歌那が何か言う前に、永椿が真顔で即答する。

否、引いているというか、困っている。相手はそう呼んでほしいらしいが、それにしても『月子ちゃん』……月子『ちゃん』……。

あやかしの本拠地を統率する女性が、ただの巫女さんであるはずがない。まかり間違って『月子ちゃん』なんて呼んだら目も当てられない事態になるに違いない。本人がどれだけ望んでいようと、だ。

月子は、目に見えて頬を膨らませて不貞腐れてみせた。

「だって、貴方《あなた》達誰も呼んでくれないんですもん……」

「呼ぶわけねえだろ！　少しは立場を考えろ！」

永椿に怒鳴られて、月子は涙目になる。

神宮という場所を預かる存在がどんな方なのか、掴めたような、掴めないような。とりあえず、気さくな人物であるのは間違いないみたいだ。

月子はすっかりとしょげ返ってしまっている。何となく可哀そうに思えて、歌那はおずおずと妥協案を提示してみせた。

「……じゃあ、月子さんで……」

「……それで手を打ちましょう……」

永椿と緋梅が何か返す前に、眼鏡をきらりと光らせて月子が顔を上げる。

二人はやれやれと肩を竦めているが、もう咎める気はないらしい。彼らも最大限の譲歩をした模様である。

「月子あきらめない」と呟きが聞こえたのは多分気のせいだ。

一先ず落ち着いてから、本殿に遊びにいらっしゃいと言い残し、月子は緋梅を伴い一足先に社殿へと姿を消した。

永椿と二人になり、歌那は改めて、社殿や敷地、そして果てなく拡がる緑と空を眺めた。

ここが歌那の帰る場所となるのだという実感は正直まだない。それどころか、思っていた以上に壮大な場所で若干の気後れがするぐらいだ。

（大丈夫、一人じゃないし。大丈夫）

そう心の中で言い聞かせながら、永椿に伴って一歩踏み出そうとしたその時。

行きなさい、と誰かが背中を押してくれた気がした。

それは、あの人だった気がする。

——その時には自分のために自分の想いを選択出来るように、願っている。

そう言ってくれた時のように。

あの言葉に嘘はなかったのだと、今でも信じたい自分がいる事に気づいて、頰に伝う透明な雫が一筋。

それに気づいた永椿は、静かに問いかけた。

「思い出したのか……？」

「うん、ちょっと」

頰に添えられた手の温かな感触を得て視線を上げると、真っすぐに見つめる琥珀の眼差しがあった。

「忘れろとは言わない」

悔やむなとも、悲しむなとも。

情に厚いのは歌那の美徳の一つであり、痛みや哀しみを伴う記憶も、それもまた歌那の大切な思い出の一つだから。今ここにある歌那を構成する、大切な一つ。

忘れる事など望まない。させたくない。その哀しみごと、歌那を受け入れてみせる。

何時かその記憶を穏やかに歌那が語れるようになるその日まで。

顔を近づけて歌那の顔を覗き込み、永椿は口元に笑みを刻みながら言の葉を紡ぐ。

永椿の琥珀に、歌那は自分の姿を見出した。

「思い出すのが時々になるぐらい幸せにしてやるから、覚悟しやがれ」

「覚悟しとく……！」

紅い天鵞絨《びろおど》の髪を持つあやかしらしい、不敵な憎まれ口のような愛の言葉。

耳を柔らかにくすぐるその声音に、歌那の顔に満面の笑みが咲き誇る。


あの日、あの運命の夜。歌那の愛した平穏な日常に飛び込んできてそれを壊した、美しいあやかし。

けれど今は、このあやかしこそが、歌那の最も愛しい日常そのものとなっている。

永椿と笑い合える、この日々こそが歌那にとっての大切な平穏だ。

暗い闇を抜け、沢山の哀しい夜を越え、辿り着いた先に掴んだこの優しい温もりを絶対に離したりしない、離れたりしない。それに。

（こっちだって幸せにしてやるんだから、覚悟してよね！）

心の中にそう誓って、歌那は心から思う。

――あたしは平穏を愛している、と。

愛憎渦巻く後宮で武闘派夫婦が手を取り合う！？

自国で虐げられ、敵国である湖紅国《ここうこく》に嫁ぐことになった行き遅れ皇女・劉翠玉《りゅうすいぎょく》。彼女は敵国へと向かう馬車の中で、自らの運命を思いポツリと呟いていた。翠玉の夫となるのは、湖紅国皇帝の弟であり、禁軍将軍である男・紅冬隼《こうとうしゅん》。翠玉は、愛されることは望まずとも、夫婦として冬隼と信頼関係を築いていきたいと願っていた。そして迎えた対面の日……自らの役目を全うしようとした翠玉に、冬隼は冷たい一言を放ち——？
チグハグ夫婦が織りなす後宮物語、ここに開幕!

定価:726円（10%税込み）

Illustration：憂

もう離すまい、俺の花嫁

家では虐げられ、女学校では級友に遠巻きにされている初音《はつね》。それは、異能を誇る西園寺侯爵家のなかで、初音だけが異能を持たない「無能」だからだ。妹と圧倒的な差がある自らの不遇な境遇に、初音は諦めさえ感じていた。そんなある日、藤の門からかくりよを統べる鬼神——高雄《たかお》が現れて、初音の前に跪《ひざまず》いた。「そなたこそ、俺の花嫁」突然求婚されとまどう初音だったが、優しくあまく接してくれる高雄に次第に心惹かれていって……。あやかしの統領と、彼を愛し彼に愛される花嫁の出会いの物語。

定価:726円(10%税込み)　ISBN :978-4-434-33087-2

イラスト:ザネ

策謀だらけの後宮に禁断の恋が花開く!?

予知の巫女」と呼ばれていた祖母を持つ娘、春玲《しゅんれい》は困窮した実家の院を救うため後宮に上がった。後宮の豪華さや自分が仕える皇子・月の冷たさに圧倒されていた彼女はひょんなことから祖母と同じ予の能力に目覚める。その力を使い「後宮の華」と呼ばれる妃、飛《ひ》の失せ物を見つけた春玲はそれをきっかけに実は飛藍が男であるこを知ってしまう。その後も、飛藍の妹の病や湖月の隠された悩みを決し、心を通わせていくうちに春玲は少しずつ二人の青年の特別存在となり…… 掟破りの中華後宮譚、開幕!

価:726円(10%税込み) 978-4-434-33088-9

イラスト:淵゛

こちら、地味系人事部です。
~眼鏡男子と恋する乙女~
秦 朱音 Akane Hata
うちの給与は末締めです！
会社員が行き交う街、品川。『株式会社フロムワンキャリア』の社員・三郷茉美は、営業部員として月末月初の慌ただしい日々を送っていた。入社三年目を迎え、今後のキャリアに向かって動き出す同期達を横目にルーティンをこなす毎日。将来に悩みつつも何もできないでいた彼女は、人事部に所属する先輩社員・藤堂厚に出会う。地味な容貌ではあるものの、ハッキリとした物言いと真っ直ぐな働き方の藤堂に惹かれた茉美。久々の恋に浮かれつつ、改めて頑張ろうと決意するが……ある日、突然の辞令で藤堂が所属する人事部労務課に異動することになり――？　部署が変われば働き方も変わる!?　新米人事部員のお仕事奮闘記！
◉定価：726円（10%税込み）　◉ISBN:978-4-434-33090-2
◉Illustration：Minoru
こちら、地味系人事部です
~眼鏡男子と恋する乙女~
貴殿に「人事部労務課」への異動を命ずる――
うちの給与は末締めです！

恋も仕事も上手くいかない夏芽《なつめ》は、ひょんなことから鎌倉にある古民家カフェ【かおりぎ】を訪れる。そこで彼女が出会ったのは、薬膳について学んでいるという店員、稔《みのる》だった。彼の優しさとカフェの穏やかな雰囲気に救われた夏芽は、人手が足りないという【かおりぎ】で働くことに。温かな日々の中、二人は互いに惹かれ合っていき……古都鎌倉で薬膳料理とイケメンに癒される、じれじれ恋愛ストーリー！

●定価：726円（10%税込）　●ISBN:978-4-434-33085-8　●Illustration：pon-marsh

函館のカムイは 銭湯がお好き——？

祖父の葬儀のため生まれ故郷である函館に戻ってきたみゆりは、八年前に死んだ愛猫のさくらと再会する。猫又となってみゆりの元へと帰ってきたさくらは、祖父の遺産である銭湯をなくさないで欲しいと頼み込んできた。みゆりはさくらとともに、なんとか銭湯を再建しようと試みるが、そこにアイヌのあやかしたちが助けを求めてきて……
ご当地ネタ盛りだくさん！　函館愛大大大増量の、ほっこり不思議な銭湯物語。

定価:726円（10%税込み）　978-4-434-33091-9

イラスト：細居美恵

この作品に対する皆様のご意見・ご感想をお待ちしております。
おハガキ・お手紙は以下の宛先にお送りください。

【宛先】
〒150-6019 東京都渋谷区恵比寿 4-20-3 恵比寿ｶﾞｰﾃﾞﾝﾌﾟﾚｲｽﾀﾜｰ 19F
（株）アルファポリス　書籍感想係

メールフォームでのご意見・ご感想は右のＱＲコードから、
あるいは以下のワードで検索をかけてください。

アルファポリス　書籍の感想　検索

ご感想はこちらから

アルファポリス文庫

大正《たいしょう》石華《せっか》恋蕾《こいつぼみ》物語《ものがたり》二《に》　あやかしの花嫁《はなよめ》は運命《うんめい》の愛《あい》に祈《いの》る

響 蒼華（ひびき あおか）

2024年1月31日初版発行

編　集－境田 陽・森 順子
編集長－倉持真理
発行者－梶本雄介
発行所－株式会社アルファポリス
〒150-6019 東京都渋谷区恵比寿4-20-3 恵比寿ｶﾞｰﾃﾞﾝﾌﾟﾚｲｽﾀﾜｰ19F
TEL 03-6277-1601（営業）　03-6277-1602（編集）
URL https://www.alphapolis.co.jp/
発売元－株式会社星雲社（共同出版社・流通責任出版社）
〒112-0005 東京都文京区水道1-3-30
TEL 03-3868-3275
装丁イラスト－七原しえ
装丁デザイン－西村弘美
印刷－中央精版印刷株式会社

価格はカバーに表示されてあります。
落丁乱丁の場合はアルファポリスまでご連絡ください。
送料は小社負担でお取り替えします。
©Aoka Hibiki 2024.Printed in Japan
ISBN978-4-434-33326-2 C0193